Quincas Borba e o Nosferatu

Quincas Borba e o Nosferatu

De como o resoluto filósofo e seu relutante assistente Brás Cubas enfrentam o diabólico conde Drácula para salvar a impulsiva Capitu

Edson ARAN

Ilustrações do autor

FARIAESILVA

Rio de Janeiro, 2025

Quincas Borba e o Nosferatu

ISBN: 978-65-6025-193-9

Impresso no Brasil – 1ª Edição, 2025 – Edição revisada conforme o Acordo Ortográfico da Língua Portuguesa de 2009.

Dados Internacionais de Catalogação na Publicação (CIP)
(BENITEZ Catalogação Ass. Editorial, MS, Brasil)

A662q
1.ed. Aran, Edson
Quincas Borba e o Nosferatu : de como o resultado filosófico e seu reluntante assiste Brás Cubas enfrentam o diabólico conde Drácula para salvar a impulsiva Capitu / Edson Aran. – 1.ed. – Rio de Janeiro : Faria e Silva, 2025.
320 p.; 13,5 x 20,5 cm.

ISBN 978-65-6025-193-9

1. Assis, Machado, 1839-1908. Memórias póstumas de Brás Cubas – Crítica e interpretação. 2. Romance brasileiro. I. Título.

04-2025/92 CDD B869.3

Índice para catálogo sistemático:
1. Romances : Literatura brasileira B869.3
Aline Graziele Benitez – Bibliotecária – CRB-1/3129

Faria e Silva é uma Editora do Grupo Editorial Alta Books

Produção Editorial: Grupo Editorial Alta Books
Diretor Editorial: Anderson Vieira
Editor da Obra: Rodrigo Faria e Silva
Vendas Governamentais: Cristiane Mutüs
Gerência Comercial: Claudio Lima

Produtora Editorial: Milena Soares
Revisão: Alessandro Thomé; Denise Himpel
Diagramação: Junior Santos
Capa: Beatriz Frohe

ALTA BOOKS
GRUPO EDITORIAL

Rua Viúva Cláudio, 291 – Bairro Industrial do Jacaré
CEP: 20.970-031 – Rio de Janeiro (RJ)
Tels.: (21) 3278-8069 / 3278-8419
www.altabooks.com.br – altabooks@altabooks.com.br
Ouvidoria: ouvidoria@altabooks.com.br

Editora **afiliada à:**

ASSOCIADO

Uma profanação amorosa que não terá
a estima dos graves e nem o amor dos frívolos.

SUMÁRIO

NOTA DO ORGANIZADOR

A presente obra é uma compilação de diários, cartas, memórias e papéis diversos agrupados para melhor compreensão dos fatos.

Os dossiês organizados por Joaquim Borba dos Santos, mais conhecido como Quincas Borba, fundador do Humanitismo, são reproduzidos neste livro com a permissão do senhor Cristiano Palha, da empresa Palha & Cia, proprietário dos arquivos do filósofo e investigador.

As memórias de Brás Cubas estão arquivadas na Biblioteca Nacional, no Rio de Janeiro, onde podem ser livremente consultadas. A versão apresentada nesta obra diverge em vários pontos do texto publicado sob os cuidados do escritor Machado de Assis. A razão ficará clara, espera-se, ao final deste volume.

As notas de Bento de Albuquerque Santiago são rascunhos iniciais, posteriormente rejeitados, da celebrada autobiografia do autor. Esses esboços são reproduzidos aqui graças à gentileza do seu filho, o arqueólogo Ezequiel A. de Santiago.

Os demais textos têm sua origem apontada na sua própria apresentação.

Rio de Janeiro, Império do Brasil, outubro de 1869

CAPÍTULO I
AS VERDADEIRAS MEMÓRIAS PÓSTUMAS DE BRÁS CUBAS

Texto manuscrito arquivado na
Biblioteca Nacional do Rio de Janeiro

O autor defunto e o defunto autor

Há algum tempo, hesitei se devia ou não escrever estas memórias. É vulgar falar de si mesmo, e este livro difuso certamente não alcançará sequer os cem leitores que Stendhal confessava ter. Nem cinquenta ou vinte e, quando muito, dez. Não importa.

O sucesso ou o insucesso desta obra não me trará alento algum, uma vez que estou morto. Faleci oficialmente de pneumonia, e gozo, portanto, de toda a eternidade para me dedicar à literatura. Inúmeras vezes escutei escritores e editores proclamarem: "É impossível viver de livros no Brasil!"

Ora, acabou-se o problema!

Nós, os defuntos, temos uma existência bastante frugal e comedida. Somos enterrados com nosso melhor terno — o que me parece um desperdício — e nunca precisamos trocar de roupa. Adentramos o *Undiscovery Country* de Hamlet com pompa e circunstância e não nos preocupamos em ganhar a vida, pois não temos exatamente uma vida para ganhar. Escrever nessas condições, sem ambicionar um só conto de réis, é um sonho de todo autor. Acredite, leitora, nesta nossa terra, é melhor ser um autor defunto do que um defunto autor.

Almejo apenas distração no pós-vida e bastam-me duas moedas sobre os olhos para que Caronte me conceda navegação tranquila pelas águas negras do Estige.

Ah, na verdade, nem disso preciso. Nem disso.

Sei bem o que falo quando digo que nós, os mortos, não estamos em nenhum Hades pagão a discutir filosofia com Platão ou Aristóteles. Não! Nós apenas vagamos como... como... mas me desvio. Estas memórias não são uma crônica do mundo defunto, mas sim uma narrativa do reino dos vivos. Se alguns desmortos assombram estas páginas, é porque amam demais o mundo vivente e insistem em perambular pelo Aquém, em vez de repousar tranquilamente no Além.

Tudo, porém, tem um princípio. O início desta história, que também marca o fim dos meus dias, começou com o meu velho amigo Quincas Borba.

Filósofo e criador do Humanitismo, Quincas foi pobre e foi rico, perdulário e milionário. Foi um profundo observador da vaidade humana e um imprudente incitador da iniquidade desumana.

Ah, Quincas, Quincas... não o incrimino, todavia. Se alguém merece ser culpado pelas nossas desventuras é aquele distante *chevalier* Auguste Dupin, que lhe ensinou a tola arte da detecção. Mas de novo me desvio em devaneios. Comecemos pelo começo. E o começo foi o pequeno anúncio estampado no *Jornal do Commercio*, entre um remédio para mordedura de cobra e uma notícia sobre o avanço do império da Áustria-Hungria sobre as terras desoladas da Moldávia, Valáquia e Transilvânia.

O anúncio

Na última vez que vi o Quincas Borba, ele era um mendigo. Roubou-me um abraço e o relógio. Morava na escadaria da Igreja do São Francisco, residência arejada e de teto estrelado, ele dizia. Havia sido meu colega de colégio, o Quincas. Naqueles dias de menino, ele andava asseado e enfeitado, com um vistoso pajem atrás. Tinha garbo e certa magnificência nas atitudes. Isso foi por volta de 1814, quando eu contava 9 ou 10 anos.

Quando o revi, vinte anos mais tarde, ele era um pedinte andrajoso. Havia perdido a mãe e o dinheiro. Vivia na rua, da caridade de estranhos, com vestimentas de um cativo da Babilônia. Dei-lhe mil-réis, e ele me afanou o relógio de bolso, que estava com o vidro solto.

Nessa condição de penúria abjeta, Quincas Borba havia desenvolvido um saber próprio, o Humanitismo. Era um pensar proveitoso. O desejo, a inveja, o sucesso. Tudo isso eram facetas de Humanitas, a síntese da essência humana. Não era grande coisa como filosofia, mas servia bem ao amigo, que sempre considerei meio doido. Esse segundo encontro já fazia muitos anos.

Mas então, naquela manhã, enquanto tomava café aos golinhos e mordia uma torrada besuntada de geleia de jabuticaba, vi o seguinte anúncio no *Jornal do Commercio*:

> *Quincas Borba*
>
> *Investigador Filosófico*
>
> *Remove suspeição de adultério, recupera objetos roubados e empreende busca a pessoas desaparecidas.*
>
> *Grande utilidade e pouco preço.*
>
> *Visite-nos à rua do Ouvidor, 23.*

O anúncio prometia filosofia e certo embuste, logo, só podia ser ele mesmo, e não um homônimo. A curiosidade me dominou: o que teria acontecido ao jovem janota que se tornara pedinte pernóstico? Que novidade era essa agora? Investigador filosófico!

Como não tinha muito o que fazer, resolvi visitá-lo à rua do Ouvidor. Cronos me devorava os dias, mas eu me deixava levar, sem buscar afazeres que atrapalhassem meu ócio. Contava, na época, com uma boa renda para minha vida de solteiro e tudo o que fazia era sonhar com glórias futuras. Talvez virar ministro de Estado ou, quem sabe, criar um emplastro para dores lombares, o que fosse mais fácil. Assim, munido de chapéu e bengala, resolvi ir até o endereço para rever o Quincas Borba, relembrar o passado e talvez, quem sabe, reaver o relógio roubado.

Sobre as digressões

Quero crer que, em uma narrativa, as digressões são mais importantes que os acontecimentos. Sem os devaneios do autor, os fatos apenas se sucederiam e um romance de setecentas páginas acabaria em menos de dez. Talvez nove. Alguns livros melhorariam bastante, é verdade, mas não é o caso das minhas memórias. Não escrevo "para" a Eternidade, mas sim "da" Eternidade. Tenho todo o tempo do mundo.

Além disso, são as divagações que tornam Xavier de Maistre um cartógrafo do próprio quarto e elevam Laurence Sterne à condição de mestre com seu "*Tristram Shandy*".

Portanto, peço perdão à leitora, se, às vezes, interrompo a trama e me ponho a ponderar sobre frugalidades e banalidades. Note, contudo, que da bela chácara do Catumbi, onde resido, à animada rua do Ouvidor, onde Quincas Borba abriu seu comércio, é meia hora de balanço nas ruas de pedras do Rio de Janeiro. O cavalo da sege a trotar vagaroso, enquanto o autor se distrai com as saias e se põe a pensar.

Viver eternamente é um desejo que acompanha a humanidade desde os tempos do Gilgamés, mas o que é a vida sem os prazeres da carne? A quentura do sol, a brisa que sopra do mar, o abraço da amada e mesmo a geleia de jabuticaba no café da manhã. Para isso é que se almeja a eternidade, e não para repousar solitário em um sepulcro, o que seria muito mais uma maldição do que uma bênção.

Mas basta de digressão. A carruagem chegou ao destino. Rua do Ouvidor, 23. Venha comigo, leitora.

Um capítulo inútil

Eu deveria apagar o capítulo anterior, mas estou morto e não tenho editor.

O homem do outro lado da rua

Atravessei a movimentada rua do Ouvidor, cheia de escravos de ganho que vendiam doces, e me coloquei em frente ao número 23. A porta de madeira estava fechada e, ao lado dela, havia uma placa de metal que dizia "Investigador Filosófico" em letras graves e austeras.

Já ia bater à porta, quando ela se abriu de supetão e uma mão forte me puxou para dentro.

— Entre, entre! Não fique aí fora! — disse-me Quincas Borba.

O próprio Quincas Borba.

O mesmo Quincas Borba que fora meu amigo de infância e depois mendigo de porta de igreja. Mas ele era e não era o Quincas Borba. Não havia mais nele o aspecto andrajoso e nem aquele odioso odor de suor com urina. Era um Quincas Borba totalmente novo, com botão de ouro no peito e botas de verniz magnificamente polidas.

— Meu estimado Quincas, o que foi que... — principiei-me a dizer, mas o filósofo levou o dedo indicador aos lábios, pedindo que eu me calasse.

— Veja! Ele está do outro lado! Acho que dessa vez ele entra...

Quincas me puxou para perto da janela, de onde pude observar o exterior, semioculto pela grossa cortina de linho. Do outro lado da rua, de pé no passeio, um homem olhava fixamente para o comércio do filósofo. Por duas vezes, fez menção de atravessar, mas recuou no último instante, como se brigasse com a ideia. No entanto, não foi embora. Continuou de pé no mesmo lugar, sem decidir se cruzava ou não a alameda, olhando constantemente para os dois lados e fingindo que esperava alguém.

— Quincas, eu... — tentei dizer, mas fui interrompido.

— Ele veio ontem. E anteontem também. Fica lá do outro lado, olhando para a porta. Mas hoje acredito que ele finalmente vai criar coragem e entrar...

Então, Quincas Borba se afastou da janela e enfim me olhou por inteiro, da cabeça aos pés.

— Cubas! Brás Cubas! É você?! Meu bom amigo Cubas, que felicidade revê-lo... — disse ele, abraçando-me forte.

Eu tinha várias questões para atirar sobre o filósofo. Por onde ele andara? O que havia acontecido? Como conseguira vencer a pobreza abjeta? Que história era essa de "investigador filosófico"? Onde estava o meu relógio?

Não tive tempo.

Nesse momento, ouvimos batidas na madeira. Quincas Borba fez um sinal para que eu interrompesse a torrente de perguntas que sequer havia começado e foi abrir a porta.

O homem da calçada tinha finalmente tomado coragem e estava em frente ao investigador filosófico. Ele olhava para o chão, meio sem jeito, e esfregava as mãos suadas. Estava trêmulo e muito nervoso.

— Entre, entre — disse Quincas Borba, para incentivá-lo, e depois apontou para um conjunto de móveis à direita da porta, composto por uma poltrona e um sofá de dois lugares. — Por favor, sente-se...

O homem se sentou no sofá, e Quincas se acomodou na poltrona. Procurei um lugar para também me sentar. Havia apenas uma cadeira atrás da escrivaninha, de frente para a porta. Essa era toda a mobília do lugar. Encostei-me na mesa e permaneci de pé para acompanhar a conversa.

Quincas Borba tirou um cartão do bolso interno da casaca impecável e o entregou ao homem, que, relutantemente, o apanhou. Enquanto ele olhava em silêncio para o cartão, o filósofo disse:

— Quincas Borba, a seu dispor. Exerço a nobre profissão de investigador, ainda pouco conhecida no nosso país, mas já um sucesso na Europa. Em que posso ajudá-lo?

— Meu nome é Bento. Bento de Albuquerque Santiago. E desejo esclarecer uma suspeita de adultério... — disse o homem, e suspirou profundamente enquanto levava o lenço à testa para limpar uma impertinente gota de suor.

CAPÍTULO II
BREVES CONSIDERAÇÕES SOBRE O HUMANITISMO E A ARTE DA INVESTIGAÇÃO FILOSÓFICA

Ensaio inédito de autoria do senhor Joaquim Borba dos Santos, mais conhecido como Quincas Borba. Texto escrito a pena em letra miúda sobre papel pautado e encontrado nos arquivos do pensador

A vontade humana é uma mata virgem que anseia pela violação filosófica. Entender o mecanismo que move o homem é a razão por trás de todo pensamento e erudição. E, no entanto, em tempos recentes, apenas um homem, um único homem, se aventurou pelas veredas vertiginosas dessa vontade: o célebre *chevalier* Auguste Dupin, criador da pouco conhecida arte da detecção. Esse conterrâneo do doutor Pangloss foi quem solucionou alguns casos famosos na França, como o assassinato de Marie Rogêt e os horrendos crimes da rua Morgue.

Dupin, com quem tive a honra de conviver e trabalhar, chamou seu método investigativo de "racionalização", soma de "raciocínio" com "imaginação". Mas, embora o artifício funcione bastante bem para solucionar enigmas mundanos, não tem qualquer serventia para elucidar as motivações humanas. O método desenvolvido e batizado por mim de "Investigação Filosófica" é infinitamente superior, pois é o único que leva em conta o princípio de Humanitas, essa substância infalível, indivisível, indestrutível e invisível que está presente em todo homem e, quero crer, em toda mulher.

Criado por mim, o Humanitismo é uma escola filosófica que em breve irá superar o Misticismo e o Materialismo, o Otimismo e o Pessimismo, o Primitivismo e o Progressismo. O Humanitismo não apenas é a mais perfeita filosofia que há, mas também a única possível, pois reconhece que o Universo só existe em função do humano.

Gregos, antigregos e subgregos cometeram os mesmos erros dos alemães, desalemães e subalemães ao se recusarem a entender que Humanitas é absoluto. Para plenamente compreender esse princípio primaz e primitivo, é necessário entender as Quatro Fases do homem. Quatro são essas fases, e apenas quatro. Não são cinco nem seis, muito menos três ou sete. São elas a Estática, a Expansiva, a Dispersiva e a Contrativa.

A fase Estática antecede o surgimento da matéria e é, em essência, apenas uma essência. Humanitas já existe, mas ainda não se tornou carne e não pode, portanto, buscar a satisfação, que é seu objetivo.

Na Expansão, Humanitas deixa de apenas "estar" e se converte em "ser". A criatura recém-surgida sai na sua busca insaciável pelo prazer, pois ao organismo só interessa o orgasmo. De onde se conclui que muitas das minhas investigações sobre adultério são grotescamente inúteis. Todos os homens são um só homem, logo, a traição inexiste e o ciúme é ridículo.

Na fase seguinte, Humanitas se dispersa para usufruir das riquezas e das belezas, seja na Urca ou em Ur, na Tijuca ou em Termópilas. É a Dispersão que, uma vez superada, leva Humanitas à Contração, a volta à condição anterior de "estar", em vez de "ser". Quando cessa a jornada pelo gozo, cessa também Humanitas.

Não sei se as gentes me entenderão, mas isso não importa, pois a compreensão de apenas um leva à consideração de todos, posto que a humanidade é uma única substância expandida. A filosofia é para poucos, embora necessária a muitos. O que importa é que meu método investigativo é indubitavelmente superior à dialética socrática e à observação objetivista de Dupin. Nada do que é humano me é estranho, logo, nenhum mistério escapa à minha perquirição.

De onde se conclui, com perfeita justeza, que eu, Quincas Borba, sou o maior investigador filosófico que a humanidade já produziu, além de ser o primeiro e também o único. Visite-nos à rua do Ouvidor, 23.

Gregos, antigregos e subgregos cometeram os mesmos erros dos alemães, desalemães e subalemães.

CAPÍTULO III
AS VERDADEIRAS MEMÓRIAS PÓSTUMAS DE BRÁS CUBAS

Texto manuscrito arquivado na
Biblioteca Nacional do Rio de Janeiro

A suspeita

Bento de Albuquerque Santiago tinha gestos contidos e olhava fixamente para o assoalho encerado.

Como o silêncio dele enchia o pequeno escritório, meu amigo Quincas Borba o incentivou a prosseguir.

— Por favor, continue, meu caro senhor Santiago...

— Bento — disse ele. — Pode me chamar de Bento.

— Somos todos ouvidos, senhor Bento... eu e meu assistente, Brás Cubas...

— Eu não sou um assis... — comecei a dizer, mas Quincas Borba me interrompeu com um gesto de mão.

— Imagine que este pequeno escritório é um confessionário — prosseguiu o filósofo. — E que nós dois somos padres comprometidos a guardar para sempre os segredos da confissão. Nada do que for dito aqui sairá por aquela porta, e garanto ao senhor que nos esqueceremos de tudo a seu respeito assim que encerrarmos o caso.

Bento Santiago se levantou de súbito.

— Desculpe, não devia ter vindo... Não é um "caso", é apenas uma suspeita... — disse ele, dando um passo indeciso em direção à porta da rua.

Quincas Borba o tranquilizou:

— Meu amigo, fique sossegado. Como dizia o romano Terêncio, "*homo sum, nihil humani a me alienum puto*". Sou um homem, e nada do que é humano me é estranho. Por favor, conte-me qual é o seu problema, e eu direi se temos ou não algo a ser investigado. Talvez não seja nada.

O homem voltou a se sentar e, muito nervoso, irrompeu a falar sem pausas, como se temesse que, se interrompido, as palavras fugissem à sua boca.

— Minha esposa... o nome dela é dona Maria Capitolina Pádua Santiago... Capitu. Todos a chamam de Capitu... Bem, eu e ela nos conhecemos desde meninos, fomos namorados de cerca, como se diz. Há alguns anos, nos casamos, e Deus nos abençoou com um lindo menino, Ezequiel... Em verdade, senhor Quincas Borba, nunca tive motivos, nem um motivo sequer, nem mesmo uma sombra de suspeita, eu asseguro, para colocar em dúvida a integridade de Capitu... contudo...

Quincas Borba nada disse, apenas fitou o homem com olhos compreensivos, incentivando-o a continuar. Santiago voltou-se para mim, e eu baixei o olhar para não o constranger. Ele prosseguiu:

— Moramos na Glória, numa bela casa assobradada e com quintal. É uma boa casa. Uma boa casa. Mas todos os dias, ao cair da noitinha, ali pelas cinco da tarde, Capitu deixa o filho com a ama de leite, toma uma sege e vem ao centro. Diz-me que encontra sua amiga Sancha e que as duas passeiam e olham vitrines. E... bem, não existe nenhum motivo para que eu duvide disso, mas, ainda assim...

Nesse momento, o filósofo pegou uma charuteira do bolso e, enquanto cortava a ponta do tabaco, usou uma técnica infalível de persuasão, que consiste em negar a narrativa do cliente para dar a ele confiança suficiente em reafirmá-la. Aprecie a artimanha:

— Veja bem, senhor Santiago — disse Quincas Borba. — A amiga da senhora sua esposa... dona Sancha, é isso?

— Sim, Sancha. Ela é mulher do meu compadre Escobar...

— Ela confirma a história da sua mulher?

— Ora, naturalmente que sim!

Quincas recostou-se na poltrona, cruzou as pernas, acendeu o charuto e assumiu um tom professoral.

— Então, pelo que o senhor acaba de me contar, não acredito que tenhamos algo a ser investigado. O senhor sabe aonde sua mulher vai e com quem ela vai. Se dona Sancha é uma pessoa da sua confiança, e acredito que seja, nada há a se descobrir. São apenas duas amigas que passeiam, nada mais.

— Mas o horário...

— Ora, o horário. A Corte é segura, meu caro. Sei que estou agindo contra o meu próprio interesse profissional, mas acredite: não há o que se investigar.

— Mas... senhor Quincas Borba, o senhor não entende — respondeu Bento Santiago. — Vir ao centro vez ou outra para olhar as vitrines, isso eu entendo, isso eu compreendo, isso eu admito. Mas voltar noite após noite...

— O centro é um lugar bastante agradável — observei. — Eu mesmo passo aqui todos os dias. E quando tivermos a nova linha de bondes...

O homem não gostou da minha intervenção. Se olhar matasse, eu teria tombado ali mesmo.

— Quem é mesmo o senhor? — perguntou.

— Brás Cubas, a seu dispor... — respondi.

Quincas Borba me interrompeu:

— Brás é meu assistente e vai guardar para si mesmo as opiniões dele...

Não gostei, mas me calei. O filósofo retomou o tom de cordialidade da conversa:

— Talvez, talvez, talvez — disse o Quincas. — A vida é cheia de talvezes. Talvez a realidade seja apenas o reflexo pálido de um universo real e inatingível, como diria Platão. Talvez sejamos apenas atores atuando no palco de Deus. Talvez os passeios de Sancha e sua senhora sejam exatamente o que dizem que são. Talvez não sejam, mas o que seriam? A dúvida é própria da condição humana, portanto, de Humanitas. Como diz meu dileto amigo Auguste Dupin, "a verdade nem sempre se encontra no fundo de um poço, ela muitas vezes está nos vales, visível a todos nós". Acredito que nada há a se desvendar nisso tudo, mas se o senhor o desejar, eu e meu auxiliar Brás Cubas teremos enorme prazer em comprovar a narrativa da sua esposa.

Pensei em protestar de novo que não era auxiliar de ninguém, mas preferi acertar minhas diferenças com o Quincas Borba depois que o cliente fosse embora. O investigador e filósofo estipulou o preço da investigação em 50 mil-réis, com as despesas correndo por conta do contratante. Metade da quantia seria paga naquele momento, e o restante, na apresentação do relatório, que poderia ser feito por escrito ou oralmente.

— Oralmente... não quero nada escrito — disse o homem.

Ficou acertado que, naquela mesma tarde, o tílburi de dona Capitolina seria seguido da sua residência na Glória até o destino final, fosse qual fosse. A mesma coisa se repetiria nas noites seguintes, e quando nada mais houvesse a se desvendar, um relatório seria apresentado, ali mesmo, naquele escritório.

Bento Santiago concordou e pagou a quantia estipulada. Um tanto mais calmo, ele foi conduzido até a saída. Quincas Borba abriu a porta para o cliente e, quando este já estava com o pé na calçada, o filósofo perguntou:

— E o seu amigo?

— Que amigo? — respondeu o cliente, preocupado.

— O esposo da senhora que acompanha sua mulher nesses passeios misteriosos. O que ele pensa de tudo isso?

— Ah, o Escobar... — respondeu o homem, já colocando o chapéu. — Ele acredita em tudo o que Capitu fala.

E Bento Santiago se foi, engolido pela multidão.

O detetive e o orangotango

Sentamo-nos a uma pequena mesa na confeitaria do Francioni, na rua Direita. A mesinha redonda de ferro ficava próxima à janela, de maneira que podíamos observar o vaivém das pessoas enquanto Quincas Borba apreciava um sorvete, e eu, uma xícara de café com biscoitinhos de polvilho.

O investigador filosófico me contou a razão da sua boa fortuna: uma boa fortuna deixada por uma falecida tia mineira.

Feito milionário, Quincas trocou as noites insones na escadaria da Igreja de São Francisco pelo *trottoir* boêmio nos arredores da Notre Dame.

— A Europa está em acelerado estado de decadência física e moral, amigo Brás — sentenciou o filósofo.

— Mas ainda é a Europa — respondi. — A Europa de Shakespeare, Cervantes... Stendhal...

— Ruínas, ruínas! — disse ele, saboreando o gelado. — Uma coleção de cacos e ideias carcomidas. Nobres perdulários e dinastias falidas, um castelo repleto de rachaduras e teias de aranha. Assim é a Europa. Aqui é o Novo Mundo. Aqui se encerram as grandes possibilidades da nova década. — E desdenhou, acenando para o garçom de grossos bigodes grisalhos que nos atendia. Quincas Borba, que havia terminado o sorvete, pediu um café e mudou o tom da conversa.

— Falemos de negócios, Brás. São quase três da tarde e daqui até a Glória são quinze minutos de carruagem. Ali por volta das quatro e meia, pegue uma sege e mantenha-se discretamente à espreita no endereço do nosso seminarista ciumento. Caso a senhora saia, você a segue.

Protestei veementemente que tinha coisa melhor a fazer e que não pretendia gastar meu precioso tempo como um reles assistente de bisbilhoteiro. Ele é quem tinha inventado aquela coisa de investigador, não eu. Ele que fosse, não eu.

— Bisbilhoteiro, não! Investigador filosófico! — corrigiu Quincas Borba.

— É a mesma coisa. Escarafunchar a vida alheia, é isso o que você pretende fazer, Quincas...

— Há uma grande diferença. Minha missão é descobrir o que move a alma e compreender o seu desejo. Aprendi com Dupin as artimanhas da detecção, mas ele é por demais técnico e não se atenta ao componente humano da equação. Eu, ao contrário, sei que Humanitas permeia tudo.

Era a segunda vez que Quincas Borba mencionava esse Dupin. O nome não me era estranho, mas de onde eu o conhecia? E então me lembrei. Fazia alguns anos, eu havia lido sobre esse aventureiro francês na *Revista da Semana*.

Auguste Dupin, *chevalier* da *Légion d'Honneur* e investigador particular. Ele se tornara uma sensação mundial depois de desvendar os brutais assassinatos de duas pobres mulheres.

— Um caso selvagem e deprimente — resumiu Quincas Borba e, então, prosseguiu: — Conheci Dupin em Paris, numa pequena livraria da rua Montmartre. Ambos procurávamos pelo mesmo livro de Xavier de Maistre, *Voyage au tour de ma chambre*. Uma obra bastante jocosa e picaresca. Você deveria ler...

— Já li faz tempo — respondi, esnobe, enquanto mordia um biscoitinho de polvilho.

O filósofo fingiu não me escutar.

— A livraria tinha apenas um exemplar, e eu, gentilmente, fiz questão de presenteá-lo a Dupin, que muito me agradeceu. Depois, enquanto bebíamos uma taça de Pinot e falávamos sobre literatura, o homem, sem jeito, me confessou que não tinha onde morar. Embora pertencesse a uma família ilustre, acontecimentos adversos o haviam reduzido à mais extrema pobreza. Sua única paixão eram os livros, que, felizmente, são baratos na França. Como eu era um recém-egresso da miséria abjeta, me apiedei daquela pobre alma. Eu havia alugado um velho casarão grotesco na rua Dunôt, em Faubourg Saint-Germain, e, por isso, decidi hospedar Auguste Dupin durante minha permanência na cidade. E assim o fiz. O homem tinha uma imaginação muito vívida e uma capacidade analítica sem igual! Por conta disso, acabou se tornando o primeiro detetive particular da cidade, e eu, o seu mui ilustre aprendiz. E foi assim que nós dois nos envolvemos com aquele maldito orangotango...

Sim, o caso do macaco assassino. Essa investigação, conhecida no Brasil como "Os crimes da rua Morgue", foi noticiada no *Jornal do Commercio* e acompanhada com grande interesse. O que eu jamais poderia imaginar era que o meu amigo Quincas estivesse envolvido naquela bizarrice.

O caso provocou tamanho interesse no nosso país que, no ano seguinte, a *Revue Brésilienne*, publicada em francês, trouxe um relato pormenorizado do segundo caso investigado por Auguste Dupin: o assassinato da bela e desventurada Marie Rogêt, cujo cadáver foi encontrado boiando no rio Sena.

— Pobre moça! Pobre moça! — murmurou Quincas Borba, contrariado, quando mencionei o assunto. — Foi esse caso lamentável que me fez voltar ao Rio de Janeiro. Estava enfastiado de Paris, da decadência europeia, daquela doce decrepitude do Velho Mundo. Marie Rogêt não merecia o que aconteceu com ela...

Quincas Borba terminou o café e voltou à própria história.

— Uma vez, no Rio de Janeiro, resolvi empregar aqui a arte da detecção que aprendi com Dupin, mas com uma grande diferença:

o meu método é filosófico, e não meramente matemático, como o dele. Antes de investigador, sou um observador do gênero humano, como você bem sabe.

Chamei o garçom de bigodes grisalhos, pedi outro café e mais alguns biscoitos.

— Entendi tudo — disse eu. — Você foi o valete do francês intrometido e agora pretende que eu seja o seu assistente e saia por aí a perseguir mulheres casadas...

O filósofo tomou um gole do café e respondeu:

— Você naturalmente não espera que seja eu a fazer isso, não é mesmo?

— O investigador é você, Quincas! Só fui ao seu comércio porque fiquei curioso com o anúncio. É apenas coincidência que eu estivesse lá justamente quando esse Bento Santiago apareceu...

O garçom chegou com o meu café e os biscoitos. Mal-humorado, depositou tudo na mesa e perguntou se gostaríamos de pedir mais alguma coisa, pois não aguentava esse ir e vir até a cozinha. Respondi que não, e ele se afastou, resmungando. Quincas Borba retomou a conversa.

— A coincidência é uma ilusão. Se você estava lá, é porque precisava estar lá. E, além disso, a minha arte consiste em analisar os fatos e buscar neles as motivações humanas. Preciso que alguém vá à rua encontrar os fatos! Esse alguém é você, Cubas.

— Esqueça, tenho mais o que fazer... — respondi, bebendo café amargo e queimando os lábios com ele.

— Nós dois sabemos que não tem — desdenhou o Quincas Borba. — Ademais, tenho absoluta certeza de que essa dona Capitolina não é nenhuma Madame Bovary, mas apenas a esposa entediada de um marido aborrecido. A pobre mulher deve apenas trocar mexericos com a amiga e nada mais. Tudo o que precisamos é tranquilizar o coração do pobre seminarista...

— De onde você tirou a ideia de que ele é um seminarista? — perguntei, mordiscando outro biscoitinho de polvilho.

— Os modos, Brás. Os modos. Preste atenção aos modos. São modos de rapaz contido, que parece temeroso até mesmo de erguer os olhos do chão. Não notou os joelhos sempre juntos e as mãos entrelaçadas, como se estivesse a rezar? Ouso afirmar que esse Bento Santiago foi criado para ser padre por uma mãe protetora e casou-se com a primeira e única namorada. Essa é a razão do ciúme doentio que ele sente por ela. Insegurança de seminarista. Asseguro, Cubas, que apenas algumas ligeiras viagens à Glória são tudo o que esse pequeno caso vai requerer do seu precioso tempo...

Concordei. Mais por curiosidade do que por necessidade. Eu não tinha o que fazer e tive a boa fortuna de não ser obrigado a comprar o pão com o suor do meu rosto. Vivia muito bem e sossegado na minha chácara do Catumbi. Não tinha nem mesmo visitado a mulher do Lobo Neves, a bela Virgília, por quem fui apaixonado por longos anos. Antes, eu e ela vivíamos a nos esgueirar pelos cantos para nos entregarmos à nossa luxúria. Ela era, talvez, a mais atrevida criatura da nossa raça e, com certeza, a mais voluntariosa. Mas agora o marido era candidato a ministro, e ela queria manter os escândalos a distância.

Por que não seguir outra senhora casada pelas ruas do Rio de Janeiro? Isso poderia ser divertido.

Quincas Borba e eu terminamos nosso café e nos despedimos na calçada. Já eram quase quatro da tarde, e eu precisava pegar um tílburi até a Glória para começar o meu trabalho investigativo. Disse adeus ao filósofo e caminhei na direção de uma carruagem de aluguel, quando ele me chamou de volta.

— Preciso lhe entregar uma coisa — disse.

Quincas Borba soltou do colete um magnífico relógio de prata e me ofereceu a peça.

— Não é o mesmo que lhe roubei nos meus tempos de miséria, mas é francês e é de prata...

Era de fato uma bela máquina, com números romanos, ponteiros rebuscados e caixa com motivos decorativos semicirculares.

Fiz menção de não o aceitar.

— Ora, Quincas, não precisava se incomodar. Você estava necessitado, e o meu relógio tinha o vidro solto e quebrado...

— Não importa. Fica como adiantamento pelo seu primeiro trabalho de investigador — respondeu ele, empurrando minha mão, que teimava em devolver o presente. — Além disso, não me custou nada. Roubei o relógio de Auguste Dupin. Na parte de trás, tem gravado a estrela da *Légion d'Honneur*...

Com o relógio novo, deixei o filósofo na rua Direita e fui tomar o carro para a Glória. Sabia perfeitamente que Quincas Borba se aproveitava da minha boa vontade, como já fizera no passado. Ele é quem devia seguir a mulher, não eu. Confesso, no entanto, que havia naquilo tudo uma sensação de proibido que instigava meu espírito aventureiro e atenuava o enfado mortal da minha existência. Além disso, estava curioso para conhecer, ainda que de longe, aquela intrigante e misteriosa Capitolina Santiago.

Byron e os cocheiros

Byron escreveu que é mais fácil morrer por uma mulher do que viver por ela. Eis aí um desperdício de palavras e sentimentos. As mulheres amam com fúria, ao passo que os homens, pobres homens, apenas se deixam levar pela impetuosidade delas. E era nisso que eu pensava enquanto fingia ler o jornal e esperava que algo acontecesse em frente à residência dos Santiago, onde outra carruagem já aguardava.

Meu cocheiro, acostumado aos adultérios da Corte, não se espantou com o meu pedido peculiar:

— Caso uma mulher deixe aquela casa, avise-me.

Imaginava ele que eu era um amante impetuoso ou um marido traído. Ele certamente encompridaria os acontecidos e inventaria histórias, criando fantasias muito melhores que os fatos.

A mente criativa é a maior evidência de uma vida fútil, mas se todos os cocheiros fossem Byron, quem tomaria conta dos nossos cavalos?

— Ela entrou na carruagem, senhor — disse ele, apontando para o tílburi na porta da casa, no qual uma jovem mulher de xale e chapéu havia acabado de subir.

— Siga aquela sege! — respondi. — Não a perca de vista!

E saímos aos solavancos sobre as pedras, enquanto o sol morria no mar e uma brisa úmida e gelada começava a soprar.

Deixamos a Glória e ingressamos na Lapa. Dona Capitolina não mentira ao marido, pois trotávamos em direção ao centro. A certa altura, a carruagem se desviou e seguiu na direção do Paço Imperial.

Durante um breve período, o Paço foi a residência do rei Dom João VI, mas o barulho das gentes fez o soberano se mudar para o Paço de São Cristóvão, mais afastado dos plebeus. Agora o lugar abrigava apenas a Sala do Trono, onde o imperador Dom Pedro II concedia audiências, enquanto os muitos salões eram usados para bailes, palestras e proclamações.

Em anos recentes, muitos oradores incendiários haviam tomado aquelas salas para exigir a morte do tirano paraguaio Solano López, o odioso agressor do Império. Mas agora os relógios andavam depressa, a guerra mostrava-se perto do fim, e o Paço voltara a abrigar enfadonhos saraus literários.

O antigo palácio também funcionava como uma espécie de pensão fidalga. Amigos da família real em visita ao reino se hospedavam ali, e a melhor sociedade do Rio de Janeiro frequentava o Paço. Não era surpresa alguma, portanto, que dona Capitolina Santiago também o fizesse.

A carruagem parou em frente ao prédio. A esposa do seminarista desceu e caminhou para o Paço, onde a esperava uma amiga, possivelmente a Sancha mencionada pelo marido ciumento. As duas trocaram beijos e, conversando animadamente, entraram no edifício, enquanto eu as seguia de distância segura.

Dentro do Paço, ela e a amiga caminharam até um amplo salão de conferência e entraram. O lugar, muito bem iluminado por dezenas de candelabros, não estava muito cheio. Vinte pessoas se sentavam nas desconfortáveis cadeiras de madeira voltadas para o palco em formato de meia-lua. A maioria da plateia era composta por mulheres, mas havia alguns homens aqui e ali. Dona Capitolina e a amiga sentaram-se na primeira fileira, bem de frente ao palco. Eu me ajeitei aos fundos da sala, próximo à porta, acendi uma cigarrilha inglesa e me pus a observá-las.

CAPÍTULO IV
AS ANOTAÇÕES DE BENTO SANTIAGO

As notas de Bento de Albuquerque Santiago compõem um conjunto de observações que serviriam como base para a aclamada biografia do autor, publicada em 1900. Essas anotações, escritas no outono da vida, preenchem várias lacunas dos arquivos de Quincas Borba, o investigador filosófico

Depois de muito pensar, decidi escrever um livro para atacar a monotonia que se tornou a minha vida: *A história dos subúrbios*. Falarei sobre a ocupação humana da cidade, bem como das suas praias, morros e cortiços. Prevejo uma obra de grande impacto na cena literária do país.

(***)

Pensei melhor. Não vou escrever *A história dos subúrbios*. O livro seria modesto, mas exigiria documentos e datas como preliminares. Tudo árido e longo. Talvez escreva sobre filosofia ou política, que exigem bem menos de um autor.

(***)

Decidi: não escreverei de política ou filosofia. Sou um velho, meus melhores anos já se foram e não vou mudar o mundo com as minhas ideias. Decidi falar dos tempos idos e escrever minhas memórias. Fiquei tão alegre com esta ideia que ainda me treme a pena na mão. Vou deitar ao papel as reminiscências que me vierem vindo.

(***)

O título. O livro precisa de um título. Deveria ser apenas uma referência à mulher, como se fosse uma obra de Flaubert.

A cigana de Matacavalos. É isso.

(***)

Não. *A cigana de Matacavalos* é vulgar. Parece um romance de aventuras de qualidade duvidosa.

O nome deveria ser simplesmente *Capitu*, mas é honraria não merecida.

Encontrarei o título enquanto rabisco esses rascunhos que orientarão as memórias.

(***)

Devo a um tenor, um filósofo e uma ópera o começo da minha melancolia. O tenor era o Marcolini, que quase não tinha voz, mas teimava em dizer que a tinha.

Bebíamos um Chianti na rua do Ouvidor, e ele notou meu desconsolo.

Capitu dera para sair todo final de tarde. Pegava um tílburi e vinha ao centro. Voltava de noite, não muito tarde, mas tarde o bastante para uma mulher casada. Dizia-me sempre que estava em companhia de Sancha, que confirmava os passeios, mas isso não me bastava.

Aonde iam? O que faziam?

O tenor Marcolini não conhecia a razão da minha tristeza, mas certamente tinha suas teorias, pois começou a dissertar sobre a música e a paixão.

— A vida é uma ópera e uma grande ópera. O tenor e o barítono lutam pelo soprano, em presença do baixo e dos comprimários, quando não são o soprano e o contralto que lutam pelo tenor, em presença do mesmo baixo e dos mesmos comprimários...

Como eu continuava alheio àquela fabulação operística, Marcolini colocou de lado o cálix de vinho e contou, como quem não quer nada, sobre o filósofo Quincas Borba, que acabara de abrir comércio ali mesmo, na rua do Ouvidor.

— Brilhante investigador da alma humana. Um humanista! O homem é fundador do Humanitismo, uma nova corrente filosófica que mudará o entendimento do mundo — disse ele, lançando palavras ao acaso. — Quincas Borba aprendeu o ofício de investigador com um francês de grande renome na Europa e agora se instalou aqui para ajudar os duvidosos e os melindrados...

Reagi com vigor à sugestão dele.

— Ora, maestro, mas quem é o duvidoso? Quem é o melindrado?

Ele voltou ao Chianti.

— Nenhum de nós dois, é claro — respondeu. — Falei por falar, mas lembre-se de que as dúvidas que nos torturam são curadas apenas pelas certezas. Esse planeta é o palco de uma ópera criada por Satanás para o divertimento de Deus, meu caro Santiago. Tudo o que podemos fazer é sermos bons músicos e poetas, nada mais.

A metafísica do Marcolini tinha uma certa graça, observei.

— Graça?! — bradou ele com fúria. — Eu não tenho graça, eu tenho horror à graça. Isso que lhe digo é verdade pura e última!

Na manhã seguinte, fui até o endereço do Quincas Borba, o investigador filosófico.

Mas não tive coragem de bater à sua porta.

Fiquei do outro lado da rua, imóvel, mas inquieto, como um tenor que espera o momento certo para entrar em cena.

(***)

No primeiro dia, não tive coragem de bater à porta do Quincas Borba e, por isso, voltei na manhã seguinte.

E também na manhã depois dessa.

No quarto dia, permaneci longos minutos vigiando a porta, sem tomar coragem para atravessar a rua.

Então, vi um homem muito bem vestido ir até a porta, bater e entrar.

Aquilo me animou.

Se até os janotas buscavam sanar suas dúvidas, por que não eu?

Olhei para os dois lados para me certificar de que não havia nenhum conhecido por perto. Não havia.

Então, cruzei a rua do Ouvidor e bati à porta.

E me arrependi no momento seguinte, quando um rosto de expressão lunática me atendeu e disse:

— Quincas Borba, a seu dispor. Pois não?

(***)

O janota que chegara antes de mim não era cliente. Seu nome era Brás Cubas e ele era assistente do investigador. Um auxiliar muito bem pago, denunciavam as roupas.

Ambos, o filósofo e seu discípulo, se vestiam com lã inglesa. Isso me levou a crer que seus clientes eram todos ricos e, portanto, pessoas de bem.

Expus meus receios. Afirmei minha total e absoluta confiança em Capitu, mas demonstrei meus receios. Não havia de ser nada, mas precisava esclarecer minha dúvida.

Quincas Borba tentou me dissuadir.

Falou que minhas suspeitas eram infundadas e que minha mulher e a amiga Sancha apenas passeavam e nada mais.

Mesmo assim, insisti. Precisava acabar com a desconfiança.

O filósofo estipulou o trabalho em 50 mil-réis. Era caro, mas aceitei. O assistente ficou encarregado de seguir Capitu e apresentar um relatório pormenorizado em duas semanas.

Não gostei disso.

O filósofo me parecia um homem respeitável, mas o serviçal fidalgo não me inspirava confiança.

CAPÍTULO V
O DIÁRIO DE SANCHA

Diário da senhora Sancha Escobar, esposa do falecido senhor Ezequiel de Souza Escobar. Caderno encontrado nos arquivos de Quincas Borba, investigador filosófico, sob a rubrica "Caso Bento Santiago"

Quarta-feira, 12 de agosto de 1869
Comprei um lindo *bonnet* francês, todo enfeitado com contas, para usar sobre os cabelos quando for ao Passeio Público. Escobar achou "extravagante". Mas o chapéu é igualzinho ao de Capitu, que ele elogiou muito no almoço da semana passada na casa do Bentinho. Escobar não entende nada de nada.

Sexta-feira, 14 de agosto de 1869
Capituzinha está cada dia mais esperta, mas vive agarrada à ama de leite. Ontem fui pegá-la no colo, e a menina se acabou de chorar. Ela só parou de espernear quando a devolvi para a criada. Fui contra batizar minha filha de "Capitolina". Queria "Úrsula", nome da vovó, mas Escobar disse que era "nome de velha" e insistiu que seria melhor homenagear Capitu.

Capitu é a minha melhor amiga, mas Escobar é um homem difícil.

Sábado, 15 de agosto de 1869
Almoço com Capitu e Bentinho aqui em casa. Capituzinha e meu afilhado Ezequiel brincaram juntos, cuidados pelas amas de leite.

Bentinho e Escobar falaram sobre negócios e discutiram a possibilidade de comprar café a preço baixo e estocá-lo para quando o preço subir. Como não gostamos das conversas de dinheiro, Capitu e eu fomos beber licor de jabuticaba na sala de visitas.

Falamos de chapéus e de vestidos de crinolinas, que são a última moda na Corte. O licor me deixou com a cabeça leve, e Capitu também deve ter ficado afetada, porque começou a falar sobre uma gaivota que passou lá fora e a dizer que queria saber voar.

Voar pra quê, Capitu?, eu perguntei.

Ah, Sancha, essa vida é sempre a mesma coisa, é tudo igual, ela me disse.

Mas, logo depois, mudou de assunto e me perguntou se eu não queria ir com ela à rua do Ouvidor na terça-feira. Ela precisava comprar aviamentos de costura e queria perder algumas horas olhando as vitrines. Depois passearíamos pelo Paço Imperial para assistir a um sarau de poesia ou apresentação musical.

Escobar e Bentinho se aproximaram e perguntaram o que estávamos a conversar.

Eu disse que era sobre a vida e Capitu falou que era de gaivota.

Escobar riu e Bentinho comentou que isso era bobagem. O licor de jabuticaba tinha acabado, e estávamos leves e alegres, rindo de tudo. Então, Ezequiel veio chorando, o nariz todo catarrento e a mão esfregando os olhinhos. A ama de leite vinha logo atrás, muito preocupada e se desculpando pelo acontecido.

Capituzinha me bateu, Ezequiel falou.

Com medo de reprimenda, minha filha veio correndo também. Perguntei a Capituzinha por que ela tinha batido no Ezequiel, que era tão bonzinho com ela.

Ele é bobo e ele é feio, respondeu Capituzinha, de cara amarrada e bracinhos cruzados.

Eu falei: faça as pazes com o Ezequiel.

Mas não teve jeito, a menina continuava irritada.

Não, ele é bobo. Ele é feio.

Capitu pegou o pequeno Ezequiel e se afastou dali, para ver se o menino parava de chorar. Bentinho foi atrás dela.

Escobar deu uma bronca na filha, disse que aquilo não se fazia, que Ezequiel e ela eram praticamente irmãos e que irmãos não brigam. A reprimenda a deixou ainda mais furiosa.

Mas ele é bobo e ele é feio!, ela disse, antes de sair marchando decidida para se aninhar nos braços da ama de leite.

Quarta-feira, 18 de agosto de 1869

Escobar passou a manhã inteira de cara amarrada. Falei para ele que não tinha acontecido nada de mais e que eu estava com Capitu o tempo todo. Pode perguntar pra ela, eu disse. Mas isso, por algum motivo, o deixou ainda mais irritado.

O pior é que Escobar está certo. Não sei explicar o que aconteceu ontem, mas quando me dei pelo horário, já passavam das nove da noite.

Isso lá é hora de mulher casada chegar em casa?, meu marido esbravejou quando desci do tílburi.

Contei que Capitu e eu havíamos perdido a noção do tempo assistindo a um sarau no Paço, mas o caso é que eu mesma não sei o que aconteceu. Tento me lembrar dos detalhes, mas eles me fogem, como se eu tivesse bebido sozinha uma garrafa de licor.

Lembro-me muito bem de que encontrei Capitu na loja "A Moda de Paris", que fica bem no meio na rua do Ouvidor. Nós rimos, pois Capitu e eu usávamos o mesmo tipo de *bonnet* francês enfeitado com contas. Ela usava um vestido que deixava os braços à mostra, mas trazia um lindo xale nos ombros para manter-se coberta. Ela comprou vários carretéis de linhas, agulhas e alguns metros de tecido, que pediu para entregar na Glória.

Depois fomos ver as vitrines com as últimas novidades. Quando nos cansamos, paramos na confeitaria do Francioni para tomar sorvete. Falamos dos maridos e dos filhos, de chapéus e de sapatos, do novo folhetim romântico na *Gazeta de Notícias* e do sermão sonolento da missa de domingo.

Passavam das quatro quando Capitu cismou de ir ao Paço ver se havia alguma declamação de poesia. Falei que era tarde, mas ela me agarrou pelo braço e me puxou até uma sege, que estava parada à calçada.

Chegamos ao Paço quase quinze para as cinco. O lugar estava cheio de gente, e seguimos pelos corredores, observando o que acontecia em cada sala. Em uma delas, um homem barbado recitava um poema sobre índios. Em outra, um pianista tocava uma música enfadonha. Fomos andando pelo interior do casarão enquanto o sol morria lá fora, até que vimos várias senhoras conversando em frente às grandes portas abertas do salão de conferências. O lugar era usado só para palestras de deputados importantes ou convidados da Coroa que ficavam hospedados no Paço. Capitu, sempre muito dada, se aproximou de uma senhora que usava um minúsculo chapéu azul redondinho (preciso achar um igual).

O que vai acontecer aqui?, perguntou.

Ah, você não sabe? É a conferência do Príncipe da Transilvânia.

Um príncipe de verdade?, indaguei.

Ele prefere ser chamado de conde, explicou a mulher do chapéu redondinho, mas quer apoio para voltar a ser príncipe. É um homem encantador, e os olhos... nunca vi olhos como os dele... quando ele me olha, e ela baixou a voz até virar um sussurro, parece que estou nua...

Capitu ficou alvoroçada.

Vamos, Sancha. Vamos.

Já está noite, Capitu, eu disse.

Vamos ficar só um pouquinho, Sancha, vemos o príncipe e depois saímos, respondeu Capitu.

E, então, entramos.

Quinta-feira, 19 de agosto de 1869

Não consegui terminar de escrever todas as coisas que aconteceram na terça-feira — ou pelo menos todas as coisas de que consigo me lembrar. Ontem tive de parar o diário porque Capituzinha queria porque queria que eu desenhasse uma borboleta. Fiz algumas curvas no papel, mas ela não gostou e pediu outro desenho. Fui rabiscando, o tempo foi passando, e não consegui voltar ao diário, mas preciso fazer isso agora. Parece que as coisas estão sumindo da minha cabeça e tenho a impressão de que, se eu não escrever tudo, amanhã não me lembrarei de mais nada.

Capitu e eu entramos na sala onde aconteceria a palestra. Minha amiga e comadre insistiu para que nos sentássemos na primeira fileira, bem em frente ao pequeno tablado de madeira onde o príncipe da Transilvânia falaria.

Logo depois, um homem gordo, que usava uma faixa amarela e vermelha, entrou e anunciou de forma solene o palestrante da noite.

Senhoras e senhores, apresento-lhes o Senhor Conde da Grande Valáquia, Cavaleiro Emérito da Ordem do Dragão, Landegrave de Brasov e Târgu Mures, Defensor da Fé e Príncipe da Transilvânia, Vossa Excelência e Alteza... Vlad Tepes Drácula.

Todas as mulheres suspiraram quando ele entrou, e sou capaz de entender o motivo. O conde Vlad é um homem muito alto, de cabelos pretos e lisos, cavanhaque pontudo e bigodes engomados com cera, à moda dos franceses. Ele usava calças inglesas de um xadrez escuro e miudinho, com casaco preto de veludo, muito elegante e bem cortado. Escobar ficaria muito bem com uma roupa daquelas, se ele tivesse qualquer preocupação com a moda. O casaco era cheio de medalhas e comendas que pareciam ser todas muito importantes. Por cima do casaco, usava uma capa preta, com forro vermelho vivo. Ele tinha as mãos enluvadas e carregava uma cartola e uma bengala. O homem gordo o ajudou a tirar a capa e a levou embora, com a cartola e a bengala.

Então o conde encarou cada uma de nós com seus olhos azuis brilhantes, e eu senti meu corpo inteiro estremecer, como se um vento frio tivesse passado pela sala de conferências. Era como se aquele olhar me revelasse inteira, de corpo e alma, como se eu não tivesse mais nenhum segredo, nenhum pudor, como se ele e eu fôssemos uma coisa só.

E, então, ele começou a falar em um francês estranho e antigo, como se aquela não fosse uma língua natural para ele, apesar da sua origem nobre.

Ele disse: muito boas noites, madames e monsieurs. Meu nome é príncipe Vlad Tepes Drácula, mas podeis chamar-me apenas conde Drácula, pois meu título mais alto me foi roubado por traidores e idólatras. Sejais bem-vindos a esse conciliábulo, mas rogo que permaneçais somente por livre e espontânea vontade. Pois devo confessar que o meu sofrido coração não está habituado ao júbilo. Minha adorada Transilvânia encontra-se dominada por uma plebe infame e bárbara, e a mim tudo o que resta é prantear meus mortos e reivindicar meu sangue...

Conde Drácula falou de batalhas medievais sangrentas e das intrigas de pagãos e cristãos sem fé. Eu escutava aquilo inebriada, e, ao meu lado, Capitu sorria como boba. Finalmente, ele encerrou a narrativa, e vi, pelo escuro lá fora, que já era tarde. Era melhor voltar ao Flamengo o quanto antes, mas Capitu estava empolgada.

Só um pouquinho, Sancha, quero falar com o príncipe...

Mas olha quanta gente está em volta dele, Capitu! Nós precisamos ir embora...

Mesmo assim, Capitu me puxou, e nós duas nos aproximamos da rodinha que havia se formado em torno do fidalgo. Achei que ele nem notaria nossa presença, mas, então, o conde se voltou para nós duas com aqueles olhos brilhantes, se desvencilhou das outras mulheres e se aproximou.

Conde Drácula a vosso dispor, adoráveis senhoritas, ele disse, com uma mesura antiga. Poderíeis dizer-me os vossos nomes?

Sancha Escobar, eu falei, enquanto ele beijava minha mão, sem parar de me encarar.

Capitolina Pádua, respondeu Capitu, para se corrigir logo depois: Capitolina Pádua Santiago, mas todo mundo me chama de Capitu.

Conde Drácula tomou a mão da minha amiga, mas não a beijou, apenas a segurou entre as suas.

Rogo para que não me consideres por demais inconveniente, mas seus olhos me fazem lembrar tempos há muito perdidos no passado, ele disse.

Capitu sorriu, toda lânguida, enquanto ele beijava a mão dela, como havia feito com a minha, mas só que com ela, a coisa pareceu durar séculos.

Capitu, temos que ir, eu disse. Já é noite, e o Flamengo é longe.

O Conde Drácula não gostou da interrupção. Ele se virou para mim e pareceu que seus olhos haviam mudado completamente de cor. Eles estavam amarelados e as pupilas tinham ganhado uma escura tonalidade vermelho-sangue.

Mas é bem possível que eu tenha fantasiado essa última parte e que a minha memória esteja me pregando peças. Pois daí para a frente, não me lembro de mais nada. Não sei se fomos tomar chá ou se só ficamos de conversa no Paço. Tudo o que aconteceu depois está envolvo em sombras. É como um sonho. O que me lembro é de chegar em casa, depois das nove da noite, e encontrar Escobar furioso na sala.

Escobar continua emburrado, mas a raiva está passando. Sei que eu e Capitu não fizemos nada de mais, mas não me lembro do que fizemos. Só o que me recordo é dos olhos do conde, primeiro azuis e encantadores, depois vermelhos e terríveis.

Post scriptum: li tudo o que escrevi e penso que estou ficando doida. Não sei mais se tudo foi de verdade ou se é apenas minha imaginação inventando coisas. Pensei até em rasgar essas páginas e jogar fora, mas depois decidi deixar o diário assim mesmo. Tudo parece bobagem, eu sei, mas me ajuda a recordar o galante príncipe da Transilvânia.

Segunda-feira, 23 de agosto de 1869

Estava colocando rosas no vaso da sala quando um preto chegou a cavalo, vindo da Glória. Ele me entregou um papel dobrado. Abri e reconheci a caligrafia de Capitu, cheia de longas curvas desenhadas, especialmente nas letras "s", "g" e "p".

A carta era breve:

"Querida Sancha,

Irei ao Paço hoje à tarde para ver novamente o príncipe. Mas não me atrevo a ir sozinha, pois você bem sabe o quanto Bentinho é ciumento.

Por favor, Sancha, me encontre hoje no Paço, ao cair da noite, que é quando a palestra começa.

Desde aquele dia, não consigo tirar o homem da cabeça. Ontem mesmo, enquanto dormia, tive a clara impressão de que ele estava no meu quarto, bem ao lado da minha cama. Acordei suada e suspirando, mas é claro que tudo não tinha passado de um sonho.

Caso ele tenha causado em você a mesma impressão que causou em mim, tenho certeza de que também gostaria de revê-lo, minha amiga. Mas, por tudo o que é mais sagrado, queime esse bilhete assim que terminar de lê-lo.

Espero por você no Paço.

Sua amiga e comadre,

Capitu"

Mandei o escravo de volta à Glória com uma simples mensagem: "*Estarei lá.*"

Depois fui ver como estava Capituzinha. A menina dormia o sono da tarde sob o olhar atento da ama de leite. Então, pedi que um dos criados me conseguisse uma carruagem para que eu fosse ao encontro de Capitu.

As coisas estão sumindo da minha cabeça e, se eu não escrever tudo, amanhã não me lembrarei de mais nada.

CAPÍTULO VI
AS VERDADEIRAS MEMÓRIAS PÓSTUMAS DE BRÁS CUBAS

Texto manuscrito arquivado na
Biblioteca Nacional do Rio de Janeiro

A grande odalisca

— E quem é esse misterioso conde Drácula? — foi o que perguntou Bento Santiago quando comecei o meu relatório sobre as andanças de dona Capitolina. Estávamos no escritório do Quincas Borba. Era uma manhã quente e sem brisa. As vozes das pessoas e o bater metálico das ferraduras dos cavalos nas pedras da rua entravam pela janela, que estava aberta para aliviar o calor. Quatro semanas haviam se passado desde o primeiro encontro com o seminarista. Eu devia ter apresentado meu relatório uma semana antes, mas atrasara propositalmente a entrega, alegando necessitar de mais alguns dias para confirmar umas suspeitas.

Quincas Borba não gostou. Isso havia acontecido durante uma *soirée* no Clube Fluminense, que, coincidência das coincidências, ficava na rua do Conde.

— Você já seguiu várias vezes a esposa do cliente! — disse o filósofo na ocasião. — Você sabe que dona Capitolina nada faz de condenável. Ela só frequenta as palestras desse tal conde... conde...

— Conde Drácula — completei. — E "conde" é apenas um dos títulos. Ele afirma que era um príncipe até os Habsburgos tomarem a terra dele.

— A Transilvânia. Você me falou. O caso está encerrado. Tiremos logo o peso do coração de Santiago.

— Ora, mas isso não encerra o caso! Capitu... digo, dona Capitolina fala a verdade, mas que sentido há em ir ao Paço, noite após noite, para ouvir o discurso de um príncipe exilado? Que interesse ela pode ter na independência da Transilvânia?

— Humanitas busca o prazer — sentenciou o investigador filosófico. — A senhora Santiago procura apenas distração da sua vida enfadonha. Nada mais.

Bebi o conhaque que havia na taça e respondi com espírito resoluto:

— Não basta. Isso não basta. Necessito de mais uns dias. Preciso saber por que esse aristocrata decadente desperta tanto interesse em Capitu... digo, em dona Capitolina.

O filósofo balançou a cabeça, contrariado. Eu continuei:

— Não reclame, Quincas. Foi você quem me transformou em assistente de bisbilhoteiro...

— Investigador! — corrigiu o filósofo.

— Que seja... Preciso de mais tempo. Uma semana, no mínimo.

Quincas Borba concordou. Mas eu mentia. Sim, querida leitora, eu mentia. Mentia da maneira mais deslavada possível. O que Capitu, a bela Capitu, a misteriosa Capitu, via naquele homem? Ele era um bom contador de histórias, admito, o que garantia a ele uma audiência sempre crescente, especialmente de representantes do *beau sexe*. Mas o que mais havia nele? Era o que eu precisava descobrir.

Sim, leitora cúmplice, eu não apresentara o meu relatório para ficar mais tempo seguindo Capitu. Antes de virar investigador, minha única ocupação era imaginar maneiras de criar um emplastro como meu nome, o que me tornaria imortal entre os hipocondríacos.

Emplasto Brás Cubas, à venda nas melhores casas do ramo.

Esse era todo o meu afazer até Capitu aparecer. Agora era diferente, Capitu era o meu trabalho. Eu gostava de vigiar a mulher do Santiago. E não era apenas por causa dos seus belos braços nus, mal protegidos por um xale atirado ao ombro, mas também por todo o movimento de corpo, que era recatado, bem como, pecaminoso.

Eram os olhos, contudo, que me atraíam. Aqueles olhos inquietos e dissimulados, que me faziam lembrar a "Grande Odalisca" de Ingres, que eu vira em Paris. Havia algo de cigana em Capitu. Era isso que atraía o conde de origem húngara?

Drácula sempre ia ter com Capitu e a amiga Sancha depois das palestras. É bem verdade que as duas se comportavam de maneira absolutamente correta. Nada, absolutamente nada na atitude delas traía uma relação mais séria.

Mas o conde, e isso era visível, demonstrava exagerada atenção para com elas e demorava-se com as mãos de Capitu entre as dele. Eu não poderia recriminá-lo, pois confesso que também desejava segurar as mãos da cigana da Glória, embora mantivesse uma distância prudente e segura da mulher, como um bom e discreto investigador.

O conde amigo do conde

— E quem é esse misterioso conde Drácula? — perguntou o senhor Bento Santiago.

Perdão, leitora, mas ainda estamos no escritório do Quincas Borba, naquela manhã abafada. A trama não avançou, e a culpa é minha. Iniciei o meu relatório e me perdi nas digressões. Entenda: este é um livro de defunto, e autor morto não se incomoda com a opinião dos críticos.

Drácula não era mais esbelto do que eu, possivelmente não era mais lido do que eu e certamente falava um francês pior do que o meu. E, ainda assim, era a ele que Capitu ia escutar todas as noites no salão de conferências do Paço Imperial.

Por quê?

Era o que eu queria saber.

Para desvendar o mistério, aproximei-me de Leocádia, uma senhora corpulenta e alforriada que trabalhava na governança do lugar.

— Tem coisa estranha com esse homem, valha-me Deus! — confidenciou-me ela, encostada numa parede e fumando um cigarro de palha de cheiro ardido. — Ninguém entra no quarto. Diz que ele cuida pessoalmente da faxina, mas isso é coisa muito esquisita, porque gente fidalga não consegue nem limpar o rabo, se o senhor perdoa o meu francês...

Perdoei.

Leocádia me aconselhou a conversar com o Custódio, mordomo do palácio e responsável pelos hóspedes. Fui. Num bar da rua do Mercado, Custódio bebeu meia garrafa de conhaque brasileiro e soltou a língua.

O conde Drácula, disse ele, era conhecido de Dom Gastão, o conde D'Eu, Príncipe Imperial Consorte.

— Contam que ele conheceu o Dom Gastão na Alemanha — narrou Custódio, enquanto mordia um torresmo cabeludo. — Capaz de ser verdade... o Paço só hospeda amigos da família real, o senhor sabe. Essa coisa de ninguém entrar no quarto dele, que a linguaruda da Leocádia contou pro senhor, é verdade mesmo. O lugar deve estar um chiqueiro, ainda mais depois do que o João Inácio me falou.

João Inácio era um negro forte e desconfiado, responsável por carregar a bagagem dos hóspedes.

— Não gosto de falar das coisas de lá não — murmurou ele, sem jeito, encostado na parede caiada do cortiço da Gamboa, onde vivia.

Jurei por Nosso Senhor que tudo o que João Inácio me contasse ficaria apenas entre nós dois. Nunca fui homem de fé, mas ele era, então o juramento valeu. Para animá-lo, depositei na mão dele algumas moedas sem valor.

O preto me contou que a bagagem do conde Drácula contava muitos baús. Mas o mais estranho era um enorme ataúde de madeira, do tamanho de um caixão de defunto.

— A coisa fedia a mofo e era bastante pesada. Foi preciso quatro de nós pra carregar. Tava cheio de terra.

— Terra? — perguntei. — Ninguém carrega terra!

— Era terra! Juro por Nossa Senhora do Rosário! Terra úmida. Era noitinha, e a gente tava levando as malas pro quarto dele. Pra carregar o caixão, juntamos eu, o Teobaldo, o Fulgêncio e o Uca. Um de cada lado e dois no meio. E o fidalgo do lado, dando ordens numa língua que ninguém entendia. Quando a gente passou na frente do espelho grande que tem no andar de cima, o Uca deu um berro e soltou o lado que ele segurava. Eu e o Fulgêncio não aguentamos o peso, e o caixão caiu. A tampa abriu e escapou um montão de terra. Era uma terra preta muito fedida.

Incentivei João Inácio a continuar, mas não havia muito mais a contar. O conde ficou furioso com aquilo e expulsou os servos aos berros.

— Eu levei uma bronca do Custódio, mas o Uca perdeu o emprego...

— Mas o que ele viu no espelho para ficar tão assustado?

— Nada.

— Nada?

— O senhor tem que entender que o Uca bebe demais. Bebe, bebe, bebe. Bebe até cair. Então, o que ele fala não tem muito valor...

— Queria saber mesmo assim.

— Bom... o Uca falou que, quando passou na frente do espelho, ele não viu o homem, que tava bem do lado dele. Ele só viu a gente no espelho.

— O homem não tinha reflexo? Esse Uca estava bêbado! — respondi.

— Uai, mas é claro que tava! Ele sempre tá — respondeu João Inácio. — O que eu sei é que, na manhã seguinte, não tinha bagagem nenhuma no corredor. Nem baú, nem caixão, nada. O Teobaldo acha que o homem arrumou gente pra levar tudo pro quarto dele. Mas arrumou onde? O que eu sei é que sozinho ele não pode ter carregado aquilo tudo, porque era muito pesado.

Naturalmente, não incluí esse disparate no meu relatório ao senhor Santiago.

O cachorro

— E quem é esse misterioso conde Drácula? — perguntou Bento Santiago.

Sim, leitora ansiosa, continuamos no comércio do Quincas Borba e eu ainda não terminei meu relatório para o marido ciumento de Capitu.

Ah, as digressões! Ah, os devaneios!

Prometo que não me afastarei de novo da narrativa, mas antes... antes eu preciso falar do cachorro.

Sim, o cachorro.

Deixe-me falar do cachorro.

Certa noite, depois da palestra e de uma breve conversa com o conde, Capitu e a amiga Sancha saíam do Paço para tomar as carruagens que as levariam para casa. Eu estava bem próximo das duas quando a esposa do Bento Santiago tropeçou nos próprios passos e, por muito pouco, não foi ao chão. Solícito, apressei-me a ampará-la e pude sentir a pele suave da mão e um doce perfume de laranjeira. Ela agradeceu com um meio sorriso e um olhar entre o provocativo e o acanhado. Naquele breve momento, compreendi toda a preocupação do seminarista.

— Muito agradecida, senhor...

— Brás Cubas, a seu dispor, dona...

— Capitolina. Mas todo mundo me chama de Capitu.

Ajudei Capitu a subir no tílburi, enquanto Sancha partia em outra sege. Fiquei ali a fumar e a observar o carro se afastar, e, nesse momento, uma coisa muito estranha aconteceu. Um cachorro enorme e totalmente negro parou ao meu lado, rosnando com agressividade na minha direção. Confesso que tive medo, pois a fera mais parecia um lobo, tinha olhos avermelhados e uma aparência sobrenatural, quase demoníaca. Felizmente, nada aconteceu. Depois de rosnar, a criatura partiu atrás do carro de Capitu, como se estivesse em perseguição à mulher, coisa obviamente impossível.

Achei estranho, mas romântico. Até os animais irracionais se sentiam atraídos por ela.

E é claro que o cão assustador também não constou do meu relatório.

O relatório

— E quem é esse misterioso conde Drácula? — perguntou Bento Santiago.

É assim mesmo, o livro não sai do lugar. Deixei-me distrair com o perfume de Capitu e a história não avançou.

Avancemos, enfim.

Bento Santiago estava sentado no sofá de dois lugares e fazia a aba do chapéu rodar entre seus dedos, deixando clara a sua preocupação e o seu nervosismo.

Eu havia descrito os fatos por mim presenciados, evitando as superstições e os exageros. Não havia motivo para preocupar ainda mais o infeliz marido. Concluí meu relatório dizendo que ele podia dormir tranquilo, pois dona Capitolina nada havia feito de repreensível. Ela e a amiga Sancha apenas ouviam — noite após noite após noite — as vibrantes palestras do conde Drácula, o nobre hóspede da coroa.

— E quem é esse misterioso conde Drácula? — perguntou-nos o senhor Santiago, como a leitora está cansada de saber.

Suspirei e respondi:

— Um príncipe europeu que se hospeda no Paço à custa do bem público, pois é amigo de Dom Gastão.

Quincas Borba me olhou com reprovação.

— Deixemos as maledicências para os republicanos, Cubas.

Então, o investigador filosófico se voltou para o cliente e continuou:

— O conde Drácula é da Transilvânia, região espremida entre o império da Áustria-Hungria e os domínios otomanos. O lugar já foi um principado independente, mas hoje está sob o controle dos Habsburgos de Viena. E é esse o motivo da visita dele ao nosso país. Nas palestras, o aristocrata busca apoio para restaurar a soberania da Transilvânia e seu título de príncipe. O público se entusiasma bastante com nobres europeus exilados, o senhor sabe...

— Especialmente as belas damas — acrescentei, para me arrepender em seguida, pois Bento Santiago me mirou com olhos nervosos.

— Como assim? — perguntou ele.

— Falei por falar — respondi. — Havia também muitos homens nas noites em que lá estive. O conde é um grande contador de histórias, e isso atrai muitos ouvintes. Mas asseguro ao senhor que o comportamento de dona Capitolina e da sua amiga Sancha é dos mais dignos e reservados...

Quincas Borba veio em meu socorro:

— Como, aliás, eu havia garantido ao senhor no nosso primeiro encontro. A desconfiança, nós sabemos, é própria de Humanitas, mas não há razão alguma para isso. Em essência, somos apenas um e buscamos todos a mesma expansão.

Bento Santiago não entendeu nada, e eu, muito menos. Mesmo assim, acrescentei:

— O que o filósofo quer dizer é que dona Capitolina apenas assiste às palestras e nada mais. O senhor pode dormir tranquilo.

O homem olhou pela janela para observar as pessoas barulhentas do lado de fora. Então, se virou para mim e perguntou:

— E como se parece esse conde Drácula?

— Ele é alto — respondi. Fiz uma breve pausa para escolher as palavras e continuei: — Empertigado, de expressão arrogante. Usa cavanhaque e engoma os bigodes com cera. Veste-se bem e faz questão de exibir suas muitas medalhas e comendas. Fala um francês gutural e meio selvagem que, quero crer, se deve à sua origem cigana...

Quincas Borba acrescentou:

— O jornal *O Moleque* fez um artigo bastante interessante sobre esse visitante.

— Ah, não leio esses panfletos — desdenhou o cliente.

— Pois devia — retrucou o Quincas. — As grandes verdades de Humanitas estão muitas vezes ocultas no mais ordinário dos pasquins. Mas vamos ao que interessa: sua senhora é uma boa esposa e o senhor deve parar de se ocupar com tolices.

O seminarista agradeceu.

— O senhor me tira um enorme peso das costas. Um enorme peso. Naturalmente, como o senhor bem sabe, nada do que falamos aqui pode sair dessa sala. Sou um homem de bem e... histórias como essas não... não...

Quincas Borba o interrompeu:

— Não se preocupe. Isso aqui é um túmulo!

Achei um pouco sombria a comparação do escritório com um sepulcro. Naquele momento, senti os pelos da nuca se arrepiarem. Bento Santiago entregou ao filósofo o restante do dinheiro combinado e partiu.

Quincas Borba queria dividir a quantia comigo, mas recusei. Eu me transformara em seu assistente primeiro por tédio e, depois, por prazer, não por merréis. Meus proventos eram suficientes para sustentar meu ócio, e eu já fora presenteado com o relógio de Auguste Dupin. Além disso, a breve aventura propiciara que eu conhecesse Capitu. Capitu, com seus olhos de cigana oblíqua e dissimulada.

O que eu faria agora, que não tinha mais Capitu para seguir?

O chiste

— E quem é esse misterioso conde Drácula? — perguntou-nos o senhor Bento Santiago.

Sossegue, leitora. É só um chiste. Esta parte do livro já acabou.

CAPÍTULO VII
O “CONDE DE COISA ALGUMA”

Artigo do jornal satírico O Moleque *de setembro de 1869 encontrado entre os papéis de Bento Santiago, sob a guarda do seu filho Ezequiel A. de Santiago*

O que se passa no Paço Imperial?

Essa é a pergunta que não sai da cabeça de quem se aventura nos salões nababescos que foram residência real, mas que hoje servem apenas para o imperador fazer seus pronunciamentos e receber embaixadores. Ah, sim! Agora o Paço também é um albergue de fidalgos que ali se hospedam às custas do Bem Público!

O Moleque descobriu que um dos hóspedes permanentes da suntuosa pensão é um “aristocrata” eslavo que, todo dia, ao cair de noite, faz conferências em francês e português para as senhoras da nossa melhor sociedade. Na boca do visitante, a língua de Camões ganha sotaque de Luís XVI e o idioma de Voltaire parece os mugidos de um cossaco. Apesar disso, pasme o senhor leitor, os grunhidos encontram cada vez mais ouvintes! Ninguém sabe explicar por que o fidalgo só se dispõe a discursar quando o sol se põe. *O Moleque* acredita que isso se dá para que as reais intenções do “nobre” permaneçam na penumbra.

O citado “aristocrata” apresenta-se como “conde”, embora reivindique o título de “príncipe” da Transilvânia, uma honraria inexistente e que (supostamente...) é a razão das suas pregações. A Transilvânia é um pedaço de terra encravado nos montes Cárpatos e foi, de fato, independente durante algum tempo, mas tudo isso acabou com o Compromisso Austro-Húngaro, firmado há dois anos. Hoje aquela terra é propriedade de Viena. De onde se conclui que o nosso "príncipe da Transilvânia" não é senhor nem dos próprios fundilhos e só é reconhecido como "nobre" atrás das paredes do Paço Imperial.

Quem acompanha os saraus do aristocrata farsesco relata que ele tem cabelos muito pretos, sobrancelhas espessas, cavanhaque pontudo e um fino bigode cuidadosamente aparado. O "príncipe" exilado se veste apenas de preto, com capa, cartola e bengala, e sempre ostenta comendas outorgadas a seus ilustres antepassados. O nome dele é Vlad Tepes Drácula, mas no Paço todos se referem ao hóspede como "conde Drácula".

A missão do "Conde de Coisa Alguma" é buscar apoio para a restauração da Transilvânia à sua soberania. Diz ele que a sua linhagem defende a Cristandade dos turcos otomanos há centenas de anos e, portanto, se faz digna de tal honraria.

O Moleque não concorda.

"Drácula" não é sequer um sobrenome, mas apenas um título cavalheiresco da Ordem do Dragão, fundada pelo sacro imperador romano-germânico Sigismundo em 1408. O título é hereditário, e quem primeiro o ostentou foi Vlad II, príncipe da Valáquia e Transilvânia, um (suposto...) parente do nosso "conde".

O fidalgo que se hospeda às nossas custas costuma narrar as batalhas desse (suposto...) antepassado com grande riqueza de detalhes, como se pertencesse a ele a glória do outro, alcançadas há 400 anos!

O Drácula do século XIV, também conhecido como Vlad, o Empalador, foi um déspota sanguinário! Ele só subiu ao trono depois de assassinar o próprio primo! Uma vez no poder, puniu os adversários de maneira bárbara e cruel. O monarca fazia os prisioneiros se sentarem nus sobre estacas afiadas até que morressem transpassados pelos espetos. Os historiadores contam que o Solano López dos Cárpatos apreciava fazer suas refeições em meio aos empalados, pois os gritos e gemidos abriam seu apetite.

Para garantir apoio ao seu minúsculo principado, Drácula se casou com a princesa Marishka Szilági, filha do rei da Hungria. As crônicas registram que, apesar de tratar os inimigos com extrema crueldade, Drácula era devotado à bela Marishka dos "olhos fugidios e inquietos como as águas do mar em dias de ressaca". E, ao lado dela, ele poderia ter domado sua tirania sanguinária. O destino, porém, decidiu intervir. Em 1453, o sultão Maomé III, o Conquistador, tomou Constantinopla dos cristãos e, a seguir, invadiu a Transilvânia. O Empalador foi à guerra, rechaçou os inimigos e adentrou os domínios muçulmanos matando, saqueando e empalando homens, mulheres e crianças.

Enquanto ele lutava, os nobres oprimidos da Transilvânia decidiram usurpar-lhe o poder. Subservientes aos conspiradores como se fossem jesuítas, os padres locais inventaram o motivo para justificar tal levante: heresia! Drácula e a esposa seriam adoradores do diabo e precisavam arder na fogueira!

Quanto tomou conhecimento da intriga, Vlad cavalgou em socorro à princesa, mas não conseguiu salvá-la. Desamparada e temendo a morte nas chamas, Marishka Szilági se atirou das muralhas do castelo, morrendo esmagada nas pedras do rio que o circundava. Quando o marido finalmente chegou, o corpo insepulto da mulher já tinha sido devorado pelos lobos. Conta-se que Drácula prometeu se vingar dos traidores e da igreja e, para isso, se aliaria até mesmo a Satanás!

Mas o Capeta, pelo visto, não fez negócios com o nobre e preferiu tratar com os paraguaios, que pagam mais...

Alguns historiadores afirmam que Vlad foi preso e executado. Outros dizem que ele se refugiou nas florestas da Transilvânia e se manteve escondido até a morte. O fato é que, com o sumiço de Drácula, sua linhagem terminou, e nenhum compêndio da nobreza europeia registra herdeiros ou sucessores.

Por isso, *O Moleque* conclui que o hóspede do Paço não passa de um charlatão embusteiro que se refugiou neste país só para viver às custas dos nossos impostos!

"E como foi que esse flibusteiro, fabulista e falsário chegou às nossas terras?", pergunta o senhor leitor.

Ora, comenta-se à miúda que o "conde Drácula" é conhecido do outro conde, o D'Eu, com quem teria negociado a estadia no Rio de Janeiro.

O Moleque não se espanta! Louis Philippe Marie Ferdinand Gaston, o "Dom Gastão", nem brasileiro é e pouco se importa com a sorte da nossa terra! Tivesse esse reino uma Câmara de Deputados altiva e um imperador que fosse de fato o Defensor Perpétuo do País, esse "Conde de Coisa Alguma" já teria sido despachado para o oceano a pontapés!

- *O Moleque*

CAPÍTULO VIII
O DIÁRIO DE SANCHA

Diário da senhora Sancha Escobar, esposa do falecido senhor Ezequiel de Souza Escobar. Caderno encontrado nos arquivos de Quincas Borba, investigador filosófico, sob a rubrica "Caso Bento Santiago"

Segunda-feira, 1º de setembro de 1869

Não sei mais o que falar pro Escobar. Todo dia Capitu quer ir ao Paço para ver o "príncipe". Já disse que não posso, que tenho meus afazeres, mas ela insiste e fala que não pode ir sozinha e que o Bentinho é muito ciumento. Isso é verdade. Bentinho morre de ciúme da Capitu.

Mas Capitu também precisa se dar ao respeito. Ela é mulher casada, e o povo da Corte adora intriga e boato.

O príncipe é um homem muito bem apessoado, mas tem algo esquisito nele. O olhar me deixa inquieta. É estranho. Não sei explicar direito. Sempre perco a noção do tempo quando ele conversa com a gente depois das apresentações. Parece que ele devora a alma das pessoas. A verdade é que o homem me dá medo. Contei isso pra Capitu, mas ela me escuta? É claro que não!

Quinta-feira, 3 de setembro de 1869

Capituzinha fica cada vez mais levada. Ontem eu peguei o *Jornal das Moças* e estava recortando as páginas com vestidos franceses para a costureira copiar. De repente, a ama de leite entrou reclamando que Capituzinha tinha chutado a canela dela. De novo!

A menina não queria dormir e, quando eu insisti, ela me chutou, sinhá, falou a preta.

Larguei a revista e a tesoura em cima da mesa e fui ver o que estava acontecendo.

Encontrei Capituzinha de pé em cima da cama.

Não quero dormir, quero ficar acordada, ela falou, de cara fechada.

Perguntei por que, e ela me respondeu que não dá pra brincar quando está dormindo. Falei que a vida não era só brincar, que ela era criança e que precisava dormir para crescer.

Não quero crescer, gente grande é boba e fedida, respondeu a peralta.

Mandei a ama de leite fazer outra coisa e fiquei eu mesma ninando Capituzinha. Acabei dormindo e, quando acordei, já era noite. Tive que correr até a cozinha para cuidar da janta do Escobar.

A casa estava escura e quieta. As janelas estavam com as vidraças abaixadas, mas as abas estavam abertas, então dava pra ver lá fora. O acendedor de lampião já tinha passado e a rua estava clara. Quando estava passando pela sala, levei o maior susto da minha vida!

Olhei para a janela, e o príncipe estava lá fora! O príncipe Vlad Drácula estava lá fora! O príncipe Vlad estava lá fora e estava me olhando com aqueles olhos vermelhos! Soltei um grito de horror, e meu coração disparou!

Mas, então, eu olhei de novo, e não tinha ninguém. Ainda tremendo, fui até a janela para ver a rua. Não tinha ninguém. Por causa do meu grito, as criadas vieram correndo e perguntando o que tinha acontecido. Falei que não era nada, era só a minha imaginação me fazendo ver coisas que não existem.

Preciso parar de ir ao Paço com a Capitu. Aquele homem está mexendo com os meus nervos.

Sexta-feira, 4 de setembro de 1869

Recebi bilhete de Capitu pedindo para que eu a encontrasse no Paço. Pedindo não, porque a atrevida não é disso. Capitu praticamente me intimou a encontrar com ela no Paço.

Não queria ir, mas fui. Me arrumei, peguei uma sege e fui. Capitu me dá nos nervos, mas não posso deixá-la ir sozinha. Escobar me contou que Bentinho anda muito preocupado com nossas visitas ao centro da cidade.

Escobar me falou: e ele está certo, mulher casada não fica andando por aí depois que escurece.

Mas eu tenho que acompanhar Capitu, senão ela faz besteira, respondi.

Escobar fez hummm e concordou.

Homem é engraçado. Escobar se preocupa demais com a mulher do Bentinho. Capitu é comadre nossa, mas a preocupação passa da conta. Escobar diz que é nosso dever nos preocupar com os amigos, especialmente com Capitu, que é avoada.

Bom, com isso eu concordo. Ela é mesmo avoada.

O Paço Imperial estava cheio de gente, especialmente o salão da palestra. Muitas mulheres. Muitas, muitas, muitas. Tinha alguns homens também, especialmente um senhor distinto que se senta sempre no mesmo lugar, perto da porta. Ele fica fumando cigarrilhas com cheiro de cravo. Já o peguei olhando pra mim e pra Capitu, mas ele sempre desvia o olhar. Ele deve trabalhar no Paço, o que mais tem no lugar é funcionário público.

Fiquei perturbada e arrepiada quando o príncipe entrou na sala. O coração acelerou, e me senti trêmula. Toda vez que eu o vejo, fico assim. É uma coisa esquisita. Dá vontade de sair da sala, mas também quero ficar. Não consigo explicar.

O príncipe Vlad Drácula falou de guerras passadas e do presente da terra dele. Contou da princesa Marishka, mulher do primeiro Drácula, que se suicidou por causa da intriga de religiosos e nobres traiçoeiros.

Quando acabou o sarau, fomos conversar com ele, como fazemos todas as vezes. Ele passou horas segurando a mão de Capitu e chamou ela de "Marishka" duas vezes. Escutei muito bem, mas Capitu falou que era delírio meu: deixa de ser boba, Sancha! Ele não fala português direito e você entendeu tudo errado.

Quando a gente estava se despedindo, o príncipe Vlad perguntou se podia nos visitar. Capitu, destrambelhada como sempre, respondeu que sim!

Capitu!, ralhei com ela. Você não devia perguntar pro Bentinho?

Ela ficou muito sem graça e respondeu que eu estava certa, era melhor falar com o marido antes. Então o homem virou-se para mim, e eu me arrepiei toda. Senti meu rosto corado de vermelho. Era um olhar intenso, mas gentil. Não era de fúria, como da outra vez. Com aquela voz grave e antiga, ele perguntou:

E a ti, Sancha, posso visitar-te?

Não sei o que deu em mim, pois na hora eu também respondi "sim".

Sábado, 5 de setembro de 1869

Vou continuar escrevendo hoje o que aconteceu ontem, sexta-feira. A gente estava de saída do Paço, conversando e rindo muito do atrevimento do príncipe, mas também um pouco assustadas. Será que ele tinha falado sério? Não era possível. A gente era casada.

Então a atrapalhada da Capitu tropeçou sei lá no que e por pouco não caiu no chão. A sorte foi que o homem da cigarrilha, aquele que está sempre nas palestras, estava perto e a amparou com rapidez, impedindo o tombo.

Foi um alívio, porque, se ela chegasse em casa machucada, o Bentinho ia ficar doido.

O homem foi muito simpático e nos acompanhou até as carruagens.

Quando voltava para o Flamengo, fiquei pensando no Drácula. Ele me enche de pavor, mas não consigo tirá-lo da cabeça. Às vezes, eu queria ser solteira.

Nossa!

Olha o que eu escrevi. Preciso guardar muito bem esse diário pro Escobar nunca ler essas bobagens.

Domingo, 6 de setembro de 1869

Começamos o dia com a missa na Capela Imperial, a Igreja de Nossa Senhora do Carmo. Eu, Escobar e Capituzinha, que não parava quieta e teve que ficar do lado de fora com a ama de leite. Bentinho, Capitu e Ezequiel já estavam na igreja, esperando pela gente na sexta fila. Bentinho ficou quieto e de cara fechada, certamente por causa das andanças de Capitu.

Ezequiel é uma gracinha e sempre muito comportado. Muito diferente da Capituzinha. Ele ficou no meu colo a missa inteira. Foi bom porque, senão, eu cochilava. Latim sempre me deu sono, desde a época da escola, e o sermão do monsenhor Lopes, naquela voz arrastada, é um santo remédio para insônia.

Depois da missa, fomos todos juntos para a Glória, pois tínhamos combinado de almoçar na casa da Capitu. As crianças foram em sege separada, com a ama de leite.

Foi divertido o almoço. Capitu e eu falamos de vestidos, enquanto os homens conversaram sobre dinheiro. Bentinho falou pouco, com frases curtinhas e, mesmo assim, várias vezes se esqueceu do que estava dizendo.

A cozinheira de Capitu se chama Candinha e está na família desde que éramos crianças. Nossa, como ela cozinha bem! Primeiro ela serviu umas fatias bem fininhas de presunto de York, depois teve galinha cozida em vinha-d'alho com arroz e mandioca frita na banha de porco.

As crianças comeram na cozinha e depois foram brincar no quintal, perto da cocheira, enquanto nós fomos para a sala de estar comer bolo de tapioca com goiabada. Escobar contou que vai fazer uma viagem de dois dias até Barbacena pra resolver uns negócios e sai amanhã de tarde. Eu vou ficar. Tenho umas costuras pra fazer e Barbacena é uma roça. Não tem que o ver lá. Escobar perguntou pro Bentinho se ele podia ir ao armazém na segunda de manhã, para resolver sei lá o quê, mas o compadre respondeu que tinha umas coisas para ver na rua do Ouvidor.

Ver o que lá?, perguntou Capitu.

Negócios, Capitu, negócios, respondeu o Bentinho, e mudou de assunto para a guerra no Paraguai. As tropas da Tríplice Aliança tinham cercado a cidade de Peribebuy, onde o Solano López tinha se refugiado.

Em breve o caudilho estará a ferros, falou o Escobar.

Eu até gosto de escutar essas conversas de guerra, mas Capitu cochichou no meu ouvido que precisava falar uma coisa comigo, então fomos para o quarto dela.

Nós sentamos na cama do casal, e Capitu segurou nas minhas mãos. Os olhos dela brilhavam.

Sancha, preciso te contar uma coisa, você não vai acreditar no que aconteceu anteontem...

O quê? Conta.

O príncipe. O príncipe esteve aqui.

O príncipe?!, eu respondi. Você está doida?

E então ela me contou uma história muito esquisita que eu vou escrever aqui agora. Na sexta-feira, depois da palestra do conde Drácula, cada uma de nós pegou uma carruagem de volta para casa. Capitu falou que, quando chegou, estava tudo em silêncio. Ezequiel já tinha ido dormir e Bentinho estava na cozinha, jantando sozinho. Então, ela ouviu uma batida na porta. Quero dizer, ela acha que ouviu uma batida na porta, mas não tem certeza, porque, se alguém tivesse batido, o Bentinho teria escutado também, mas ele não ouviu nada. Então ela teve o desejo de abrir a porta, e era ele. O príncipe da Transilvânia.

Consentes tu que eu entre na tua morada?, ele perguntou naquele linguajar antigo dele.

E eu falei "sim", me disse Capitu.

Ela me contou que conde a segurou pela cintura e deslizou com ela corredor adentro, que vai da porta da rua até a sala.

Era como dançar valsa, ela falou. Capitu contou que não sentia seus pés no chão e estava muito preocupada com o marido, que estava ali pertinho, na cozinha.

Mas então aconteceu uma coisa muito esquisita. Na sala da Capitu, tem um terço pregado na parede, que foi da mãe do Bentinho, a dona Maria da Glória. Fica bem no alto, perto de uma estátua de Nossa Senhora, que está em cima de uma cômoda pesada. Quando o príncipe viu o terço, acabou a dança.

Ele fez igual gato assustado, me narrou Capitu.

Sabe quando gato arreganha os dentes, dá um pulo para trás e sai correndo? Foi assim. Ele saiu porta afora, como se fosse um raio. Sumiu na noite!, ela contou.

Ah, Capitu, brincadeira tem hora!, eu falei.

Eu juro, eu juro, eu juro!, ela respondeu.

Capitu, deixa de ser besta! Isso é delírio de menina, e você já é uma mulher casada, vê se cresce.

Juro por Nossa Senhora...

Capitu, se o Bentinho escuta uma coisa dessas, ele te tranca em casa!

Ah, até parece..., desdenhou ela e, depois, continuou: Sanchinha, acredita em mim... ele esteve aqui!

Aí nós voltamos para a sala e não falamos mais desse assunto. Capitu sempre teve a cabeça nas nuvens, mas está passando dos limites. Nem vou contar pro Escobar, porque senão ele fala pro Bentinho e aí já viu...

Terça-feira, 8 de setembro de 1869

Ainda não consigo entender o que aconteceu de madrugada, mas preciso escrever tudo, antes que a lembrança desapareça da minha mente.

Capituzinha está brincando com a ama, e Escobar continua em Barbacena. Estou sozinha no quarto e posso cuidar desse diário de que gosto tanto.

Será que Capitu e eu endoidamos? Duas pessoas diferentes podem imaginar a mesma coisa? Será que é tudo imaginação?

Escobar viajou ontem de tarde, por isso eu estava dormindo sozinha no nosso quarto. Sem meu marido do lado, a cama parecia enorme, e eu não conseguia pegar no sono.

Li um livro chato com a história chata de uma moça chata chamada Emília e o homem chato que é apaixonado por ela. Li até a vela acabar, mas o sono não veio.

Fiquei rolando na cama e ouvindo o vento soprar cada vez mais forte. Vai chover, pensei. Começou a cair uma chuva pesada, de pingo grosso, com raios estralando cada vez mais alto.

Os trovões me deixaram mais desperta. Foi então que eu escutei uma batida na porta da varanda, como se fosse alguém querendo entrar. Nossa casa é um sobrado, e o quarto fica no segundo andar. Uma porta grande de madeira dá para uma varanda estreita, de onde se pode ver boa parte do Flamengo. Da varanda até o chão, são uns três metros e é muito difícil alguém chegar ali pelo lado de fora. Tinha alguém na varanda, de noite, no meio de tempestade? Fiquei com muito medo e toda arrepiada. Mesmo assim, mesmo agoniada, senti uma vontade, um desejo, uma ânsia, uma coisa me dizendo que eu devia abrir aquela porta.

Levantei da cama e nem me dei ao trabalho de pegar o *peignoir* para cobrir a camisola transparente. Fui até a porta e abri. Era ele. Ele! Ele, o príncipe Drácula, com sua capa preta de forro vermelho. Ele estava lindo com os bigodes encerados e os olhos mais brilhantes do que os raios que rachavam o céu escuro.

Consentes tu que eu entre na tua morada?, ele perguntou.

Não sei o que deu em mim, perdi a noção de tudo, perdi qualquer vergonha, perdi qualquer pudor. Meu coração batia que nem louco e sim, sim, eu disse sim, eu quero Sim.

CAPÍTULO IX
AS ANOTAÇÕES DE BENTO SANTIAGO

As notas de Bento de Albuquerque Santiago compõem um conjunto de observações que serviriam como base para a aclamada biografia do autor, publicada em 1900. Essas anotações, escritas no outono da vida, preenchem várias lacunas dos arquivos de Quincas Borba, o investigador filosófico

Minhas memórias darão um livro triste. "Tristíssimo", diria José Dias, que adorava os superlativos e era um agregado da família em Matacavalos.

Hoje sou um homem velho e infeliz. "Infelicíssimo." Contudo, registrarei nas minhas reminiscências alguns momentos de profunda felicidade.

Capitu passando a mão pelos meus cabelos, ainda na rua de Matacavalos, e dizendo que os achava lindíssimos.

Eu penteando os cabelos dela, saboreando pelo tato aqueles fios grossos que eram parte dela, desejando penteá-los por todos os séculos e séculos.

Nosso casamento, na Tijuca, quando o céu recolheu a chuva que caía e acendeu as estrelas, não só as conhecidas, mas também as que só serão descobertas daqui a muitos séculos.

O braço que ela me dava para andar no Passeio Público.

Aqueles braços, os mais belos do Rio de Janeiro, que ela levava nus ao baile, me enchendo de desvanecimento.

Brás Cubas, o assistente do Quincas Borba, apresentando seu relatório e garantindo que Capitu nada fazia de errado. Nada, absolutamente nada. Ela apenas ouvia as palestras de um certo conde Drácula, nobre europeu que perambulava pelas Cortes do mundo a buscar apoio para a independência da sua terra, dominada por Viena.

Naquele momento, eu fui feliz. Felicíssimo.

Não havia com o que me preocupar, e as andanças de Capitu eram apenas isso: andanças. Mal sabia eu...

Terá sido minha, a culpa?

Deveria ter posto um fim àqueles passeios, mesmo sabendo que nada significavam?

Mas como dizer não a Capitu?

(***)

Hoje, tantos anos mais tarde, vejo com clareza como tudo estava entrelaçado.

Escobar foi um homem comum, como eu, como qualquer outro homem. Já o aristocrata dos Cárpatos... isso era outra história.

Ainda teimo em desacreditar dos eventos estranhos que presenciei naquela época.

Talvez eles sejam apenas invenção da minha desconfiança.

Mas depois de tudo o que se descobriu... não sei, não tenho certeza.

Ainda me lembro de Capitu implicando com o terço de mamãe, pendurado na parede da sala. Foi logo no começo das suas idas ao Paço. O terço ficava no alto, de frente para o corredor que dava na porta da rua. Abaixo dele, havia um pequeno altar com imagens de Nossa Senhora de Nazaré e do Menino Jesus.

— Temos que tirar isso tudo daí, Bentinho. Colocar na cozinha ou na despensa, não me importa. Mas não na sala. Não de frente pra porta da rua! — disse Capitu certa manhã, numa fúria que eu não presenciava desde nossa juventude, quando contei a ela que iria ao Seminário. Era a mesma inquietude, a mesma rebeldia de menina.

Argumentei que o terço era herança de mamãe. Mais do que isso, era um sinal da nossa devoção, de que éramos tementes a Deus.

— É coisa de papa-hóstia, isso sim! Coisa de carola! — reagiu ela. — Em outro lugar da casa, não tem problema. Mas de frente para a porta, não... nós não somos um casal de beatos!

Não aquiesci, e o terço continuou na parede, para desalento de Capitu.

Não me atinei na época, mas entendo tudo muito bem agora: aquilo já era a influência perniciosa do conde Drácula.

(***)

Logo depois do terço, teve o episódio do cão.

Aquela noite tenebrosa do cão.

Preciso escrever sobre o cão.

Capitu tinha acabado de descer da carruagem. Era noite. Uma noite escura e sem estrelas. Ela entrou em casa, me beijou e foi para o quarto de Ezequiel. Queria fazer o filho dormir para que depois pudéssemos cear com tranquilidade.

Acendi uma cigarrilha e fui até o quintal. Uma brisa fria soprava do mar. Choveria mais tarde.

E então eu vi o cachorro.

O bicho era enorme, tinha pelos eriçados e negros que brilhavam no lusco-fusco dos lampiões.

E olhava fixo para mim com seus olhos vermelhos que brilhavam no escuro.

Uma baba espessa escorria da bocarra aberta, cheia de dentes pontudos e salientes.

Chamar aquilo de cão é impreciso. A natureza era mais lupina do que canina. Estava mais para um Cérbero descomunal que perdera duas das três cabeças ao fugir do inferno.

Ele rosnou.

Olhou para mim e rosnou.

Meu coração disparou e minhas pernas ficaram bambas. Se o monstro entrasse em casa, seria o fim de todos nós. Ezequiel. Eu. Capitu.

Então, gritei.

Gritei o mais alto que pude.

— Acudam! Acudam! Tem um lobo no quintal!

Os criados correram todos, alguns segurando foices ou enxadas para defender o dono da casa.

Mas o cão dos infernos já tinha sumido. Tinha desaparecido em pleno ar. Saímos pelo quintal com lampiões, mas não havia mais nada. Nada. Nenhum vestígio da besta monstruosa. A única coisa que comprovava a visita do animal eram as enormes marcas de patas na terra úmida.

CAPÍTULO X
EDITOR DE *O MOLEQUE* É ATACADO POR ALCATEIA DE LOBOS!

ODIOSO AGITADOR APARÍCIO PAZELLI FOI DESPEDAÇADO NO MEIO DA RUA

Recorte de setembro de 1869 da Gazeta Seminário Agrícola *encontrado nos arquivos de Quincas Borba, investigador filosófico, sob a rubrica "Caso Bento Santiago"*

Não há bem que sempre dure nem mal que nunca se acabe, diz o provérbio português. E é impossível não recordar essas palavras quando se noticia os acontecimentos trágicos que se abateram à redação de *O Moleque*, o odioso panfleto satírico publicado nesta capital à rua da Alfândega, 142.

Impresso e comandado pelo tipógrafo e agitador Aparício Pazelli, nos últimos cinco anos, esse pasquim tem fustigado os membros da Família Imperial, assim como os nossos mais diligentes ministros e políticos da valorosa Câmara dos Deputados.

As pregações jacobinas e anticlericais de Aparício Pazelli não se arrefeceram nem mesmo quando nosso país foi covardemente atacado pelas tropas do tirano paraguaio Solano Lopez! O pérfido Pazelli chegou mesmo a insinuar que a guerra era injusta e inventada apenas para enviar escravos à morte!

Uma das últimas e mais terríveis traquinagens de *O Moleque* foi contra Sua Alteza, o Príncipe Imperial Consorte Dom

Gastão de Orleans. À guisa de fazer galhofa, o jornal levantava injúrias contra o amigo pessoal do conde D'Eu, conde Vlad Drácula, que no momento se hospeda no Paço. Essa foi, felizmente, a última impertinência perpetrada pelo agitador Aparício Pazelli.

Na noite da última quinta-feira, o tipógrafo fechava as portas do seu pasquim quando se viu cercado por uma alcateia de lobos. Um certo senhor Tibúrcio Galvão, dono da aprazível Confeitaria do Galvão, que fica em frente à oficina de Pazelli, presenciou o acontecimento. Conta ele que os animais eram muitos e pareciam liderados por um lobo ainda maior, de pelos pretos eriçados e particularmente feroz.

Com a graça de Nosso Senhor, a alcateia atacou apenas o anarquista Pazelli, não fazendo mal algum às pessoas de bem que moram na mesma paróquia. Quando se viu cercado pelos bichos, o tipógrafo correu rapidamente para dentro do prédio, mas não adiantou. Os animais o seguiram, derrubando as caixas de tipos que ali estavam e até mesmo uma pesada impressora, que tombou produzindo grande estrondo. As terríveis criaturas arrastaram o satirista para a rua, onde continuaram o atacando com inexplicável fúria. O senhor Tibúrcio Galvão ainda tentou afastar os bichos atirando pedras, mas eles apenas rosnaram e continuaram a destroçar o corpo do tipógrafo. Quando os lobos se saciaram, tudo o que restava do homem era uma carcaça sangrenta e sem vida.

Então os animais saíram em disparada e desapareceram nas matas que cercam a cidade, soltando uivos assustadores sob a lua cheia.

Ninguém sabe ao certo de onde vieram os lobos, já que eles são bastante raros na Corte. Há até quem acredite que o ataque a Aparício Pazelli, editor de *O Moleque*, seja um ato de Deus, tantas foram suas blasfêmias e as muitas mentiras contadas sobre Sua Majestade Imperial, Dom Pedro II.

Mas todo acontecimento funesto tem um lado bom. Com a morte do agitador jacobinista, *O Moleque* deixará de circular.

Os animais eram muitos e pareciam liderados por um lobo ainda maior, de pelos pretos eriçados e particularmente feroz.

CAPÍTULO XI
AS VERDADEIRAS MEMÓRIAS PÓSTUMAS DE BRÁS CUBAS

Texto manuscrito arquivado na
Biblioteca Nacional do Rio de Janeiro

A imponente ruína

Encerradas minhas atividades como assistente de detetive, recolhi-me à Chácara do Catumbi. Observando as magnólias e os bambuzais, reli Stendhal e Sterne, revisitei Dickens e Dumas. E acompanhei, de distância bastante segura, como convém, o desenrolar da guerra no Paraguai.

Voltei a pensar em medicina, coisa que não fazia desde que começara a frequentar o Paço Imperial como agente do Quincas Borba. A ideia do emplastro, que havia se pendurado no trapézio do meu cérebro, era bastante simples. Um remédio infalível para curar os hipocondríacos à venda em todas as farmácias do país. A panaceia levaria o meu nome — Emplastro Brás Cubas — e garantiria meu lugar na Eternidade.

Era vaidade de gente viva. Hoje estou defunto e vejo como são vãs as bazófias humanas. O certo é que, ao pensar na panaceia, passei muitos dias sem me lembrar de Capitu.

Vez ou outra, contudo, pegava-me com o olhar perdido, o café esfriando na xícara.

— Bebe, sinhô... — dizia a mucama que cuidava da casa, tentando me tirar do transe.

Eu bebia o café frio como o coração de Caim e pensava em Capitu. O andar de Capitu. Os ombros de Capitu. Os braços nus de Capitu. O perfume de laranjeira de Capitu. O olhar dissimulado de Capitu. Capitu, que eu havia espreitado em segredo nas palestras enfadonhas do conde Drácula. Como estaria Capitu? Por onde andaria Capitu? No que pensaria Capitu?

O Diabo é mau conselheiro e, para que eu esquecesse Capitu, ele me soprou ao ouvido a ideia de procurar Virgília.

Depois de Marcela, paixão de juventude que me amou durante quinze meses e onze contos de réis, Virgília foi minha amante mais amantíssima. Em outros tempos, eu e ela vivíamos a nos agarrar pelos cantos e a nos esgueirar em casas secretas. Mas isso já fazia um bom par de anos. Como ela estaria?

Numa tarde nublada e abafada, Virgília me recebeu com chá e apreensão.

— Brás... — sussurrou ela entre as xícaras —, o Lobo Neves espera indicação no ministério.

Lobo Neves! Ora, em outros tempos, o Lobo Neves, marido de Virgília, jamais se insinuaria em nossas conversas e nem seria impedimento para indiscrições. Agora a simples possibilidade de um cargo público tirava dela o desejo!

Virgília, eu confesso, não era a mesma mulher que eu conhecera. Contava agora com a gravidade dos anos e era uma ruína. Uma imponente ruína. Um fórum romano entre o Palatino e o Capitolino. A glória dos césares passara, mas a beleza das linhas arquitetônicas ainda convidava a um passeio. Mas fui barrado na entrada, leitora. Acabei expulso para a calçada e para fora da vida de Virgília. A volúpia a abandonara e as portas do passado estavam trancadas.

Voltei à Chácara do Catumbi e deixei até de pensar no emplastro. Agora eu só pensava em Capitu.

Notícias do front

A fim de me desencantar da cigana da Glória, decidi me preocupar com lugares distantes no conforto da minha poltrona.

No *Jornal do Commercio*, li que Francisco José, soberano do império Austro-Húngaro, enfrentava os nacionalistas croatas e eslavônios ao sul do seu reino. E isso me fez pensar na Transilvânia e no seu príncipe exilado que continuava no Brasil a usufruir do bem público. E ao me lembrar do conde Drácula, fui levado de volta a Capitu, mas eu a afastei rapidamente com notícias sobre a guerra no Paraguai.

Tomada a fortaleza de Humaitá dos sequazes de Solano López, o Marquês de Caxias apresentara sua demissão ao imperador Dom Pedro II, que anunciara o conde D'Eu como novo comandante das tropas brasileiras. Atribuí a indicação a uma artimanha de Sua Alteza Real para resgatar a imagem do vilipendiado Príncipe Imperial Consorte. O nobre (pobre nobre!) não tinha amigos entre a plebe. Os republicanos viviam a fazer troça do seu sotaque francês e a insinuar que ele explorava financeiramente os cortiços do Rio de Janeiro. Não era verdade. É sabido que gente bem-nascida não se mete com miseráveis, Victor Hugo é exceção.

Vejo o leitor torcendo os bigodes de contrariedade com essa minha *boutade*. Entendo a indignação, mas confesso que a política me importava muito pouco quando estava vivo. Agora, defunto, ela me incomoda ainda menos. Nós, os mortos, somos a maioria e não temos voz, o que considero injusto. Quando eu estava entre os senhores, meus amigos me tinham como um cínico, e talvez eu o fosse, mas na tradição de Diógenes de Sinope, que vivia a procurar um homem honesto. Ele nunca achou, e eu, tampouco. Sou um morto vivido. Mas ao ler sobre o conde D'Eu, lembrei-me do conde Drácula e, quando dei por mim, meu pensamento estava de volta a Capitu.

Os amores de Páris e de Ulisses

Defini-me como um cínico, mas a leitora talvez me considere um romântico. Como ele pode amar assim, a distância, uma mulher que jamais tomou nos braços? Que tolo!, pensa. E a leitora tem razão.

O amor romântico é próprio dos jovens, e eu, naquele tempo, já carregava muitos anos nas costas. Mas há amores e amores. Há a paixão violenta de Páris e o afeto manso de Ulisses. O troiano, ao conhecer a bela Helena, não teve qualquer pudor em arrastá-la para além das muralhas de Esparta. Enquanto o sábio Ulisses foi arrancado à força da sua Penélope só para trazer de volta a mulher do Menelau.

Nos dez anos da Guerra de Troia, o campo de batalha de Páris foi a cama de Helena, enquanto Ulisses, para não pensar na amada distante, distraía-se com cavalos de madeira. Qual dos dois é o amante mais fiel? Páris, que moveu homens e navios para possuir a mulher que desejava? Ou Ulisses, que se deitou com a ninfa Calipso e a deusa Circe, mas nunca deixou de pensar na distante Penélope?

Alguns dirão que, ao preferir o infiel Ulisses ao devotado Páris, sou mais cínico do que romântico, mas estão errados. A verdade é que, para me esquecer de Capitu, passei também a inventar cavalos de madeira. Tomei papel e pena e me dediquei a escrever reclames para a minha panaceia.

Emplastro Brás Cubas

Participo aos amigos que está disponível nas melhores farmácias dessa capital o magnífico Emplastro Brás Cubas, que tem a propriedade de purgar e purificar o sangue.

Atenção!

Deixe de sofrer com a sua hipocondria. O Emplastro Brás Cubas, quando usado diariamente, cura sua doença de forma eficaz e permanente.

Destrua seus males!

As doenças estão com os dias contados com a chegada do espetacular Emplastro Brás Cubas, a verdadeira panaceia para todos os males. Grátis para os pobres.

Aviso:

O abaixo assinado faz saber a esta praça que acaba de ser criado o Emplastro Brás Cubas, um bálsamo para todas as moléstias. Higiene infalível e preventiva para as gonorreias recentes ou crônicas. Assina: Brás Cubas, inventor.

O progresso chegou

O senhor Brás Cubas faz saber ao respeitável público que acaba de chegar ao Brasil o revolucionário e muito esperado Emplastro Brás Cubas. Esse remédio heroico, aprovado pelos médicos de Londres e Paris, é o único que cura realmente os males do corpo e, quiçá, do espírito. Não causa náuseas e tampouco faz mal à pele. Eis que o progresso finalmente chegou à nossa pátria tão querida.

E assim, inventando artimanhas como se fosse um Ulisses do Catumbi, fui me esquecendo da bela Capitu.

CAPÍTULO XII
GAZETILHA

Coluna de notícias breves do Jornal do Commercio *de 17 de setembro de 1869. Recorte encontrado nos arquivos de Quincas Borba, investigador filosófico, sob a rubrica "Caso Bento Santiago"*

Nomeação — Foi nomeado para o cargo de secretário adjunto especial do primeiro vice-secretário da Secretaria de Negócios da Fazenda o ilustre deputado Lobo Neves, do Partido Conservador. Lobo Neves é esposo da senhora Virgília Dutra Neves, filha do austero e saudoso Conselheiro Dutra.

Multa — O fiscal da freguesia de S. José multou ontem o dono de um açougue por vender carne verde com falta de peso.

Ferimento — Anteontem, na rua Saco do Alferes, um homem de nome Benjamim Fidelis foi atacado a dentadas por uma mulher. A agressora era preta, tinha cabelo sarará muito claro e avançou sobre o pobre infeliz quando ele caminhava pacificamente pela rua escura. Vizinhos acudiram quando ouviram os gritos, e a mulher agressora fugiu no escuro da noite. O homem foi levado à Santa Casa da Misericórdia e passa bem, apesar de apresentar marcas de dentes no pescoço. Rogamos às autoridades que encontrem a atacante, que deve ser escrava fugida.

Morosidade — Chamamos a atenção das respectivas autoridades para a morosidade dos trabalhos na nova linha de bondes da capital. Por mal entendido espírito de economia de certas empresas, contamos mais de uma obra que não avança no Rio de Janeiro. Para que não tenhamos de repetir essa verdade, lembramos que é mister empregar mais servos na instalação dos respectivos trilhos para que a sociedade possa prosperar.

Devota de Baco — Mora no cortiço da rua do Costa, 2, uma devota mulher que se embriaga o mais regularmente que pode. A mania que se segue no estado ébrio já deveria ter chamado a atenção da polícia daquele lugar. Logo que a mulher se pilha com um cacho, vem para o limiar do cortiço e, entre baforadas de vinho, profere palavras desenvoltas e dirige indistintamente a todas as pessoas que por ali passam e, na falta desses, a uma pobre vizinha velha e inválida. Não é a primeira vez que temos chamado a atenção da autoridade respectiva, porém, tem-se repetido sempre o mal sem ter aparecido remédio.

Falta de água — Poucas ruas nos faltam para apresentarmos toda a cidade a queixar-se da falta de água. É geralmente sabido que os que pagam adiantado não são sempre os mais bem servidos. Os moradores da rua Príncipe do Catete, que viram alegres as chuvas grossas da semana passada, queixam-se de que há dez dias não veem uma gota nas torneiras de casa.

Novo nome — O chapeleiro José Luiz Lopes Fernandes Costa de Menezes faz ciente ao respeitável público que, por haver outro de igual nome, de hoje em diante, assinará José Luiz Lopes Fernandes Costa de Menezes Primeiro.

Mal da cólera — Chamamos mais uma vez a atenção da Secretaria de Estado dos Negócios do Império para os muitos casos de uma doença desconhecida que tem acometido a gente dessa capital, especialmente do sexo feminino da nossa melhor sociedade. As infelizes enfermas apresentam branquidão na pele e um estado de total alheamento sobre as coisas que as cercam. Conta-se que evitam o sol e frequentemente atacam com mordidas os parentes próximos, arrancando sangue das vítimas. Acredita-se tratar de cólera, mas as autoridades não se pronunciaram sobre o assunto e nem dele se ocuparam.

O aconselhamento é levar as coléricas à Santa Casa assim que começaram a manifestar a estranha moléstia.

CAPÍTULO XIII
O DIÁRIO DE SANCHA

Diário da senhora Sancha Escobar, esposa do falecido senhor Ezequiel de Souza Escobar. Caderno encontrado nos arquivos de Quincas Borba, investigador filosófico, sob a rubrica "Caso Bento Santiago"

Sexta-feira, 12 de setembro de 1869

A ama de leite de Capituzinha fica mais enxerida a cada dia. A atrevida perguntou por que eu usava um *foulard* de seda no pescoço com o calorão que faz no Rio de Janeiro. Inventei que era dor de garganta e mandei ela brincar com Capituzinha. A menina queria ficar comigo, mas expliquei que a mamãe tinha coisa importante pra fazer. Capituzinha fez beicinho, mas saiu com a ama de leite.

Faz dias que não escrevo neste diário. Não é falta de tempo, é receio. Eu devia parar de colocar minhas confissões aqui, eu sei, mas essa minha escrita é das poucas distrações que tenho.

O diário foi presente da Capitu.

Escreve seus pensamentos, boba, quando ficar velha, vai poder voltar pro tempo de moça, ela falou.

O caderno é de fabricação francesa, tem capa de couro e uma correia que fecha o livro com um pequeno cadeado de prata. Deixo sempre trancado para não ter perigo que o Escobar leia. A chavezinha eu prendi na minha gargantilha de ouro. O colarzinho tinha um crucifixo, mas eu troquei o santo pela chave.

Na segunda-feira à noite, quando o príncipe entrou no quarto e me segurou pelos braços, ele viu o colar e não gostou, parecia o diabo fugindo da cruz.

Sssshhhh, ele fez, igual gato, numa careta de dentes pontudos.

Então eu escutei a voz dele na minha cabeça. Eu juro. Aquela voz de sotaque esquisito, rouca e mandona.

Deita fora esse cordão, mulher!

Tirei a gargantilha e joguei em cima da penteadeira, longe do olhar dele.

Drácula me agarrou com seus braços enormes e me arrastou para a cama. Lembro-me do corpo dele me pressionando sobre o colchão e o hálito quente no meu pescoço, minha pele arrepiada de medo e desejo. No começo, ele beijou o meu pescoço, mas, então, deu uma mordida forte, doída e profunda. Meu corpo ficou mole, mole, mole, enquanto ele sugava o meu sangue e a minha vontade.

Tive muito medo. Mas, ao mesmo tempo, vontade de que aquele momento durasse a eternidade. Não sei quanto tempo ele ficou no meu quarto, pois perdi a consciência e desfaleci.

Quando acordei, o sol estava alto e as criadas conversavam do lado de fora. Eu estava tonta, cansada e com um gosto amargo na boca. Meu pescoço coçava e ardia. Eu mal conseguia parar em pé, mas me escorei na parede e me olhei no espelho da penteadeira. Tinha uma vermelhidão no pescoço, que começava logo abaixo da orelha esquerda e ia até o ombro. E no meio da mancha, tinha várias feridas que pareciam picadas de inseto.

Vou passar um bálsamo, pensei. Escobar não pode ver isso de jeito nenhum.

Mal sabia que aquela era só a primeira visita.

O príncipe voltaria muitas outras noites para piorar o malfeito.

Sábado, 13 de setembro de 1868

Escobar voltou de Barbacena hoje de manhã. Veio cheio de malas e mau humor. Trouxe uma boneca de pano para Capituzinha, que agora arrasta o brinquedo pra todo canto.

Tomou café, reclamou que estava doce demais e perguntou: o que tem no seu pescoço, Sancha?

Algum inseto me picou, não é nada.

Ele quis olhar o machucado, e eu tirei o *foulard*. Tremia muito, morrendo de medo de que Escobar descobrisse a história do príncipe Drácula, mas ele nem pensou nisso.

É picada de muriçoca, falou. Pede pra Jandira fazer uma compressa com chá de erva-cidreira. Tem que deixar o chá esfriar, senão incha.

Jandira cuida da nossa cozinha.

À tarde, Escobar disse que iria à Glória visitar Capitu e Bentinho. Ele tinha trazido um queijo pro amigo, um lenço de cabelo para Capitu e um brinquedo de madeira para o Ezequiel.

Menti que estava indisposta por causa da muriçoca e que preferia ficar em casa. Ele levou Capituzinha, que queria mostrar a boneca nova pra todo mundo. Me fechei no quarto para continuar o diário e contar o que aconteceu na noite de terça-feira, três dias atrás. Drácula voltou.

Acordei no meio da noite inquieta, arrepiada, nervosa, trêmula. Eu sabia que ele estava lá fora. Quando abri a porta da varanda, ele avançou sobre mim. Os olhos eram brilhantes e vermelhos, o hálito estava pesado, e a boca, toda suja de sangue seco. A roupa tinha cheiro de terra úmida, e as mãos fortes estavam frias e pegajosas.

Ele me segurou, aproximou a boca do meu pescoço e cravou os dentes na minha carne.

Senti uma dor aguda no pescoço, que foi descendo pelos meus braços e pernas. Senti a vontade me deixando e perdi a consciência.

Na quarta, acordei tarde e cansada, com o pescoço inchado e doído. Passei o dia inquieta e nervosa. Eu sabia que ele voltaria. Eu queria que ele voltasse.

Drácula voltou na quarta. E depois na quinta. E também ontem à noite. Mas hoje Escobar está em casa.

Como vou fazer quando o príncipe chegar?

Segunda-feira, 15 de setembro de 1869

O que você está fazendo de camisola e com a porta aberta, Sancha?

Isso é tudo de que eu me lembro da madrugada de sábado. O Escobar de pijama no meio da sala e eu parada na frente da porta da rua, com o sereno da noite entrando. Meu marido estava sonolento e intrigado.

Ele se aproximou de mim, esfregando os olhos para afastar o sono.

O que você está fazendo aqui, Sancha? Você abriu a porta?

Eu... eu não sei.

Foi isso o que respondi.

Lá fora, não se ouvia nada. Pássaros, grilos, cachorros. Nada, nem um bicho. Tudo em silêncio. No Flamengo, é comum escutarmos corujas, maritacas, latidos e zumbidos. Mas naquela noite, tudo era silêncio. Eu não me lembrava de como tinha levantado da cama e chegado ali. Minha cabeça estava vazia e confusa.

O que eu sabia era que o Drácula tinha me visitado de novo. Eu sentia uma ardência forte no pescoço ainda molhado pela saliva pegajosa dele.

Escobar me abraçou e me levou de volta para a cama, mas eu não consegui pegar no sono. Dormi aos pouquinhos, acordando toda hora e vendo os olhos brilhantes do príncipe em cima de mim. No domingo de manhã, estava muito sonolenta e cansada, por isso cochilei várias vezes durante a missa.

Capitu estava na igreja com Bentinho e Ezequiel. Ela me perguntou se eu estava bem, e eu desconversei. Falei que era só um mal-estar, que devia ser o calor. Eu queria contar a ela sobre as visitas do Drácula, me abrir com minha amiga de tantos anos, mas tinha medo. E o medo não era do que Capitu pensaria de mim, mas, sim, de que ela quisesse o príncipe só para ela.

Será que Drácula também visitava Capitu?

Será que fazia com ela o mesmo que fazia comigo?

Eu tinha medo dos olhos vermelhos e do toque frio das mãos dele.

Eu tinha asco do hálito podre e da roupa que fedia a mofo.

Eu tinha pavor da mordida dolorida e da saliva pegajosa no pescoço.

Mas meu maior receio era outro. Meu maior temor era que Drácula me trocasse pela Capitu.

Eu só pensava no Drácula. Não pensava no meu marido, não pensava em Capituzinha, não pensava na casa. Não pensava em nada. Só pensava no Drácula. Dia e noite, noite e dia. Só pensava em ficar com ele para sempre, até o fim da vida, por toda a eternidade.

Depois da missa, Escobar e Bentinho resolveram ir a uma confeitaria, mas eu disse que queria voltar pra casa. Capitu ficou preocupada.

Está tudo bem, Sancha?

Capitu e Bentinho conversaram com Escobar. Ficou combinado que os dois levariam Capituzinha para a casa deles. A menina ficaria alguns dias na Glória, fazendo companhia ao Ezequiel.

Na terça-feira, eu vou ao Flamengo, assegurou Capitu. Levo a Capituzinha e vejo se você está melhor.

Escobar concordou, e eu também. Eu precisava dormir. Eu queria dormir.

Voltamos para casa e fui para o quarto. Deitei na cama e adormeci profundamente. Eu precisava estar acordada à noite, quando o Drácula viesse.

Terça-feira, 16 de setembro de 1869

Aconteceu de novo no domingo.

Mas dessa vez foi diferente, foi no banco do corredor que dá para a porta da rua. Escobar comprou esse banco para as visitas ficarem antes de serem anunciadas. Uma bobagem. Quase não vem visita aqui em casa.

Eu acordei no banco, de madrugada, a porta da rua aberta, sem saber como tinha chegado ali. Só me lembro do Escobar gritando meu nome.

Sancha! Sancha! Você está bem?

Ele perguntou, mas eu estava aturdida demais para responder.

Você está bem, Sanchinha?! O que é aquele bicho na rua?! Parece um lobo!, ele disse.

Que lobo?, perguntei.

Eu não sabia como tinha saído do quarto e nem como havia chegado ali. Só sabia que Drácula estava comigo, mas tinha sido diferente dessa vez. Lembrava-me do corpo dele coberto de pelos grossos e de um cheiro muito forte de podridão. Um cheiro que agora estava em mim.

Fiquei muito tempo na banheira tentando tirar o odor, mas não saía. O fedor de podridão estava no meu corpo inteiro, estava em todo lugar.

CAPÍTULO XIV
AS ANOTAÇÕES DE BENTO SANTIAGO

As notas de Bento de Albuquerque Santiago compõem um conjunto de observações que serviriam como base para a aclamada biografia do autor, publicada em 1900. Essas anotações, escritas no outono da vida, preenchem várias lacunas dos arquivos de Quincas Borba, o investigador filosófico

Uma memória que sempre me volta: casa do Escobar, no Flamengo. Alguns anos antes de o maldito conde entrar em nossas vidas. Uma tarde na qual conversávamos, eu e Sancha, sobre uma possível viagem de casais à Europa, Escobar e ela, Capitu e eu. Surpreendi-me com o olhar de Sancha. Era um olhar que nada tinha de fraternal, era quente e, quero crer, convidativo. Nunca antes ela havia me olhado com aquela expressão.

Quando saía da casa do meu amigo, peguei na mão de Sanchinha e, com os dedos dela entre os meus, sofri uma vertigem de pecado. Os instantes do Diabo intercalam-se aos minutos de Deus. Senti-me desleal a Escobar naquele meu breve desejo e combati o impulso de beijar Sancha ali mesmo, como se fosse um amante impetuoso. Era o que eu queria, mas que jamais me atreveria. E se o olhar desejoso fosse apenas uma invenção da minha cabeça? Haveria mesmo intenção naqueles olhos?

Contive meu ímpeto.

Desci a rua ainda aturdido e, naquele momento, pensei em Capitu. Se existia desejo entre mim e Sancha, haveria tentação entre ela e Escobar? E se ele, ao contrário de mim...?

Não, não.

Não falarei disso.

Isso vai confundir o leitor e não ajudará a contar minha história. O narrador deve ser um guia confiável, não um cartógrafo lunático que mistura os caminhos.

(***)

Alguns dias depois do avistamento do cão demoníaco no meu quintal, Escobar disse que precisava falar comigo.

Contou-me que havia algo errado com Sancha. Ela dera para andar dormindo, levantava da cama de camisola e tentava abrir as janelas para ganhar a rua.

Só se acalmava quando o dia nascia e finalmente conseguia dormir.

— Quando está em transe, é muito difícil acordá-la — narrou o meu amigo. — Pensei em procurar um alienista, mas os métodos desses médicos são bárbaros... Sanchinha não merece. Noite passada, enquanto andava dormindo, ela repetia um nome que nunca escutei antes... um nome estranho, esquisito, mas certamente o nome de um homem...

— Nome? Que nome? — perguntei.

E ele me respondeu:

— Drácula... É isso o que ela diz.

(***)

Um historiador da nossa língua, creio que João de Barros, põe na boca de um rei bárbaro algumas palavras mansas: os bons amigos devem ficar longe uns dos outros, não perto, para não zangarem com as águas do mar que batem furiosas nos rochedos.

Acreditei que Escobar era um grande amigo, até que sua traição se revelasse. Mas isso foi bem mais tarde. Naquele momento, fui eu quem o traiu. Quando ele me falou dos delírios de Sancha com o conde Drácula, eu o traí. E traí também a querida Sanchinha. Traí em pensamento, mas traí.

Fiquei feliz com a história. Tive certo prazer mórbido ao saber que o Escobar, o sensato Escobar, o equilibrado Escobar, o vigoroso Escobar, tinha ciúmes de Sancha. Ciúmes iguais aos que eu sentia de Capitu. Assim como eu, ele temia a infidelidade da mulher, mesmo que em sonhos.

Foi com uma satisfação muito mal dissimulada que falei a ele sobre o Quincas Borba, o filósofo que se fizera investigador. E foi com uma mal contida felicidade que o arrastei até o escritório do homem, na rua do Ouvidor.

P. S.: relendo o que escrevi, percebo que esses parágrafos são vis. Quando transformar essas anotações em memórias, evitarei me pintar com cores tão pérfidas.

(***)

Quincas Borba ouviu com atenção o relato do Escobar.

Sancha imaginava que era visitada pelo aristocrata europeu que se hospedava no Paço. Não dormia. E, quando o fazia, andava durante o sono. Vivia pálida, acamada e febril.

O filósofo mencionou o “mesmerismo”, uma técnica de manipulação da mente desenvolvida no século passado pelo alemão Franz Mesmer.

— Talvez esteja aí a origem do mal que abate a senhora — disse ele, abrindo a caixa de charutos que estava em cima da mesa.

Quincas Borba assegurou, contudo, que não havia com o que se preocupar. Por apenas 10 mil-réis, mais despesas, seu assistente Brás Cubas se ocuparia do caso.

— É um especialista, sabe tudo sobre hipnose — garantiu.

Eu não confiava no janota com ares de fidalgo, mas pensei: mal não há de fazer.

Estávamos todos preocupados com a saúde de Sanchinha. Capitu, mais do que eu. Toda manhã, ela ia ao Flamengo cuidar da amiga. Às vezes, levava o Ezequiel. Outras vezes, trazia Capituzinha para dormir em casa.

Sancha estava doente e delirante, dizia Capitu, que, contudo, se recusava a acreditar nas histórias fantasiosas da amiga.

— Imagine... um príncipe no Flamengo! Isso é invenção! — dizia.

Na época, eu pensava que era apenas sensatez diante do sobrenatural. Hoje sei que era outra coisa.

CAPÍTULO XV
AS VERDADEIRAS MEMÓRIAS PÓSTUMAS DE BRÁS CUBAS

Texto manuscrito arquivado na
Biblioteca Nacional do Rio de Janeiro

A escolha metafísica

Meu chapéu furou. Era um chapéu português feito com pelo de castor, elegante e bonito. Como furou, não se sabe.

— Não sei o que aconteceu, sinhô... — disse, chorosa, a serviçal que cuida da casa, antevendo uma bronca que não veio. O chapéu já estava perdido, de que adiantaria a discussão?

Mas me vi na necessidade de comprar um novo. A escolha do chapéu não é, como se supõe, uma ação indiferente. Ela é regida por um princípio metafísico, pois o chapéu é um prolongamento da cabeça, um complemento decretado *ad aeternum* que ninguém pode tocar sem mutilação.

E assim, com um velho chapéu ordinário de Braga, pois é melhor cobrir a cabeça de maneira indigna do que se dignar a sair descoberto ao sol do Rio de Janeiro, peguei uma sege e fui até a rua do Ouvidor.

Tinha por objetivo visitar a Chapelaria Aristocrata e, depois, observar as obras da nova linha de bondes da Botanical Garden Railroad, que iria da rua do Ouvidor ao largo do Machado. Os bondes não eram novidade na Corte, mas eram todos puxados por animais de carga. Os novos seriam movidos a vapor, como nas melhores capitais europeias. Mas, antes do bonde, eu precisava do chapéu.

Entrei na tradicional chapelaria e fui prontamente atendido pelo senhor José Luiz Lopes Fernandes Costa de Menezes... Primeiro, como ele fez questão de se anunciar.

— José Luiz Lopes Fernandes Costa de Menezes... Primeiro, a seu dispor. Imagino que o senhor deseja um chapéu de boa manufatura e excelente qualidade — disse ele, olhando constrangido para a minha puída cobertura de cabeça.

O olhar reprovador do vendedor mexeu com meus brios. Joguei o chapéu de Braga sobre uma cadeira e respondi:

— Sim, quero algo elegante, porém discreto, mas que seja luxuoso, embora não ostentatório. Procuro um chapéu digno e que traga fumos de nobreza, mas sem ser por demais fidalgo. Austero, mas não grave. Sóbrio, mas não pífio, se é que me faço entender — respondi.

Ele entendeu e voltou com várias caixas de chapéus ingleses, franceses e portugueses confeccionados com pele de coelho e castor.

Experimentei muitos e não gostei de nenhum. José Luiz Lopes Fernandes Costa de Menezes... Primeiro enrolou o bigode em contrariedade, mas foi buscar mais caixas no interior da loja. Nessas, havia um modelo inglês que muito me agradou, mas que certamente me faria ser acusado de inimigo do produto nacional, por isso escolhi um francês. Esta cidade já foi a "França Antártica", então um chapéu francês é quase brasileiro.

José Luiz Lopes Fernandes Costa de Menezes... Primeiro sorriu satisfeito e já estava sonhando com a entrada do dinheiro, quando decidi mudar de ideia e experimentar novamente o inglês.

Enquanto eu me virava e revirava na frente do espelho, o vendedor disse:

— O inglês é muito elegante e distinto, já o francês é requintado e garboso.

— O inglês muito me agrada, meu bom José Luiz Lopes Fernandes Costa de Menezes — respondi.

— Primeiro — ele acrescentou.

— Primeiro... Mas se uso um produto inglês, podem me considerar fidalgo...

— Bem, nós também dispomos de muitos modelos nacionais — murmurou contrariado José Luiz Lopes Fernandes Costa de Menezes... Primeiro. — Eles saem muito mais em conta...

— Não, não, melhor não, senhor José Luiz Lopes Fernandes Costa de Menezes... Primeiro. Nesse caso, dirão que estou falido. Deixe-me ver novamente o francês...

Comprei o inglês.

— O senhor não gostaria de levar também um guarda-chuva da mais fina seda? Acabamos de receber uma nova remessa no mês passado — informou José Luiz Lopes Fernandes Costa de Menezes... Primeiro.

Depois de quase uma hora de negociação, fiquei enfastiado e decidi comprar apenas o chapéu e retornar para a dia calorento lá fora.

Nem bem havia pisado na calçada, quando vi o Quincas Borba vindo apressado na minha direção.

— Brás Cubas! Brás Cubas! É Humanitas que nos une, eu precisava mesmo falar com você! — disse o filósofo e investigador. — Já ia tomar uma sege pra ir ao Catumbi. Aliás, belo chapéu...

— Sim, é inglês. O antigo foi destruído pela criadagem. Você acha antipatriótico?

— Bem, eles vieram para cá acorrentados e contra a vontade, eu me espantaria muito se não o fossem...

— A criadagem, não! O chapéu. É antipatriótico?

Quincas Borba me lançou um olhar incrédulo.

— Ah, Brás, chapéus não expressam sentimentos políticos.

— A carapuça jacobina expressa — respondi, corrigindo o filósofo.

— Sim, é verdade, mas você não está usando um barrete frígio, e, ademais, a França já tem de novo um imperador.

— Outro Napoleão...

— Aquele era Napoleão, o Grande, esse é Napoleão, o Pequeno. Mas chega de bobagem. Tenho assunto sério a tratar contigo.

Tirei o chapéu novo num gesto largo e ostentatório:

— Sou todo ouvidos...

— Vamos tomar um sorvete e sair desse sol insuportável. Eu conto tudo.

— Um novo caso de adultério? — perguntei, enquanto buscávamos um lugar à sombra.

— Na verdade, é o mesmo. O caso do seminarista foi reaberto e se tornou mais complicado. Ele trouxe ao escritório um amigo dele, um homem de porte atlético chamado Escobar.

— O marido da Sancha — recordei.

— Sim, ele mesmo! O homem acredita que a mulher está sendo perseguida pelo conde Drácula...

— Drácula?! — disse e, então, acrescentei: — E Capitu? Capitu está bem?

As palavras traem

Veja, leitora, o que é a traição das palavras. Se tivesse dito apenas "o que aconteceu?", tudo estaria bem. Mas, não! Meti o nome de Capitu na frase e, ainda, acrescentei um "está bem?".

Quincas Borba olhou-me com reprovação, mas nada disse. Entramos na confeitaria e escolhemos uma mesa discreta, aos fundos e encostada na parede, para que não fôssemos incomodados. O garçom de fartos bigodes e humor minguado nos atendeu. O investigador filosófico pediu um sorvete, eu preferi um bule de chá, apesar do calor infernal.

Quincas Borba abaixou a voz e debruçou-se para que não pudesse ser ouvido, embora só houvesse outras duas mesas ocupadas. Numa delas, próxima da porta, três senhoras riam e conversavam. Em outra, bem distante da nossa, um homem tomava café e lia a última edição de *O Moleque*.

— Na terça-feira, Bento Santiago voltou ao meu escritório — sussurrou o Quincas. — Mas dessa vez, trouxe o amigo dele, o tal Escobar. Contou-me ele que dona Sancha mudou o comportamento de maneira brusca de uns tempos para cá. Durante o dia, está sempre cansada, e à noite, costuma andar durante o sono.

— Isso não é Febre Amarela?

O último grande surto da doença tinha quase vinte anos, mas relatos de novos casos haviam surgido em meses recentes.

Quincas Borba ia responder, mas o garçom chegou com nossos pedidos. O filósofo soltou um "ah!" de aprovação e se lançou sobre o sorvete. Eu peguei o bule de metal, enchi uma xícara, dei um gole e queimei a língua.

— Está fervendo!

— Supõe-se que esteja, é um chá — respondeu o filósofo, divertido. E, então, continuou: — Escobar relatou algumas ocorrências... como direi... não muito comuns...

— Que ocorrências? — perguntei, assoprando a xícara para esfriar o líquido.

— Sancha murmura o nome "Drácula" durante o sono.

— Drácula?! O príncipe do Paço?! — surpreendi-me. — Bem, ela certamente ficou impressionada com o aristocrata empertigado — concluí.

— Talvez — respondeu o Quincas Borba. — Mas quando o marido a pressionou sobre isso, a mulher confessou que é visitada pelo aristocrata todas as noites e que não tem forças para resistir a ele...

— Isso é ridículo! Esses maridos pensam que vivem num romance do Flaubert... — observei sem muita convicção. Adultérios eram mais comuns do que mosquitos no Rio de Janeiro.

— De fato, é uma história sem sentido — concordou o Pai do Humanitismo. — Se uma mulher trai, por que confessaria ao marido? E, se não trai, qual o motivo para tal fabulação?

— Ela está imaginando metafísicas. Isso é óbvio! — concluí.

Quincas Borba terminou o sorvete e fez sinal para o garçom, apontando para o bule. O bigodudo assentiu com a cabeça e saiu em direção à cozinha. Então, o filósofo continuou:

— Escobar me pareceu um homem muito sincero, ao contrário do seminarista, que nunca diz o que pensa. De qualquer maneira, gostaria que você falasse com dona Sancha e, mais do que isso, observasse de perto o comportamento dela...

— Eu? Por que eu?

— É o mesmo caso. "Caso Bento Santiago", como o chamo. A investigação foi reaberta e seu trabalho não terminou.

— Não posso, tenho meus afazeres no Catumbi... — respondi.

— Sei muito bem que não tem. Preciso de você, Brás. Eu entendo as motivações do homem e sei que o princípio de Humanitas move as engrenagens dele, mas entendo pouco das mulheres. Sempre me dediquei aos prazeres do intelecto e não tenho experiência com elas.

O garçom chegou com um novo bule e uma xícara. Ele serviu a beberagem para o filósofo, que agradeceu.

Bebi o que restava do meu chá e balancei a cabeça em sinal de negação.

— Perdão, Quincas, não posso. Tenho que pensar no emplastro para dores lombares que me fará imortal. Além do mais, não há como entrar na residência do casal e perguntar sobre um suposto adultério...

— Sim, há. Você é meu auxiliar e já expliquei isso ao marido da dona Sancha. Assegurei ao Escobar que você é um especialista em mesmerismo, essa arte tão em moda na Europa...

— Mesmerismo? Mas eu não entendo nada disso.

— Não há o que entender. O médico alemão Franz Anton Mesmer desenvolveu um eficaz método de hipnose para influenciar mentes mais fracas. Não me surpreenderia nada se esse Drácula fosse um aprendiz da técnica. Isso explicaria o comportamento das duas mulheres.

— O conde Drácula faz truques de salão? É isso?

— E por que não? Você mesmo afirmou que as senhoras ficam magnetizadas com a presença dele.

— Bem, sim... ele é um homem vistoso e bom contador de histórias. Mas talvez dona Sancha precise de um alienista.

— Do alienista, cuido eu — respondeu o filósofo. — Você se ocupa dela. A mulher está tão abatida que vem sendo cuidada por dona Capitolina, que praticamente se mudou para a casa do Escobar...

— Capitu estará lá? — perguntei, me deixando trair novamente pelas palavras.

— Suponho que sim.

Sorri por dentro, porém discretamente, o que me pareceu um cuidado excessivo.

— Bem, meu bom Quincas, apesar dos meus muitos afazeres, vou ajudá-lo. Não devia, mas vou. A arte da detecção tem poucos adeptos, e tenho o dever de contribuir para que ela floresça no Brasil e no mundo. Quando começo?

A escolha do chapéu é regida por um princípio metafísico, pois ele é um prolongamento da cabeça.

CAPÍTULO XVI
O DIÁRIO DE SANCHA

Diário da senhora Sancha Escobar, esposa do falecido senhor Ezequiel de Souza Escobar. Caderno encontrado nos arquivos de Quincas Borba, investigador filosófico, sob a rubrica "Caso Bento Santiago"

Quarta-feira, 17 de setembro de 1869

Ontem, terça-feira, Capitu chegou no Flamengo bem cedinho, com Capituzinha e Ezequiel. Eu estava cansada e sentia o cheiro de podridão no meu corpo, na minha roupa, na casa, em todo lugar.

Continuava deitada quando Capituzinha entrou correndo no quarto, subiu na cama e me abraçou.

Tá melhor, mamãe?

Sorri e menti que sim.

Ezequiel ficou ao lado da cama, com o dedo na boca.

Disse aos dois para irem na cozinha e pedir algum doce para Inocência, que sempre faz compotas e geleias.

Os dois saíram correndo.

Eu me levantei e fui até a porta do quarto. Capitu e Escobar conversavam na sala. Falavam baixinho, e eu não consegui escutar o que diziam. Quando Capitu me viu, interrompeu a conversa e veio sorrindo na minha direção. Escobar a acompanhou.

Você está bem?, ela perguntou.

Respondi que me sentia fraca.

Escobar me beijou na testa e disse que precisava tratar dos negócios, mas pediu que Capitu cuidasse muito bem de mim.

Assim que meu marido saiu, Capitu me segurou as mãos e perguntou:

Me conta, Sancha, o que você tem?

Falei que não era nada, só cansaço, mas então, não sei por que, comecei a chorar. Chorava feito criança, sem conseguir me controlar. Capitu me abraçou e me fez sentar na beirada da cama, junto com ela.

Sancha, Sancha, o que você tem? Me conta.

Vou contar. Eu preciso te contar.

E eu contei.

Quinta-feira, 18 de setembro de 1869

Eu devia parar de escrever nesse diário. Devia mesmo. Mas é o único lugar onde digo o que se passa comigo. Não posso contar essas coisas pro Escobar. Fico sem coragem até de falar para Capitu, só contei um pouco.

Quando disse que o conde Drácula me visitava, ela arregalou os olhos, incrédula.

Você está delirando, Sancha.

Falei que não. Contei como ele tinha invadido meu quarto quando Escobar estava em Barbacena. E falei das outras visitas que aconteceram depois. E de como Drácula me deixava com aquele horrível cheio de podre.

Você está cheirando a água de colônia, me disse Capitu, assegurando que tudo era coisa da minha cabeça. Você está imaginando coisas, Sancha.

Respondi que não, que era tudo verdade.

Contei que ouvia o chamado do Drácula no meio da noite. E falei sobre como acordava sem saber onde estava e como tinha ido parar ali. Das mordidas no pescoço. Do silêncio que os animais faziam quando ele estava perto.

Capitu me olhava como se eu fosse doida.

Sancha, Sanchinha, ela falou, alisando o meu cabelo, isso tudo é delírio seu. O príncipe enche a gente de fantasias, mas é só a nossa imaginação.

Ele também foi na sua casa, Capitu. Você me contou, respondi.

Minha amiga desviou o olhar. Estava contrariada.

Nem sei mais se aquilo aconteceu mesmo ou se foi só delírio meu, ela falou. Também escuto a voz dele na minha cabeça. Mas é tudo ilusão, Sancha. Tudo ilusão.

Ela fez uma pausa e me olhou com olhos ciumentos. Então eu entendi por que minha amiga se recusava a acreditar em mim. Era inveja. Era despeito. O príncipe me visitava, e não a ela.

Capitu virou-se para mim, muito séria.

Você precisa parar com isso, Sancha. O Escobar está preocupado e acaba te mandando para um asilo de doidos...

Tirei o lenço que trazia enrolado no pescoço e mostrei a ela os ferimentos feitos pelos dentes do Drácula. Capitu segurou meu queixo e veio olhar de perto.

Essa urticária está feia, ela falou. Vai ver é isso que te dá delírio...

Não é delírio...

Escobar falou que ia pro comércio, mas foi atrás de um médico. Você não está bem. Descansa que eu vou te fazer um chá.

Naquela tarde, Escobar voltou com o doutor Zacarias Proença, recém-chegado de Coimbra. Ele mediu minha febre, ouviu meu coração, apalpou meu braço, bateu nas minhas costas, examinou meu pescoço e concluiu que não era febre amarela.

Quero crer que possamos também afastar a hipótese de malária, ele concluiu.

O doutor Zacarias me receitou um pó chamado subnitrato de bismuth, que, segundo ele, era uma ótima panaceia para problemas na pele, como o meu machucado no pescoço.

Capitu afofou meu travesseiro, e eu fiquei na cama. Ela me cobriu com a colcha, enquanto o médico dizia a Escobar:

Podeis tranquilizar-vos, pois a senhora exibe a mais perfeita saúde. Considero possível, até mesmo provável, que os delírios noturnos de vossa esposa sejam causados pela inflamação no pescoço, mas isso não é caso para preocupação. Tudo o que a senhora necessita é de algumas noites de sono até que a moléstia ceda.

Para que eu pudesse dormir melhor, ele receitou um láudano amargo para beber dissolvido na água.

Apenas três gotas serão suficientes para que madame se entregue aos braços de Morfeu, ele garantiu, sorrindo debaixo do bigode bem aparado.

Assim que anoiteceu, Capitu voltou para a Glória, mas prometeu que chegaria bem cedinho na manhã seguinte para cuidar de mim.

Tomei uma canja de galinha, bebi o remédio amargo e fui dormir. Para me deixar à vontade, Escobar preferiu ficar no quarto de hóspedes, que é do outro lado da casa.

Acordei de madrugada com os gritos do Escobar. Ele estava ao meu lado, muito aflito e descabelado. E eu estava nua, jogada no chão frio da sala. A porta da rua estava escancarada, e um vento frio e arrepiante entrava por ela. Um cheiro forte de podridão tomava conta de tudo.

Sexta-feira, 19 de setembro de 1869

Ontem comi bem pouco no almoço. Só duas garfadas de arroz com feijão e um pedacinho de carne. Depois, permaneci deitada na cama, com Capituzinha aninhada ao meu lado. Fiquei mexendo no cabelo dela, e nós duas acabamos dormindo. Acordei com Capitu me chamando.

Sancha, se levante, tem um moço aí na sala e ele precisava conversar com você...

Moço? Que moço, Capitu?

O nome dele é Brás Cubas e ele trabalha com o Quincas Borba.

Que Quincas Borba, Capitu?

O filósofo. O homem é um especialista em muitas coisas e pode ajudar. Foi o Escobar quem falou.

E desde quando filósofo ajuda em alguma coisa?, perguntei.

Fiquei de pé apoiada na cama, enquanto Capituzinha, muito mais desperta do que eu, deixou o quarto aos saltos, gritando que ia até a cozinha comer o doce de abóbora da Inocência. Capitu me ajudou a colocar o vestido, e nós duas fomos até a sala.

Sentado na namoradeira, estava um homem de aparência respeitável e elegante. Ele se levantou, beijou minha mão e se apresentou.

Brás Cubas, a seu dispor, dona Sancha. Poderia conversar com a senhora por alguns minutos?

Sobre o que exatamente?, perguntei.

Eu conhecia o homem de algum lugar, mas de onde?

Sobre o que se sucede com a senhora, ele respondeu.

Não quero falar disso.

Será que era da missa que eu o conhecia? Ele não tinha jeito de quem frequentava igreja...

Ele se desculpou pela intromissão nos meus assuntos particulares e depois se explicou: O marido da senhora... ele procurou o meu... meu... parceiro... e pediu que investigássemos o vosso caso...

Eu já conversei com o médico, respondi secamente.

Capitu entrou na conversa: Fala com ele, Sancha, não custa nada.

Era do Paço! Era isso! Eu o conhecia do Paço Imperial. Ele estava sempre nas conferências do príncipe. Que coisa estranha! Será que ele mentia que trabalhava para o tal filósofo, mas era um enviado do conde Drácula? Será que o príncipe tinha mandado algum recado para mim? Decidi falar com ele.

Contei dos pesadelos e de como despertava em lugares esquisitos sem lembrar como tinha chegado lá.

Ele respondeu, meio sem jeito: O seu marido contou que a senhora... a senhora acredita que é visitada pelo conde Drácula...

Ah, isso é delírio dela, Capitu falou, se metendo na conversa.

Não queria falar das minhas intimidades com um estranho, mas a opinião de Capitu mexeu comigo. A visita era pra mim, não pra ela. Ela não sabia de nada. Então eu falei.

Falei que a primeira vez o príncipe entrou pela janela, mas agora ele simplesmente aparecia do nada.

Do nada? Ele surge de repente?, perguntou o homem.

Não, não é assim. Eu sinto a presença e escuto a voz dele na minha cabeça, me chamando, me chamando... e eu... eu não consigo... eu não consigo...

E, então, comecei a chorar. Chorar de soluçar. Capitu me abraçou e me levou de volta para o quarto.

CAPÍTULO XVII
AS ANOTAÇÕES DE BENTO SANTIAGO

As notas de Bento de Albuquerque Santiago compõem um conjunto de observações que serviriam como base para a aclamada biografia do autor, publicada em 1900. Essas anotações, escritas no outono da vida, preenchem várias lacunas dos arquivos de Quincas Borba, o investigador filosófico

Brás Cubas, o auxiliar do Quincas Borba, nos apresentou suas conclusões alguns dias depois de contratarmos o serviço.

Ele havia conversado com Sancha e estava intrigado. Ela poderia estar de fato mesmerizada, como pensava o filósofo. Mas ele recordou algumas histórias estranhas que ouvira no Paço. Histórias sobre caixões cheios de terra úmida e espelhos que não refletiam o conde Drácula.

— Vocês são todos lunáticos — respondi.

Escobar quis saber mais.

— Por que vocês sabem tanto sobre esse conde Drácula? — ele perguntou.

Brás Cubas fingiu que não ouviu, e Quincas Borba acendeu um dos seus charutos para fugir à resposta. Fui forçado a confessar que havia contratado os dois para investigar as andanças de Capitu pelo centro da cidade.

Escobar se mostrou indignado.

— Isso não se faz, Bentinho! Você desconfia de Capitu? Desconfia de todo mundo? Desconfia até de mim?! — esbravejou.

Para serenar os ânimos, Quincas Borba começou uma dissertação sobre o Humanitismo e como sua escola filosófica se relacionava com o hipnotismo. Afirmou que um homem de vontade superior, uma personificação do espírito de Humanitas, poderia, mediante simples truques de salão, impor seus desejos a mentes "despreparadas".

— Tenho absoluta certeza de que o conde Drácula domina a técnica... — concluiu.

Escobar perguntou:

— Mas Sancha vai melhorar?

Quase emendei "Capitu corre perigo?", mas me contive.

Quincas Borba prosseguiu:

— Ainda é cedo para uma conclusão, mas eis o que vamos fazer: meu assistente retornará ao Paço e investigará com redobrado cuidado esses relatos aparentemente fantasiosos. Talvez esteja aí uma pista sobre as habilidades hipnóticas do nobre...

O auxiliar fidalgo protestou alguma coisa sobre chácaras e emplastros, mas foi ignorado.

— E eu, de minha parte — continuou o filósofo —, buscarei a ajuda de um especialista em doenças da mente...

Escobar ficou perturbado:

— Não colocarei Sanchinha num asilo de loucos!

O investigador filosófico expeliu uma nuvem de fumaça e o tranquilizou:

— Não devemos tomar nenhuma decisão precipitada, por isso decidi consultar o maior alienista do país, que conheci nos meus anos de São Francisco. Parto amanhã mesmo para a Vila de Itaguaí.

Fiquei desconfiado e imprudentemente vocalizei minha dúvida:

— Por que um médico de tamanha importância trabalha em Itaguaí, e não na Corte?

Quincas Borba sugou o charuto, soltou fumaça e respondeu:

— Ele teve apoio das autoridades locais para abrir lá uma casa de orates, mas não duvide: em todo o Império não há médico mais brilhante do que o velho Simão Bacamarte!

CAPÍTULO XVIII

EMINENTE FILÓSOFO QUINCAS BORBA VISITOU ITAGUAÍ PARA PESQUISAR A OBRA DO SÁBIO DA NOSSA TERRA, O ILUSTRE ALIENISTA SIMÃO BACAMARTE

Notícia do jornal Gazeta de Itaguaí, *periódico de publicação irregular da Vila de Itaguaí. O texto não é datado, mas acredita-se que tenha sido publicado na segunda semana de outubro de 1869. Recorte encontrado nos arquivos do investigador filosófico Quincas Borba, sob a rubrica "Caso Bento Santiago"*

Esta combativa gazeta tem a grata satisfação de anunciar aos digníssimos senhores leitores que a nossa aprazível Vila de Itaguaí se sentiu honrada com a visita, na semana antecedente à passada, do grande filósofo Joaquim Borba dos Santos, mais conhecido pela alcunha de Quincas Borba.

Tal qual um Sêneca revivido, nasceu o grande Quincas Borba no nosso Brasil, terra que produz o diamante e o gênio, as duas maiores expansões do poder criador. Na mente desse homem brioso e altivo, surgiu o Humanitismo, filosofia do nosso tempo, escrita ao correr da pena para ser lida ao correr dos olhos.

No presente momento, o filósofo exerce também o ofício de investigador privado, motivo da sua viagem à nossa paróquia.

O ilustre visitante foi recebido na Câmara de Vereadores pelo próprio presidente da Casa, o nosso amado Porfírio Caetano das Neves Filho, o popular "Canjiquinha", que tanto fez pelo progresso de Itaguaí.

A recepção festiva foi, porém, inesperadamente nublada pelo manto negro da tragédia quando Quincas Borba anunciou o propósito da visita. O objetivo do Sócrates dos Trópicos era travar diálogo com o ilustre alienista itaguaiense doutor Simão Bacamarte, homem de grande importância entre os dementes, lunáticos monomaníacos e mentecaptos do país e do mundo. O filósofo investigador ficou assaz surpreso ao saber que o alienista estava morto há muitos anos. O renomado Quincas Borba quedou-se macambúzio e lamentou não ter convertido o grande sábio ao Humanitismo, que era o seu desejo mais secreto.

Felizmente, o desgosto durou pouco.

Naquele momento, o combativo presidente da Câmara, Porfírio Caetano das Neves Filho, o popular "Canjiquinha", contou ao senhor Borba que a famosa Casa Verde, antigo asilo de Simão Bacamarte, encontrava-se totalmente preservada, pois trata-se de um patrimônio histórico da Vila de Itaguaí. Todos os escritos, anotações, diários e até mesmo a correspondência do inesquecível médico de doidos encontram-se organizados e arquivados na Casa Verde, sob os cuidados da funcionária pública Cesária Borges Soares, viúva do querido boticário Crispim Soares.

O grande Quincas Borba arguiu se poderia consultar esses papéis, no que foi agilmente liberado pelas autoridades locais. O eminente visitante agradeceu efusivamente a Câmara de Vereadores com um discurso magnífico e repleto de palavras incompreensíveis.

E, então, acompanhado pela brava banda de música da cidade, o celebrado Quincas Borba atravessou a praça da matriz e entrou na Casa de Orates, onde se recolheu para pesquisas como se fosse ele próprio um completo mentecapto.

CAPÍTULO XIX
A CORRESPONDÊNCIA DE SIMÃO BACAMARTE

As cartas trocadas pelo grande cientista Simão Bacamarte, notório especialista em mentecaptos, estão arquivadas na Casa Verde, museu dedicado ao alienista na Vila de Itaguaí. Quincas Borba copiou algumas dessas correspondências e as guardou com os papéis do "Caso Bento Santiago". Anexada aos documentos, há uma nota escrita pelo próprio investigador filosófico: "Estas cartas são a evidência de que Humanitas tem um oposto, uma nêmese, um reflexo no espelho. É um princípio antinatural que chamarei provisoriamente de Anti-Humanitas."

Vila de Itaguaí, fevereiro de 1821.

Ilustríssimo senhor Samuel Pickwick, esq.,
Presidente Geral da Sociedade Correspondente Clube Pickwick, Reino Unido da Grã-Bretanha

Rogo que minha carta o encontre no pleno gozo da saúde física, pois não posso dizer o mesmo da mental.

Permita-me que me apresente, meu caro Samuel Pickwick, esq. Meu nome é Simão Bacamarte e sou um alienista. Um alienista e um alienado, pois recentemente me descobri um completo e absoluto mentecapto.

Vivo na Vila de Itaguaí, paróquia próxima ao Rio de Janeiro, onde se encontra a capital do Reino Unido do Brasil, Portugal e Algarves.

A vila onde vivo fica a oitenta quilômetros da Corte. Nessa pequena, porém progressiva, comunidade, tive a honra e o orgulho de presidir uma Casa de Orates conhecida como Casa Verde. Meu objetivo era não somente livrar a sociedade dos doidos que vagavam soltos pelas ruas, mas também, e principalmente, investigar os incríveis mistérios da mente humana.

Minhas pesquisas levaram-me, porém, por veredas que não esperava trilhar. Depois de internar dezenas de destrambelhados e inúmeros idiotas, formulei minha Teoria Geral dos Insanos, ou TGI, como eu a chamo. A conclusão é que todo ser humano é irremediavelmente um imbecil — do aristocrata ilustre ao humilde vassalo. Todos uns imbecis. Todos uns obtusos. E, como todo mundo é doido, ninguém o é. Ou, explicando-me melhor, apenas aqueles que aparentam não o ser é que de fato o são. A mente humana tende naturalmente ao irracional, logo, a busca pelo equilíbrio é um claro sintoma de desequilíbrio.

Essa foi uma conclusão muito dolorosa, senhor Pickwick, pois reúno em mim todas as características da perfeita saúde mental. Tenho sagacidade, paciência, perseverança, tolerância, veracidade e lealdade... qualidades, enfim, que fazem de mim um absoluto lunático.

Assim, libertei da Casa Verde os loucos que eram sãos e internei a mim mesmo, o são que era louco.

Enclausurado nesse asilo, busco, noite e dia, a cura para a minha enfermidade. Reservo, no entanto, as manhãs para a leitura dos periódicos que começaram a ser impressos desde que Vossa Alteza permitiu tipografias no Brasil. Um desses panfletos se chama *Gazeta do Rio de Janeiro* e traz notícias da Corte, além de casos acontecidos na Europa, em especial na Inglaterra. Foi por meio desse periódico que tomei conhecimento da célebre Sociedade Correspondente Clube Pickwick, presidida por vossa senhoria. Depois de ler na gazeta uma súmula dos documentos produzidos por seus pupilos Sr. Tupman, Sr. Winkle e Sr. Snodgrass, não pude deixar de pensar que o senhor, Samuel Pickwick, esq., é um homem bastante parecido comigo. O senhor é sagaz, paciente, perseverante, tolerante, veraz e leal. E, portanto, assim como eu, um completo mentecapto, um demente destrambelhado, um lunático desvairado.

Como busco a cura para a minha (e também para a vossa) insanidade, tomo a liberdade de escrever-lhe na tentativa de obter respostas para o grande enigma que é a mente humana.

Agradeço se Vossa Senhoria puder responder as três questões que seguem.

O senhor sempre foi um homem ponderado ou se tornou um palerma apenas com o avançar dos anos?

Seus leais amigos (Sr. Tupman, Sr. Winkle e Sr. Snodgrass) são tão imbecis quanto o senhor ou é possível reconhecer neles o sinal de uma mente irracional?

E, finalmente, o senhor adota alguma alimentação diferenciada ou prática para aquietar seu cérebro desvairado?

Certo de sua atenção, agradeço, antecipadamente, suas respostas e envio meus votos de plena recuperação da sua evidente idiotia.

Com meu mais profundo pesar,

Simão Bacamarte, alienista

Londres, abril de 1821.

Prezado senhor doutor Simão Bacamarte,
Casa Verde, Vila de Itaguaí, Reino Unido do Brasil

Admira-me muito a sua audácia ao chamar-me imbecil! Só perdoo a sua insolência pois penso nos terríveis perigos que enfrentou para me enviar sua carta.

Imagino o senhor embrenhado na selva profunda, fugindo das bestas primitivas, desafiando predadores sanguinários ou enfrentando os canibais famintos que abundam no seu país. E tudo para quê? Para me chamar de mentecapto!

Seu atrevimento é tamanho que sou forçado a acreditar que me correspondo mesmo com um louco perigoso que, para minha felicidade, se encontra na distante América do Sul, e não na bela Inglaterra.

No entanto, se é a cura da loucura o que procura, talvez eu possa ajudá-lo, pois a minha cortesia se estende aos petulantes e selvagens. Nas minhas andanças pela Inglaterra, encontrei certa vez um suíço que, embora soturno e amedrontado, me contou maravilhas sobre o uso da eletricidade, invenção recente que se torna cada dia mais comum.

Segundo ele, bastam alguns choques elétricos no cérebro de um demente para que ele retome o raciocínio lógico. Como sou um homem sensato, mantenho prudente distância dessas coisas. Mas como o senhor é louco, e os loucos não têm juízo, tomo a liberdade de enviar o endereço do curioso personagem, que vive atualmente nas ilhas Orkney, ao norte do Reino Unido da Grã-Bretanha:

Victor von Frankenstein
13 Island View Road

Kirkwall, Mainland, Orkney Islands
Scotland, United Kingdon
Com meus sinceros votos de pronta recuperação,
Samuel Pickwick, esq.
Presidente da Sociedade Correspondente Clube Pickwick

Post scriptum: não se atreva a me escrever, pois não lerei.

Post scriptum 2: mesmo que o senhor não me escreva e eu não leia, não responderei.

Vila de Itaguaí, abril de 1821.

Ilustríssimo senhor Victor von Frankenstein,
Orkney Islands, Escócia, Reino Unido da Grã-Bretanha

O senhor Samuel Pickwick, esq., um renomado inglês mentecapto, teve a gentileza de me conseguir seu endereço nas Ilhas Orkney. No Brasil, onde vivo, chamamos essas ilhas de Órcades, que mais parece o nome de uma criatura mitológica das sagas nórdicas. Prefiro Orkney mesmo, mas isso nada tem a ver com propósito da missiva.

Atente, senhor Frankenstein, que eu chamo o senhor Samuel Pickwick, esq., de inglês mentecapto, mas não tenho qualquer intenção de ofender os mentecaptos e muito menos os ingleses. Eu também sou doido, embora brasileiro, e o senhor certamente também o é, mesmo tendo nascido na Suíça. Sou alienista e sei do que falo.

Depois de árduas pesquisas, concluí que nós, os seres humanos normais, somos todos dementes. E, em contrapartida, os anormais é que constituem a norma. No entanto, ao contrário do senhor Pickwick, esq., que não aceita sua condição de lunático, eu sei o que sou e busco uma cura para a demência.

Segundo Pickwick, o senhor fez interessantes experimentos com correntes elétricas que, entre outras maravilhas, seriam capazes de devolver o cérebro à razão, ou melhor, à sua irracionalidade natural.

Escrevo para saber como funciona tal método, uma vez que essa vida de louco me mantém afastado do convívio social. O convívio social não me traz nenhuma alegria, mas não é de bom tom viver apartado dos normais, pois eles acabam nos tomando por loucos.

Com votos de estima e consideração,

Simão Bacamarte, alienista

Ilhas Orkney, julho de 1821.

Prezado colega Simão Bacamarte,

Casa Verde, Vila de Itaguaí, Reino Unido do Brasil

O senhor me escreve para me falar da sua loucura, mas acredite quando digo que se engana: o senhor não é insano, eu sou.

Sim, eu sou!

Aqui, nesta lúgubre ilha da Escócia e distante da minha alegre Suíça natal, contemplo a criatura sem vida deitada na mesa fria do meu laboratório. É uma mulher. Gostaria de dizer que é bela, mas é horrenda e abrutalhada, construída com restos de corpos humanos que roubei de necrotérios e covas rasas.

A corrente elétrica realiza, de fato, prodígios inacreditáveis e pode trazê-la à vida! E, pelo que sei, também tem poderes terapêuticos quando aplicada ao cérebro dos insanos, fazendo com que voltem à razão.

Mas não o faça, colega Bacamarte, não o faça! Por tudo que é mais sagrado, não o faça! A eletricidade produz monstros e fabrica demônios. Eu sei, pois me tornei o progenitor de uma aberração.

Da minha janela, vejo que o mar se agita e o céu é de um negrume aveludado e tenebroso. Virá uma tempestade em breve e, por isso, instalei uma haste de metal no teto da casa, que conduzirá a descarga elétrica até a mulher... A prometida. A Eva do meu Adão maldito. A fêmea do diabo que eu criei. A noiva do monstro de Frankenstein!

Sentado à minha mesa de trabalho, eu a observo adormecida no sono sem sonho dos não vivos enquanto escrevo estas linhas. Já é madrugada, mas não consigo dormir, pois sei que a criatura — aquele horrendo golem que fabriquei em Genebra — ronda a minha casa, sorrateiro e terrível. Ele deseja que eu dê vida à mulher para que, juntos, eles procriem uma nova raça de abominações. O demônio jurou que, uma vez acompanhado da noiva, ele se refugiará nas selvas da América do Sul.

E, sim, eu estava disposto a construir esse segundo ser disforme para ele, mas, então, recebi sua carta, colega Bacamarte. Sua missiva, companheiro da ciência, me fez mudar de ideia. Como posso permitir que as monstruosidades produzidas por mim procriem na sua terra distante, colocando em risco os seres humanos que aí vivem?

Não, eu não farei isso!

Eu destruirei a mulher e, depois disso, caçarei e matarei o horror que a minha arrogância trouxe ao mundo, nem que para isso eu o persiga até os confins do planeta.

Sim, talvez a eletricidade possa curá-lo, Bacamarte, mas lembre-se de que seus efeitos são imprevisíveis. Eu sei do que falo.

Contudo, talvez possa ajudá-lo de outra maneira. Em Amsterdã, onde me refugiei certa vez para me esconder do golem, conheci um homem chamado Abraham van Helsing. Ele é um polímata. É médico e cientista, mas também ocultista e estudioso das lendas e mitos. Van Helsing julgou-me insano quando contei a ele sobre a abominação que eu fabricara e me receitou ervas estranhas que deveriam me curar da loucura.

Como sei que não sou doido, não as ingeri. Mas você tem certeza de que é um mentecapto, por isso tomo a liberdade de enviar-lhe a receita:

Macere raízes de Kava (*Piper methyscum*) com folhas de raiz-de-ouro (*Rhodiola rosea*), misture com água fresca e reserve. Beba em jejum todas as manhãs.

Caso tenha dúvida sobre a medicação, escreva para:

Abraham van Helsing, M.D.

Leidsedwarsstraat 115

Leidseplein

Amsterdã, Reino dos Países Baixos

Fique em paz e reze por mim, estimado colega, pois não serei o pai de uma raça de demônios!

Do seu amaldiçoado amigo,

Victor von Frankenstein

Vila de Itaguaí, novembro de 1821.

Ilustríssimo Sr. Abraham van Helsing, M.D.,
Leidseplein, Amsterdã, Reino dos Países Baixos

Devo ao doutor Victor von Frankenstein a sugestão de que mantivesse contato com vossa ilustre pessoa. Frankenstein fantasia ser capaz de criar seres vivos com defuntos e correntes elétricas. É um homem com claros distúrbios mentais, e sei bem do que falo, pois também sou um completo lunático.

Depois de atuar como alienista na Vila de Itaguaí, no Reino Unido do Brasil, descobri que sou um mentecapto e busco uma cura para a minha demência.

Frankenstein me receitou uma mistura de *Piper methyscum* com *Rhodiola rosea*, que, segundo ele, é uma panaceia inventada pelo senhor. A *Piper methyscum* é rara, mas não totalmente desconhecida da minha farmacopeia. A *Rhodiola rosea*, por sua vez, é um completo mistério entre os boticários locais.

Escrevo na esperança de obter mais informações a respeito da erva, bem como a melhor maneira de utilizá-la.

Com votos de estima e consideração,

Doutor Simão Bacamarte, M.D.

Amsterdã, março de 1822.

Prezado doutor Simão Bacamarte, M.D.,
Casa Verde, Vila de Itaguaí, Reino Unido do Brasil

Agradeço por me enviar notícias do infeliz Victor. Ele é um notável homem da ciência, mas vive atormentado pelo monstro que acredita ter criado. Talvez a criatura seja um delírio dele, talvez não seja. Tudo o que sei é que o mundo é um lugar terrível e aterrador, pois meus olhos já viram coisas inacreditáveis. Andei com druidas na Irlanda e persegui bruxas na Espanha, investiguei aparições de licantropos na Alemanha e de nosferatus na Valáquia. Aprendi que a ciência e o ocultismo são faces de uma mesma moeda.

A *Rhodiola rosea* é um pequeno arbusto que nasce em escarpas rochosas dos montes Cárpatos, que circundam a região da Transilvânia. As curandeiras locais utilizam a erva para dar ânimo a jovens mulheres que temem ataques vampirescos depois que o sol se põe.

Naturalmente, a planta não tem valor algum se um maldito vampiro já estiver se alimentando com o sangue da pobre vítima. Não! Nesse caso, apenas a destruição do nosferatu pode salvar a jovem da morte e posterior transformação em uma morta-viva. A *Rhodiola rosea* nada vale em situações assim, embora se saiba que o alho comum (*Allium sativum*) tem comprovada eficácia para afastar o desmorto.

Curiosamente, o alho não tem serventia alguma para conter um licantropo, nunca entendi o motivo.

Espero tê-lo ajudado.

Abraham van Helsing, M.D.; Ph.D.

Vila de Itaguaí, junho de 1822.

Ilustríssimo senhor Abraham van Helsing, M.D.; Ph.D.,
Leidseplein, Amsterdã, Reino dos Países Baixos

Sua carta me deixou alegre como nos primeiros dias do meu asilo de lunáticos! Naquela época, eu passava boa parte do tempo catalogando mentecaptos. Separava os mansos dos furiosos, os violentos dos sossegados, os perigosos dos inofensivos, os fantasiosos dos objetivistas.

Mas nunca, em toda minha vida, encontrei alguém como o senhor, meu caro Abraham van Helsing.

Talvez eu não seja, de fato, tão imbecil quando havia concluído, pois vejo que existe no mundo gente muito mais delirante do que eu.

Interessei-me, sobretudo, pela história dos nosferatus da Transilvânia. Por favor, estimado colega da medicina, conte-me mais, conte-me mais.

Com votos de estima e consideração,

Doutor Simão Bacamarte, M.D.; Ph.D.

Amsterdã, setembro de 1822

Prezado doutor Simão Bacamarte, M.D.; Ph.D.,

Casa Verde, Vila de Itaguaí, Reino Unido do Brasil

Agradeço imensamente a sua carta, assim como o interesse pelos nosferatus. Fico feliz ao saber que existem homens de mente aberta no Novo Mundo, pois meus colegas europeus se renderam ao materialismo e ao cientificismo.

"Abraham van Helsing é um louco perigoso!", eles dizem. "Abraham van Helsing é um doido inconsequente!", acrescentam.

Mas um dia a humanidade reconhecerá meus méritos! Eu sei!

Os não mortos fazem parte do *folklore* de toda a Europa, mas suas histórias são mais abundantes nos extremos do Império Austríaco, na chamada península balcânica. Os gregos conhecem as criaturas como "vikrolakas", e os nativos da Transilvânia, antigo principado independente na região do povo romeno, os chamam de "strigoi". Mas o nome mais comum é "vampiro", que parece derivado da palavra eslava "upir".

O vampiro é um não vivo, um desmorto, um nosferatu, um monstro que conquistou a imortalidade por meio da morte. Ele é um cadáver que se alimenta de sangue humano, especialmente de jovens mulheres, sua presa favorita. E o sangue o mantém jovem e saudável, embora ele seja um cadáver putrefato e em decomposição. Se não for detido, o monstro vampiriza a vítima até a morte. Depois disso, a falecida se torna também uma desmorta e passa a se alimentar dos vivos. Como uma pedra lançada na água, o círculo se amplia, criando mais nosferatus e aumentando os males do mundo!

O vampiro tem a força de dez homens e acredita-se que tenha o poder de se transformar em morcego e lobo, além de se confundir com a névoa nas noites escuras. O nosferatu é capaz de encantar as vítimas com o poder hipnótico dos seus olhos, mas, graças ao Grande Arquiteto, ele também tem fraquezas. A luz do sol é fatal para a criatura, que só pode sair à noite. Durante o dia, ela dorme, de preferência dentro do próprio ataúde, que deve estar cheio com terra de cemitério. A água do mar não faz bem ao monstro, que só cruza os oceanos dentro do seu caixão. O vampiro não pode entrar numa casa, a menos que seja convidado. Ele tem enorme aversão aos ícones religiosos, especialmente os de origem cristã. Isso tudo me leva a acreditar que o vampirismo não é uma doença do sangue, mas sim uma maldição provocada por magia negra.

Atenciosamente,

Abraham van Helsing, M.D.; Ph.D.; D. Litt.

Vila de Itaguaí, dezembro de 1822.

Ilustríssimo senhor Abraham van Helsing, M.D.; Ph.D.; D. Litt.,
Leidseplein, Amsterdã, Reino dos Países Baixos

Sua carta me deixou imensamente feliz. Eu me julgava um doido incurável, um louco irrecuperável, o maior mentecapto do mundo... mas aí eu o encontrei, meu caro Abraham van Helsing... e tudo mudou.

Ouso afirmar que um novo capítulo se abriu na história da insanidade humana. Seria maravilhoso que vossa senhoria vivesse em minha terra para que eu pudesse analisar bem de perto esse seu cérebro prodigioso! No entanto, como um oceano nos separa, ficaria imensamente grato e feliz se o ilustre colega me fornecesse maiores detalhes sobre os nosferatus que tanto aprecia.

O senhor já viu um deles?

Vive sobressaltado com a ideia de que o monstro possa atacá-lo de surpresa?

Quais são as características físicas da criatura?

Há alguma maneira de escapar a esse demônio infernal?

O senhor tem delírios com esses vampiros todos os dias ou isso só acontece em determinados períodos do mês?

E, finalmente, o senhor não gostaria de fazer uma visita ao Império do Brasil no futuro próximo? Eu adoraria hospedá-lo na minha Casa Verde.

Com votos de estima e consideração,

Doutor Simão Bacamarte, M.D.; Ph.D.; BsC, M.S.

Amsterdã, abril de 1823.

Prezado doutor Simão Bacamarte, M.D.; Ph.D.; BsC; M.S.,
Casa Verde, Vila de Itaguaí, Reino Unido do Brasil

Nunca encontrei um vampiro — e queira o Grande Arquiteto que jamais encontre! Mas ouvi inúmeras histórias sobre a criatura quando estive nas cidades de Brasov e Târgu Mures, dois importantes centros comerciais transilvanianos. O povo romeno que ali vive é descendente dos dácios, uma gente guerreira que fustigou os romanos no primeiro século depois de Cristo. Hoje eles ocupam a Moldávia e Transilvânia, a oeste do Império Austríaco.

Como me interessei pelo *folklore* local, resolvi aprofundar minhas pesquisas na grande biblioteca Ets Haim, em Amsterdã. Ali achei um empoeirado manuscrito chamado *Codex Nosferatu*, escrito por um frade dominicano da Úmbria no século XIII. São textos em latim vulgar que, muitas vezes, confirmam as lendas romenas e, outras vezes, apresentam versões ligeiramente diferentes.

Até onde se sabe, o nosferatu é um morto andante que se alimenta de sangue como os morcegos-vampiros (*Desmonontinae phyllosthomidae*). Quando está faminto, o não vivo tem aparência cadavérica e, para sobreviver, ataca vacas, cabras ou ovelhas, embora prefira o sangue humano. Quando está bem alimentado, o monstro passa tranquilamente por um homem. A única diferença é que seu reflexo não aparece no espelho e ele tem absoluta aversão à luz solar.

Como escrevi na carta anterior, o nosferatu só pode entrar numa residência com a permissão do morador, mas isso não é de grande valia, uma vez que o não vivo domina a arte do mesmerismo animal e pode influenciar mentalmente as suas presas. Apenas os crucifixos e as réstias de alho comum (*Allium sativum*) mantêm o monstro fora da casa da vítima cobiçada. Por conta dessas histórias, as moradias na Transilvânia mais parecem igrejinhas com cheiro de cozinha.

Quando o nosferatu "vampiriza" alguém, o tormento leva semanas ou meses. Durante esse período, a pessoa mantém uma ligação mental com a criatura, vendo e sentindo tudo o que ele vê e sente. Quando morre, a vampirizada ressurge como vampira, ampliando a transmissão do mal.

Mas, apesar de temível, o monstro não é invencível. Ele pode ser destruído, embora seja tarefa para homens resolutos. Primeiro é preciso localizar a morada do desmorto, expedição que só pode ser feita durante o dia. Uma vez encontrado o ataúde do nosferatu, o caçador deve aspergir água-benta na criatura e em volta do caixão. Isso não vai matá-lo, mas o deixará indefeso. Sem poder se mexer, o vampiro tentará manipular o atacante, pois a sensualidade abjeta é uma característica da raça maldita. Nesse momento, é preciso cumprir rapidamente a segunda parte do ritual: cravar uma estaca de madeira bem fundo no coração do nosferatu.

A estaca precisa ter a ponta afiada e endurecida nas chamas de uma fogueira. E tem de ser fincada firmemente até transpassá-lo e prendê-lo ao fundo do caixão. O sangue consumido pela besta vai jorrar abundantemente e ela morrerá em dolorosa agonia.

Mas a tarefa não está terminada, pois é preciso assegurar que o desmorto não volte à vida. A estaca deve ser serrada, de forma que a ponta permaneça no corpo. Depois é necessário separar a cabeça do vampiro, com um serrote ou machado. A boca deve ser aberta e enchida com alho para ser enterrada em lugar distante do torso. Também é aconselhável lacrar o caixão que contém esses restos, assim como o túmulo ou caverna onde o ataúde se encontra.

Matar um não vivo é possível, mas perigoso. Lembre-se, prezado Bacamarte, de que só um lunático desvairado dedicaria a vida à caça do vampiro, a criatura mais letal e traiçoeira que a humanidade já conheceu. E embora o nosferatu seja desprezível, muitos humanos cultuam o monstro na esperança de conseguir a vida eterna.

Atenciosamente,

Abraham van Helsing, M.D.; Ph.D.; D. Litt.; MsC, Dr. hc.; Th.D.; M.Res.

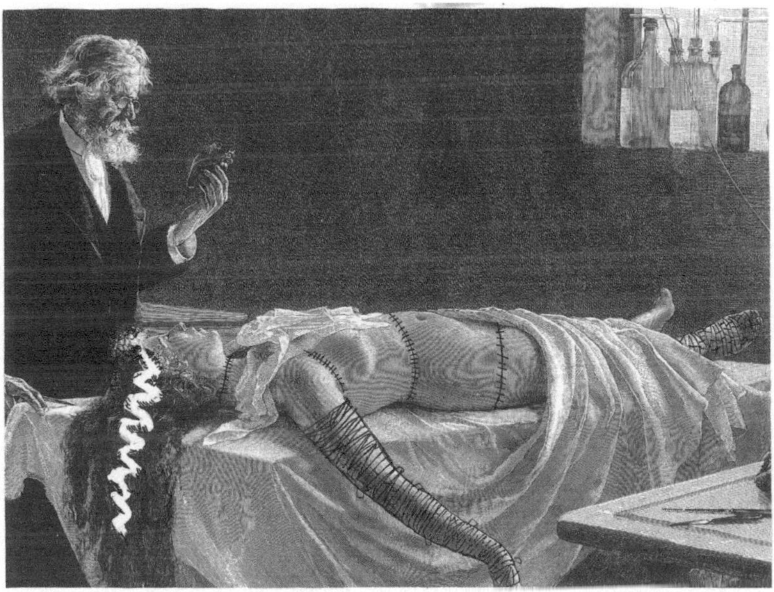

A haste de metal conduzirá a descarga elétrica até a mulher... A prometida. A Eva do meu Adão maldito. A fêmea do diabo que eu criei. A noiva do monstro de Frankenstein!

CAPÍTULO XX
AS VERDADEIRAS MEMÓRIAS PÓSTUMAS DE BRÁS CUBAS

Texto manuscrito arquivado na
Biblioteca Nacional do Rio de Janeiro

Clara, a morta-viva

Não sou materialista, atitude que não combinaria com a minha condição de autor defunto. Estou convencido de que há mais mistérios entre o céu e a Terra do que imaginava a vã filosofia de Horácio e da senhora leitora. Apesar da doença de Sancha e dos boatos sobre o conde Drácula, eu ainda relutava em acreditar que ele fosse algo mais do que um aristocrata aproveitador.

De qualquer maneira, cumpri o combinado com Escobar e Bento Santiago e fui saber mais sobre o príncipe exilado.

Num bar da rua do Mercado, Custódio, o mordomo do Paço, jogou cerveja pra dentro e colocou palavras pra fora.

— O conde não faz mais palestras, seu Cubas. Parou com isso desde que aquele pasquim republicano falou mal dele. Ninguém vê o homem faz tempo. Ele deve passar o dia inteiro no quarto e só sair de noite.

Bebíamos a cerveja alemã de tonel Columbacher, trazida de barco regularmente para a Corte. Naquele tempo, gelo era uma coisa rara, mas o bar mantinha os barris no porão, em lugar fresco. A cerveja chegava à mesa em temperatura civilizada e ajudava a afastar o calor pegajoso das três da tarde.

Custódio garantiu que, apesar de sumido, o conde Drácula certamente continuava no Paço, pois a criadagem não tinha recebido ordens para remover suas bagagens.

— Não quero espalhar intriga, mas a catinga que sai do quarto faz até o nariz arder. O segundo andar está inteiro empesteado — confidenciou o serviçal intriguento.

— E tem acontecido mais alguma coisa, digamos, fora do comum no Paço Imperial? — perguntei.

— Como assim?

— Coisa estranha, esquisita... sobrenatural.

Custódio olhou em volta para se certificar de que ninguém prestava atenção em nós. Um cuidado desnecessário. Apenas funcionários públicos (como ele) ou gente de renda (como eu) podia se esconder do sol da tarde atrás de um copo de cerveja fresca. Falando baixo e em tom preocupado, o mordomo me contou a história de Clara, serviçal que trabalhava na limpeza do Paço Imperial.

— Ela entrava de noite para varrer o chão e limpar as janelas. Muito bonita. Cabelo sarará bem claro. Mas depois que começou a cuidar do andar do conde Drácula, em pouco tempo, parecia um cadáver. Magra, pálida. Ela comentou com os outros empregados que, na madrugada, o homem vinha chupar o sangue dela. Mas essa gente inventa qualquer coisa, o senhor sabe.

Se uma pessoa conta uma história extraordinária, é justo acreditar que se trate de uma invenção. No entanto, se duas pessoas contam exatamente a mesma história e o leitor continua achando que é uma irrealidade, o extraordinário é ele. A doença misteriosa de Clara era a mesma de Sancha.

— E como ela está? — perguntei.

— Agora está bem. Morreu tem uma semana. Foi enterrada no Caju.

— Morreu? — alarmei-me. — E como foi isso?

— Como todo mundo, ora... piorou até morrer. Tenho para mim que era febre amarela. Mas foi aí que a coisa ficou esquisita de verdade...

— Conte-me tudo.

Custódio olhou a própria caneca, que estava vazia havia mais tempo que a minha. Fiz sinal ao garçom para que trouxesse mais cerveja. O mordomo sorriu em agradecimento e continuou a história.

— Depois que Clara foi enterrada, o João Inácio veio me contar que o Uca falou pra ele que tinha visto a morta andando no Largo do Paço...

— Ora, isso é um absurdo!

— Eu também achei. Ele ainda falou que a defunta tentou morder ele. Porque, veja bem, cadáver sair do túmulo já é incomum, agora cadáver que morde... aí só pode ser invencionice. Valha-me, minha Nossa Senhora do Rosário!

— Esse Uca... é o mesmo do espelho?

— Como o senhor sabe do espelho?

— Sou informado, Custódio — respondi, sem dar maiores detalhes.

— É o mesmo — respondeu ele, depois de uma pequena relutância. — Um imprestável beberrão, mentiroso e falastrão. Não vale o que come.

O garçom chegou com duas canecas transbordantes de espuma densa e cremosa. Eu e Custódio brindamos e bebemos. Eu, só um pouco. Ele virou o copo inteiro num gole só.

— Mas se o Uca é um imprestável beberrão, por que você me contou isso? — perguntei.

— O senhor pediu alguma história esquisita, e eu falei. Acreditar ou não, aí é com o senhor.

— E alguém mais viu essa Clara defunta? — perguntei, enxugando a boca com o guardanapo ordinário do boteco.

— Só quem viu foi o Uca, e quem me contou foi o João Inácio. O Uca não trabalha mais no Paço. Mandei embora. Deve ser invencione dele, mas aí teve aquele ataque no Saco do Alferes...

— Que ataque?

— Uma preta jovem de cabelo claro cravou os dentes no pescoço de um homem até arrancar sangue. Os vizinhos acudiram, e a mulher sumiu no meio da noite. Falaram que ela usava um camisolão branco encardido, parecido com uma mortalha. Saiu no *Jornal do Commercio*.

Bebi mais um gole da cerveja. O mordomo do Paço olhou desconsolado a própria caneca vazia, mas fingi que não vi.

— Você está sugerindo que era a mesma Clara? — perguntei.

— Deus me livre! — respondeu ele. — Eu lá sou homem de sugerir alguma coisa? Devia ser só uma doida. Mas a coincidência é esquisita, o senhor há de concordar.

De fato, era.

Terminei minha cerveja com um "ah!" de prazer. Custódio me olhou com inveja.

— Preciso falar com esse Uca — eu disse.

O mordomo abriu um largo sorriso no qual faltava um dente do lado esquerdo.

Boa sorte com isso! Ele já pode ter sido escravizado de novo...

— O homem não é alforriado?

— Sim, senhor, igual a todos os criados da família real. Mas sabe como é... vai que algum fazendeiro está precisando de um braço forte, né? Vê o crioulo na rua, captura, e acabou a alforria.

Despedi-me do funcionário público, acendi uma cigarrilha e fui pegar um tílburi.

Enquanto o coche balançava sobre as ruas irregulares, meu pensamento viajava. Caixões cheios de terra. Espelhos sem reflexo. Visitas noturnas ao Flamengo. Doenças misteriosas. Defuntos que andavam. Mortas que mordiam. Tudo isso formava um conjunto bastante perturbador. O príncipe da Dinamarca estava certo. Há mais mistérios entre o céu e a terra, Horácio, do que sonha a nossa vã filosofia.

No cortiço da Gamboa

Na manhã seguinte, bem cedo, encontrei o João Inácio no cortiço da Gamboa. O Uca tinha sumido da cidade.

— Foi embora pro Recife — contou.

— E essa história da Clara, é verdade? — perguntei.

— Não gosto de falar disso, não...

Coloquei algumas moedas na mão dele, e João Inácio tomou coragem:

— O Uca gostava dela, capaz até que estivessem ajuntados. Então pode ser tudo imaginação por causa da falta dela. Só sei que ele andava muito assustado. Foi por isso que o Uca largou tudo e sumiu pro Recife.

Perguntei se ele sabia onde Clara havia sido enterrada, mas o homem desconhecia. O cemitério do Caju era grande e a maioria dos túmulos era de escravos. Muitos não tinham sequer identificação.

Apesar das histórias do Uca, ele mesmo, João Inácio, não tinha visto nada de muito esquisito no Paço.

— Mas no segundo andar, não subo mais — confessou. — É uma catinga forte, uma sensação estranha no peito. Não vou lá, não.

Minha investigação tinha batido as asas, mas sem abrir o voo. Não tinha nada de concreto, só disse-que-disse. Lembrei-me, contudo, das palavras do Quincas Borba ao repetir o *chevalier*

Auguste Dupin: "Recolha toda a informação, depois jogue fora o que não presta".

Voltei à chácara do Catumbi e cheguei quando a tarde já ia pelo fim. As surpresas do dia ainda não haviam acabado. Um enigmático telegrama do Quincas Borba esperava por mim.

CAPÍTULO XXI
TELEGRAMA DE QUINCAS BORBA PARA BRÁS CUBAS

A cópia do telegrama enviado por Quincas Borba em 10 de outubro de 1869 foi encontrada entre os originais da biografia póstuma de Brás Cubas, arquivada na Biblioteca Nacional no Rio de Janeiro

Nosferatu Anti Humanitas PT Sancha Capitu grande perigo PT Escobar trancar portas janelas noite PT Pendurar alho cabeceira PT Crucifixos toda casa PT Sigo Corte mais rápido possível PT

CAPÍTULO XXII
AS VERDADEIRAS MEMÓRIAS PÓSTUMAS DE BRÁS CUBAS

Texto manuscrito arquivado na
Biblioteca Nacional do Rio de Janeiro

Da economia dos verbos

Começo a arrepender-me deste livro. Não que ele me canse. Eu não tenho o que fazer e, realmente, expedir alguns magros capítulos é tarefa que me distrai um pouco na eternidade.

Mas ao escrever este relato, sou forçado a recordar meus erros de avaliação e minhas decisões equivocadas. A opinião dos vivos pouco me importa. Do meu próprio julgamento, contudo, desse eu não consigo escapar. Se tivesse decifrado corretamente o telegrama do Quincas Borba, talvez pudesse ter salvado Sancha e mudado o meu destino.

O fato é que um filósofo é dado a filosofices e os telegrafistas cobram por palavras. Quanto mais letras, mais merréis. Isso obriga o correspondente a suprimir substantivos e a economizar nos verbos, tornando a mensagem mais enigmática do que uma poesia simbolista.

"Nosferatu Anti Humanitas"?

"Pendurar alho cabeceira"?

"Crucifixos toda casa"?

Não entendi patacas. O que alhos e bugalhos tinham a ver com crucifixos e qual a relação dos apetrechos com Sancha? Alho podia ser ingrediente para alguma panaceia curativa, mas e o crucifixo? O que era um "nosferatu"?

Quincas Borba nunca foi muito bom da cabeça, mas sua loucura escondia certo método. Não era o caso do enigmático telegrama. Por isso concluí, erroneamente, que o criador do Humanitismo tivera, em Itaguaí, o prenúncio de uma ideia, talvez um novo pensar filosófico, e resolvera me enviar para que não a perdesse. E assim, sem me preocupar com a mensagem cifrada, me servi de conhaque e fui ler Stendhal.

Nosferatu, o anti-Humanitas

Acordei com batidas fortes na porta do quarto. O sol já entrava pelas frestas da janela, mas ainda era bem cedo.

— Seu Cubas... — Ouvi a governanta gritando e me levantei para atendê-la, mas não tive tempo de fazer nada. O Quincas Borba irrompeu pelo quarto como um raio, já de charuto aceso e acompanhado pela mucama, preocupada com a invasão.

— Levanta-te e anda, Brás Cubas! — o filósofo rugiu. — Como você pode estar na cama quando o mundo está à mercê de um vampiro?!

— São seis da manhã, Quincas, tenha dó — respondi, vestindo um robe sobre o pijama, enquanto consultava o relógio de bolso que ficara sobre a cômoda.

— Seu Cubas, sinto muito, o seu Borba foi entrando — desculpava-se a mulher.

— Tudo bem, só me traz um café, por favor... — respondi.

— Não há tempo. Recebeu meu telegrama? Informou a Escobar das medidas necessárias?

— Não entendo nada do que você diz e não vou fazer esforço algum enquanto não beber o meu café...

O investigador filosófico ficou andando em círculos impacientes e fumando, enquanto eu me barbeava e me lavava no banheiro ao lado do quarto, a porta entreaberta para ouvir a profusão de palavras que o homem jorrava.

— Simão Bacamarte está morto. Uma gigantesca perda para a raça humana! Enorme! Colossal! Mas com a graça de Humanitas, pude ler toda a correspondência do alienista com sábios do mundo todo. Chamou-me a atenção, em especial, a série de cartas que ele trocou com um polímata dos Países Baixos chamado Abraham van Helsing.

— Polímata dos Países Baixos? Isso é doença venérea? — respondi, enquanto espalhava creme de barbear pelo rosto.

— Não faça blague com assunto sério! Você falou a Escobar sobre os alhos e os crucifixos?

— Era sobre isso, o telegrama?

— Ah, por Humanitas! E o que mais poderia dizer? Estava tudo claríssimo! — gritou o filósofo.

— Não, não estava. Não entendi patacas daquela confusão toda... — respondi.

— Então talvez seja tarde demais! Tarde demais para dona Sancha e para todos nós. Apresse-se, Cubas, temos de ir ao Flamengo!

Com o rosto coberto de espuma, encarei o Quincas Borba, que acendia um novo charuto nas brasas do primeiro.

— Não sei por que devemos ir ao Flamengo antes mesmo do café da manhã. Além do mais, ouvi histórias bastante interessantes no Paço e gostaria...

O investigador filosófico sugou o charuto recém-aceso, produzindo uma nuvem densa de fumaça. Depois, tirou a coisa da boca, virou a brasa para si e a assoprou para que o trabuco acendesse direito. Só então ele me lançou um olhar que misturava pena e desprezo.

— Conde Drácula é um vampiro. Um nosferatu. Um morto-vivo. Um desmorto. Precisamos proteger as mulheres de Santiago e Escobar!

As palavras do Quincas Borba varreram da minha mente o que ainda restava de sono. De um jeito muito estranho, a verborragia insensata dele combinava com as esquisitices que eu havia escutado de Custódio e João Inácio.

Voltei para a frente do espelho e comecei a raspar o rosto com a navalha.

— O conde Drácula é romeno, e não nosferatu... de onde vem esse povo?

— Nosferatu não é um povo, Brás. Um nosferatu é um vampiro que se alimenta com o sangue dos vivos!

Lembrei-me de Clara.

— Sangue dos vivos?! — respondi, cortando levemente o pescoço com a navalha. O vermelho se misturou à espuma branca.

— Sim! Sangue! Sangue! O fluído vital que anima os seres vivos! Li sobre isso nas cartas de Van Helsing. O holandês é um especialista em vampiros e, pela descrição que faz... e por tudo o que já sabemos... é precisamente isso o que acontece com a mulher do Escobar. Ela é a vítima de um nobre sanguessuga!

— Nobre sanguessuga...? Deu pra ser republicano, Quincas?! — brinquei, mas apenas para afastar os pensamentos mórbidos que enchiam minha mente.

— Falo de coisa séria. Um espectro assustador ronda a Europa... o espectro do vampirismo. E agora ele também está aqui, no Brasil. Finalmente entendi... Se existe Humanitas, o princípio que move o ser humano, também deveria existir um princípio contrário, o anti-Humanitas! Se a mulher do Escobar for sugada até a morte por esse nosferatu, ela vai se juntar à legião dos amaldiçoados! Apresse-se, homem!

Terminei de me barbear e vestir, ao mesmo tempo em que a criada entrava no quarto com uma bandeja contendo um grande bule de café e algumas broas de milho.

— Vamos! Vamos! Vamos! — apressou-me Quincas Borba.

Enchi uma caneca grande com café quente e bebi tudo de uma vez, enquanto embrulhava as broas num pano de prato para comer durante a viagem ao Flamengo.

— E o Paço? Conte-me sobre o Paço — pediu o filósofo, quando já estávamos na sege.

Contei a história de Clara.

— Se já aconteceu com uma... vai acontecer com as outras... — murmurou Quincas Borba, acendendo um novo charuto nas brasas do antigo. — É tarde demais, tarde demais, tarde demais!

CAPÍTULO XXIII
O DIÁRIO DE SANCHA

Diário da senhora Sancha Escobar, esposa do falecido senhor Ezequiel de Souza Escobar, conhecido como Escobar. Caderno encontrado nos arquivos de Quincas Borba, investigador filosófico, sob a rubrica "Caso Bento Santiago"

Domingo, 27 de setembro de 1869

Drácula estava lá fora ontem de noite. Na rua. Eu sabia. Eu sentia. Escobar dormia no quarto de visitas para que eu ficasse mais confortável na cama de casal. As duas portas que dão pro quarto estavam trancadas. A da varanda, virada para a rua, e a de dentro, que sai na sala.

Drácula estava lá fora me chamando. Eu escutava. Escutava dentro da minha cabeça. Eu queria sair, mas não consegui.

Forcei a porta grande da varanda, mas não abria. Então empurrei e bati e bati e bati, mas estava fraca. Deitei-me no chão e fiquei ali, chorando, meio dormindo e meio acordada.

E aí ele estava lá.

Não sei como, mas o príncipe tinha entrado no quarto. Ele estava lá. Comigo.

Drácula me pegou nos braços e me carregou até a cama.

Em breve estaremos juntos, ele disse.

Lembro-me dos olhos azuis-amarelados. A boca muito vermelha. Os dentes brancos e pontudos. O hálito pesado. Depois, não me lembro de mais nada.

Acordei hoje de manhã quando Escobar destrancou a porta. Estava cansada, muito cansada, cansada demais. Só queria dormir.

Capitu chegou algumas horas depois. Entrou no quarto com uma sopa rala de fubá. Dei duas colheradas e vomitei tudo. A sopa tinha cheiro de podre. Eu tenho cheiro de podre. Tudo nessa casa tem cheiro de podre. Tudo é podridão. Tudo está podre.

Segunda, 28 de setembro de 1869

Depois de ontem, Escobar voltou a dormir no nosso quarto. Está preocupado comigo, com Capituzinha, com a minha doença. Passou a noite jogado na poltrona verde grande, que fica ao lado da penteadeira. Adormeci olhando para o meu marido, que estava todo torto e desconfortável na cadeira.

De repente, acordei. Era noite alta, e Drácula estava lá fora. Eu sabia. Eu sentia o cheiro dele. Aquele cheiro doce e úmido de coisa podre.

E escutei de novo a voz dele na minha cabeça.

Venha, venha, venha.

Vi os olhos dele me observando do lado de fora. Levantei-me apressada para abrir a porta da varanda e sair, mas estava trancada.

Puxei e bati e empurrei e bati e bati e gritei e bati.

Escobar acordou e me segurou.

Sancha, vem pra cama! Vem pra cama!, ele disse.

Eu precisava sair. Eu tinha que sair. O príncipe me chamava, e eu tinha que sair. Tentei escapulir do abraço do meu marido, mas ele me segurou mais forte. Eu precisava sair. Eu tinha que sair.

No meu nervosismo, avancei na cara do Escobar. Unhei o rosto dele com força, e o sangue escorreu. Nessa hora, aconteceu uma coisa estranha. Foi uma vontade. Um desejo. Não sei explicar. Quando vi a cara dele ensanguentada, tive vontade de lamber.

Lamber a ferida, lamber aquele sangue. Eu passei a língua no arranhado, mas Escobar perdeu a paciência e me empurrou.

Chega, Sancha, chega! Não aguento mais essa loucura! Chega! Amanhã eu procuro um alienista!

Meu marido saiu do quarto segurando o machucado, enquanto pingos de sangue caíam pelo chão. Me ajoelhei no assoalho e comecei a lamber o sangue.

Tinha um gosto salgado de colher velha.

Terça, 29 de outubro de 1869

Tudo está podre. Tudo tem cheiro de podre. A cama, o quarto, a casa. Capituzinha. Escobar. Eu. Tudo fede a carne estragada. A água tem gosto amargo e a claridade faz meus olhos arderem.

Eu quero morrer.

Minha Nossa Senhora, eu sei que é pecado escrever essas coisas, mas eu quero morrer. Eu tenho que morrer. Eu preciso morrer. Cada vez que Drácula vem, eu fico mais doente. Mas quando ele não vem, eu fico pior. Meu corpo inteiro dói quando ele não vem. Eu não consigo dormir, não consigo descansar. Fico esperando que ele volte, sem vontade de fazer nada, a não ser esperar por ele. Fico deitada. Esperando. Esperando. Esperando.

Se Drácula vier, vou morrer.

Mas se Drácula não vier, não tenho motivo pra viver.

Escuto a voz dele me chamando, me chamando, me chamando. Toda hora. Todo dia. Toda noite.

Me chamando, me chamando, me chamando.

Eu preciso morrer.

Eu quero morrer.

Eu vou morrer.

CAPÍTULO XXIV
AS VERDADEIRAS MEMÓRIAS PÓSTUMAS DE BRÁS CUBAS

Texto manuscrito arquivado na
Biblioteca Nacional do Rio de Janeiro

A locomotiva

O Flamengo estava mais soturno do que antes, como se fosse o cenário de um velório interminável. Assim que descemos do coche e abrimos o portão do pequeno jardim em frente à casa, Escobar correu até nós, nervoso e inquieto. Ele tinha no rosto um curativo de linho manchado de sangue seco.

— Onde o senhor esteve? Estou pagando pelos seus serviços e o senhor desaparece?! — ele gritou para o Quincas Borba.

O filósofo não gostou.

— Não tenho tempo para bobagens — respondeu, entrando na casa. — Sua senhora corre enorme perigo e minhas determinações precisam ser rigorosamente seguidas. Anote tudo! — Quincas Borba sugava com força o charuto, assoprando uma nuvem cinzenta de fuligem enquanto andava, como se fosse uma locomotiva sem freios. — Quero grandes réstias de alho penduradas no quarto de dona Sancha. Muitas réstias! Quero alho espalhado pelo quarto todo, mas principalmente sobre a cama... como se fosse um rosário na parede, entende?

Escobar me olhou com aflição, sem saber exatamente o que fazer.

— É melhor tomar notas — falei.

Ele tirou um pequeno caderno encapado com couro do bolso do paletó e começou a escrever com um lápis grosso, de marceneiro. Quincas atravessou a sala de visitas e entrou na sala de estar, sempre gritando ordens.

— Crucifixos! Quero um sobre cada janela e cada porta. Mesmo que sejam janelas muito pequenas onde nenhum ser humano consegue entrar, está me entendendo?

O dono da casa não sabia exatamente o que fazer, mas seguia fazendo garranchos no caderninho. Para diminuir o mal-estar, perguntei sobre Sancha.

— Cada vez pior... — respondeu Escobar. — Fica a noite inteira agitada, tenta ir pra rua. Na madrugada passada, me arranhou o rosto durante o delírio... e... O que está acontecendo aqui, senhor Cubas?

Quincas percorria cômodo por cômodo. Os criados viam a locomotiva se aproximando e saíam da frente.

— Quero um crucifixo ali e mais um ali. Talvez seja bom arrumar também umas estátuas de santos...

— Temos um Menino Jesus do presépio de Natal... — balbuciou Escobar.

— Não serve. Precisamos de um santo adulto e de espírito beligerante — retrucou o fundador do Humanitismo. — Seria melhor um São Jorge ou São Longuinho, que têm lanças à mão.

Escobar implorava por uma explicação sensata para o comportamento tresloucado do filósofo.

— Que diabos é isso tudo? — perguntou.

— Ele acredita que dona Sancha é vítima de um nosferatu.

— Um nosferatu? O que é um nosferatu?

— Um vampiro — respondi. — Um morto-vivo que se alimenta do sangue dos vivos.

— E isso existe?

— Sinceramente, espero que não... — respondi.

Quincas invadiu a cozinha e, para espanto das mucamas, foi abrindo armários para procurar cabeças de alho. Só achou três.

— É pouco! — gritou. — Escobar, mande alguém até a venda e ordene que traga quantas réstias de alho conseguir carregar. E providencie os crucifixos. Quem sabe, talvez, um padre...

— Um padre? — murmurou o dono da casa.

— Pensando bem, melhor não — reconsiderou o filósofo investigador. — Precisamos de homens destemidos, e não de papa-hóstias que usam saias. Esqueça os padres.

Depois de percorrer a casa inteira vociferando ordens, Quincas Borba se acalmou, voltou à sala de visitas e se sentou numa namoradeira, de frente para a porta da rua.

O charuto tinha virado uma coluna de cinzas.

— Eu também preciso de um cinzei... — disse ele, mas não deu tempo. Os restos queimados de tabaco despencaram no chão, emporcalhando o assoalho recém-encerrado.

Capitu que entra

Entre minha visita anterior ao Flamengo e a que fazíamos agora, pouco mais de uma semana havia se passado. Mas, para Sancha, pareciam anos. A mulher estava magra, pálida, abatida. As noites insones haviam marcado o rosto dela com olheiras profundas e escuras. Os cabelos claros pareciam finos e quebradiços. Os lábios estavam esbranquiçados. E os olhos, opacos e sem brilho.

Escobar estava sentado na cama e segurava a mão da doente. Eu permaneci de pé, enquanto Quincas, inquieto, verificava a tranca da janela que dava para a pequena varanda.

— Vocês estão preocupados demais — murmurou Sancha. — Eu estou bem. Estou cansada, mas estou bem...

Mas não estava. Era evidente que não estava.

— Nós vamos cuidar de você, Sanchinha — disse o marido, com ternura.

O filósofo virou-se na nossa direção e acrescentou:

— Não se preocupe, dona Sancha, o maldito vampiro não vai transformá-la numa morta-viva sugadora de sangue!

Escobar balançou a cabeça, incrédulo.

— Senhor Quincas, por favor... — pediu.

Concordei com o marido. Não havia motivos para encher os ouvidos da enferma com histórias de assombração. Apesar de todas as esquisitices que eu havia escutado, ainda não estava totalmente convencido de que o conde Drácula era uma criatura monstruosa que se alimentava dos vivos.

— Deixemos dona Sancha com o marido — falei, puxando o investigador para fora do quarto.

— Não é do meu feitio enfeitar os fatos — respondeu o humanitista, enquanto eu fechava a porta atrás de nós.

— Nós não precisamos deixar essa gente mais assustada do que já está, Quincas!

— Ora, Brás! — ralhou ele. — A raça humana está em perigo! Todos nós deveríamos estar assustados!

Ia rebater os argumentos do filósofo, quando Capitu entrou pela porta da frente. Vinha apressada, os cabelos presos numa rede de contas, os ombros nus e os olhos cinza-azulados inquietos como o mar de ressaca.

— Capitu — eu disse, só para perceber que, logo atrás dela, entrava o marido Bento Santiago, puxando pela mão o filho Ezequiel.

— Dona Capitolina — corrigi.

— Como ela está? — Capitu perguntou.

— Muito abatida — respondi.

— Estamos trabalhando para evitar o pior... — afirmou o Quincas Borba, enquanto cumprimentava o seminarista. — Precisamos salvar a humanidade!

Capitu entrou no quarto de Sancha e fechou a porta.

Capituzinha entrou na sala pulando e foi abraçar Ezequiel. A ama de leite veio logo atrás e levou as duas crianças para brincar na rua. Escobar deixou o quarto de Sancha, e Quincas Borba anunciou que precisava conferenciar com todos nós.

— Onde podemos conversar sem interrupções, senhor Escobar? — perguntou.

Humanitas e a monarquia

Nós quatro nos reunimos na biblioteca da casa, que também servia como gabinete. Quincas Borba notou várias garrafas numa pequena mesa, ao lado da porta. Abriu um dos frascos, cheirou, encheu um copo e bebeu.

— Excelente conhaque! — exclamou e, então, anunciou com certa solenidade: — Senhores, precisamos falar sobre o vampirismo. Os escritos de Abraham van Helsing são objetivos: enquanto o nosferatu estiver vivo, todos corremos perigo!

— Abraham van quem? — perguntou Bento Santiago.

— Um médico holandês que manteve uma correspondência bastante peculiar com o alienista Simão Bacamarte.

Foi a vez de Escobar perguntar:

— Simão o quê?

— Bacamarte! — Impacientou-se o filósofo. — A maior autoridade em mentecaptos que este reino já teve. Era minha intenção consultá-lo sobre o mal de dona Sancha, mas o homem está morto. O tempo não poupa nem os gênios... nem os gênios. No entanto, tive acesso às cartas trocadas pelo grande sábio com vários estudiosos europeus. Impressionou-me, sobretudo, a correspondência do holandês van Helsing sobre os vampiros da Transilvânia... a terra natal do nosso misterioso conde Drácula.

Fiz uma intervenção:

— Não estou totalmente convencido sobre essas coisas, Quincas. Temos uma coleção de acontecimentos estranhos e algumas coincidências intrigantes, mas nenhuma evidência conclusiva...

O filósofo entornou o que restava do conhaque, serviu-se de outro e respondeu:

— Não me importa se você está convencido ou não. Eu estou, e isso basta.

— Estou confuso... — confessou Escobar.

— O senhor está dizendo que o conde Drácula é uma espécie de criatura sobrenatural? — perguntou Bento Santiago.

— É exatamente o que estou dizendo — respondeu o Quincas Borba. — Mas não uma criatura qualquer. Ele é um nosferatu, um desmorto, um vampiro, um príncipe das trevas!

Com a impaciência de quem não suporta a ignorância, o fundador do Humanitismo resumiu tudo o que havia descoberto sobre o *folklore* dos Cárpatos.

— Minha Nossa Senhora! — exclamou o seminarista. — Me nego a acreditar que isso possa existir!

— Mas existe! — respondeu o Quincas Borba.

Depois, pediu que eu contasse tudo o que ouvira no Paço. Relutei, a princípio, mas acabei expondo todas as maledicências dos funcionários públicos.

— Tudo isso parece ter saído de um poema de Lord Byron, bem sei, mas a soma das estranhezas é preocupante — concluí.

Escobar, homem de pouca leitura, não compreendeu a referência literária:

— Quem é Lord Byron? Outro vampiro?

Ia responder, mas Bento Santiago não deixou:

— Mas se isso tudo for mesmo verdade, Sancha corre grande perigo... e Capitu também!

Quincas acendeu um charuto, expeliu uma nuvem de fumaça e sentenciou:

— Todos nós corremos. Todos nós. Estou convencido de que Humanitas é a medida de todas as coisas. No entanto, não me atentei para uma questão fundamental: todo princípio requer um antiprincípio.

— Como Deus e Satanás — arriscou o seminarista.

O filósofo acrescentou:

— Alto e baixo, dentro e fora, civilização e barbárie, liberdade e escravidão. O vampiro é antítese da humanidade. O anti-Humanitas. O alho e as cruzes vão proteger dona Sancha, mas não são suficientes. Nós precisamos agir para defender a espécie humana!

Quincas Borba serviu-se de outro conhaque. Escobar olhou desolado para a garrafa que esvaziava rapidamente e perguntou:

— Mas o que podemos fazer?

— Matar o conde Drácula, é claro! — respondeu o investigador. — Transpassá-lo com uma estaca, cortar a cabeça e, então, queimar o que resta!

— Mas... — balbuciou Escobar — o homem é um nobre, um aristocrata. Nós não podemos fazer isso...

— Isso é um completo disparate! — acrescentou Bento Santiago. — Tudo o que os senhores contaram é, de fato, intrigante... mas o conde Drácula é amigo do príncipe imperial consorte.

Tive que concordar. Nem o mais radical dos republicanos ousaria invadir o Paço e assassinar um hóspede do império.

Quincas Borba bufou, resfolegou e apontou o charuto para nós três, como se fosse uma espada.

— Vamos ser claros: sou um realista e creio que a monarquia é o sistema de governo que mais se adequa à realidade de

Humanitas! — vociferou. — No entanto, enquanto o desmorto estiver entre nós, as duas senhoras correm grande perigo...

Olhei para a garrafa de conhaque em cima da mesinha, mas não me atrevi a abusar ainda mais da hospitalidade do Escobar. Fiquei de pé, coloquei as mãos nos bolsos da calça e girei lentamente em torno de mim mesmo, apenas para efeitos dramáticos.

— Ainda que concordássemos com essa ideia absurda, nós precisaríamos de um plano — eu disse. — Não podemos simplesmente invadir o Paço Imperial.

Bento Santiago também ficou de pé, foi até a janela, afastou a cortina e observou a rua. Depois de alguns minutos de contemplação, voltou-se para nós e falou:

— Não podemos. Simplesmente não podemos.

— Não é hora para hesitações! — respondeu o Quincas.

Escobar, que estivera pensativo e calado, se pronunciou.

— Bentinho está certo. Não podemos fazer isso. Mesmo que Sanchinha tenha delírios com esse conde Drácula, nós... nós não podemos tomar uma atitude violenta com base em suposições...

— Suposições?! Suposições!? — explodiu o filósofo. — As cartas de Bacamarte e van Helsing não deixam dúvidas. Estamos presenciando a ação nefasta de um vampiro! Precisamos agir!

— Cartas são apenas cartas. Nada mais! — disse Escobar.

— Não podemos assassinar uma pessoa... — acrescentou Bento.

— Pessoa?! O conde Drácula não é uma pessoa! Ele é um vampiro desmorto! Um nosferatu sugador de sangue! Um inimigo da humanidade! O anti-Humanitas!

— E também um hóspede real — respondeu Escobar.

Com o charuto preso na boca, o filósofo começou a andar de um lado pro outro, com as mãos atrás das costas, soltando fumaça pelas ventas.

Ficou acertado que, naquela noite, Escobar deixaria dois criados armados vigiando a frente da casa.

Quincas Borba achou a medida uma bobagem.

CAPÍTULO XXV
OS DIÁRIOS DE SANCHA

Diário da senhora Sancha Escobar, esposa do falecido senhor Ezequiel de Souza, conhecido como Escobar. Caderno encontrado nos arquivos de Quincas Borba, investigador filosófico, sob a rubrica "Caso Bento Santiago"

Quinta, 1º de novembro de 1869

Aquele filósofo esquisito, o Quincas Borba, mandou encher a casa de alho e de crucifixos. Tudo fede a alho. Tudo tem cheiro de podridão misturado com alho. Drácula veio ontem. Escobar foi dormir no outro quarto depois da unhada, e eu estava sozinha de novo.

Escutei a voz do Drácula me chamando.

Escutei como se ele tivesse do lado da cama.

Sancha, Sancha, Sancha.

Mas o alho... o alho e as cruzes... ele não podia entrar.

Deita fora essa planta, mulher.

Arranca da parede o deus crucificado!

Joga tudo fora e eu te levarei comigo.

Eu escutei tudo isso e quis me levantar para limpar tudo. Arrancar tudo da parede e esconder no guarda-roupas, longe dos olhos do meu Drácula.

O alho, as cruzes, as cruzes e o alho. Mas não conseguia me mexer. Não conseguia me levantar. Meu corpo inteiro doía. Era como se eu estivesse presa na cama. Como se estivesse presa na cruz, e não na cama.

Drácula foi embora. Drácula não entrou e foi embora.

Sexta, 2 de novembro de 1869

Eu preciso dele. Faz duas noites que ele não vem. Eu preciso dele. Ele não vem. Eu preciso. A luz machuca meus olhos, e minha cabeça dói. Os pulos de Capituzinha pela casa parecem um tambor. Menina maldita. Ela pula, ela grita, ela corre. A voz do Escobar me embrulha o estômago. Vomito tudo o que como. A água tem gosto de podre, e eu não consigo engolir. Eu quero morrer. Eu preciso morrer. Eu quero o meu príncipe e eu preciso morrer. O alho. O alho. Não aguento esse cheiro nojento de alho.

Sábado, 3 de novembro de 1869

Eu quero morrer. Eu preciso morrer. Eu quero morrer. Eu preciso morrer. Eu quero morrer. Eu tenho que morrer. Eu preciso morrer. Eu quero morrer. Eu preciso morrer. Eu desejo morrer. Eu quero morrer. Eu preciso morrer. Eu quero morrer. Eu preciso morrer. Eu quero morrer. Eu preciso morrer. Eu quero morrer. Eu preciso morrer. Eu quero morrer. Morrer. Morrer. Morrer. Morrer. Morrer. Morrer. Morrer. Eu preciso morrer. Eu tenho que morrer. Eu quero morrer. Eu quero morrer. Eu quero morrer.

Domingo, 4 de novembro de 1869

Hoje foi dia de missa. Capitu e Bentinho passaram aqui depois da igreja. Abracei minha amiga e me despedi dela. Essa é a última vez que escrevo neste diário. Vou terminar minha história, trancar o livro e esconder a chave atrás do guarda-roupa. O móvel é velho e pesado. Um dia alguém vai ler isso tudo. Um dia, muito tempo depois de hoje. E nesse dia, talvez esse alguém entenda que eu já estava morta muito antes de morrer.

As mãos geladas e o hálito fedorento do príncipe, as roupas que cheiram mofo e podridão, os dentes que rasgam a minha carne. Tudo me machuca, mas se ele não vem, não tenho forças pra sair da cama. Meus ossos doem. Meus olhos doem. Meus ouvidos doem. Esse cheiro de alho. Esse fedor de alho e podridão.

Escobar é novo. Ele vai arrumar outra. Capitu vai fazer de tudo para que ele encontre alguém. Capituzinha, coitadinha... tão pequena. Mas Escobar vai cuidar dela. Bentinho e Capitu vão cuidar dela. Eles vão me esquecer.

Tudo passa. Tudo sempre passa.

Drácula vai voltar hoje. Eu sei. Mas hoje vou estar esperando por ele. Vou evitar o láudano amargo que o Escobar me faz beber. Vou vomitar tudo até que ele desista. E quando ele me fechar no quarto, vou me levantar, mesmo com dor, eu vou me levantar. Vou arrancar as réstias de alho e esconder dentro do guarda-roupa, pro cheiro não sair. Vou arrancar os crucifixos das paredes, enrolá-los em cobertores grossos e, depois, jogar atrás da penteadeira.

E vou me lavar para tirar esse cheiro de alho. Tirar esse cheiro de mim. Tirar o alho de mim. E vou chamar o meu príncipe em pensamento e ele vai me escutar. E quando chegar, ele vai jogar longe os dois negros armados que o Escobar mandou ficar na rua, vigiando a casa. Ele vai avançar como se fosse um lobo, tão feroz, tão veloz, que os dois não terão tempo nem de gritar. E depois de arrancar as entranhas deles com suas mãos ossudas, ele vai subir até a varanda. Vai subir leve como o vento, leve como fumaça. E, então, ele vai empurrar a porta. E eu vou estar aqui, na cama, esperando por ele. E ele vai saber que eu escolhi ficar com ele. Ele vai saber que eu serei dele por toda a eternidade. Ele vai saber que eu preferi morrer a ficar longe dele. Ele vai saber que eu escolhi ir embora com ele.

E eu vou ver aqueles dentes brancos e pontudos e saber que eu sou dele. E eu nunca mais vou sentir medo. E eu nunca mais vou sentir dor. E eu nunca mais vou ter medo da morte porque eu escolhi viver para sempre nos braços do meu príncipe. Meu adorado, meu odiado, meu sonho, meu pesadelo, meu gozo, meu tormento, meu príncipe eterno, meu amado conde Drácula. Vem. Sou sua.

CAPÍTULO XXVI
ROGAI A DEUS POR ELA

Recorte do Jornal do Commercio *anexado aos arquivos do "Caso Bento Santiago" por Quincas Borba, investigador filosófico*

Ezequiel de Souza Escobar, comerciante, e sua filha, Capitolina Pádua Souza Escobar, agradecem a todas as pessoas que se dignarão a acompanhar ao último jazigo, no cemitério da Ordem Terceira de São Francisco de Paula, os restos mortais da sua mui amada esposa e mãe, D. Sancha Souza Escobar; e de novo lhes rogam que assistam à missa de sétimo dia, que terá lugar na segunda-feira, dia 12 de novembro, às sete horas da manhã, na Capela Imperial, para o repouso de sua alma.

CAPÍTULO XXVII
AS ANOTAÇÕES DE BENTO SANTIAGO

As notas de Bento de Albuquerque Santiago compõem um conjunto de observações que serviriam como base para a aclamada biografia do autor, publicada em 1900. Essas anotações, escritas no outono da vida, preenchem várias lacunas dos arquivos de Quincas Borba, o investigador filosófico

Quanto tempo deve durar um abraço?

A leitora, que é minha amiga, certamente irá me considerar um frívolo por pensar nisso justamente no velório de Sanchinha.

Escobar estava ao lado do caixão e olhava calado para a esposa. Capitu e eu entramos na casa do Flamengo de braços dados. Ela se soltou de mim e foi até o viúvo para abraçá-lo. Ficaram longos minutos enlaçados. Longos, longos minutos. Os dois abraçados, Ezequiel, ao lado, agarrado à saia da mãe.

Quando tempo deve durar um abraço?

(***)

Os olhos de Capitu estavam vermelhos de tanto chorar. Muitos homens choravam também, as mulheres todas. Escobar alternava momentos de calma e agitação. Ora perguntava se o sepulcro já estava pronto, ora queria saber se Capituzinha estava bem. A ama de leite cuidava da menina num canto da sala. Ezequiel ficou ao lado da amiguinha. Os dois brincando tristes e quietos, vestidos como um príncipe e uma princesa.

(***)

O enterro, no São Francisco de Paula, aconteceu no mesmo dia. Foi pomposo, e a afluência dos amigos, numerosa. Todos falavam da tragédia. Como podia, uma mulher tão jovem ainda, morrer daquele jeito? Doença de família, cochichavam. Febre amarela, diziam outros, ou coisa ainda pior. Um ou outro comentava sobre a guerra. O tirano Solano López estava foragido e, em breve, as tropas da Tríplice Aliança o fariam morto ou prisioneiro.

Sancha estava vestida toda de branco no caixão, mais linda do que jamais fora em vida. Nos longos dias de convalescência, ela emagrecera e ganhara uma palidez quase cadavérica. Defunta, o rosto ficara corado, e os lábios, vermelhos. Parecia que Sanchinha apenas dormia.

(***)

Quincas Borba e seu ajudante chegaram juntos ao cemitério. O filósofo queria conhecer os pormenores da morte. Como o vampiro pudera atravessar a barreira dos crucifixos e réstias de alho? Contei a ele o que Escobar me dissera.

Sancha arrancara, ela mesma, os santos e as ervas, depois os escondera no armário para permitir a entrada do conde Drácula. Repeti isso em voz baixa, olhando para os lados, sem acreditar nas minhas próprias palavras. Ainda cismava com as histórias fantasiosas do Quincas Borba.

Mesmo hoje, tanto tempo depois, ainda me questiono sobre a natureza de certos eventos.

A leitora há de concordar que a vida é banal, feita de traições, enganos e desilusões. E ao final, depois de toda a infelicidade que acumulamos, vamos para o túmulo, vítimas de uma doença fatal ou acidente.

Se eu tivesse me formado padre, talvez tivesse sido mais contente. Viveria apartado do mundo, acreditando que Deus olhava por mim. Troquei o celibato por Capitu. E fui feliz por muito tempo, não minto. Mas toda escolha também traz em si uma dor.

(***)

Quincas Borba se martirizava. Repetia que devia ter montado guarda no Flamengo, protegendo pessoalmente a esposa de Escobar do "maldito nosferatu". Assegurei a ele que isso teria sido impossível, pois o marido jamais permitiria.

O filósofo acendeu um novo charuto na brasa do anterior. Agitado, afirmava que a única solução era invadir o Paço Imperial e destruir o conde Drácula, pois só isso livraria a falecida de uma eternidade como morta-viva. Ele insistia em conversar imediatamente com Escobar e tomar as providências cabíveis.

Brás Cubas o dissuadiu. Aquele não era o local e nem o momento para isso.

Concordei.

— Não tem hora certa quando a sobrevivência da humanidade está em jogo, Cubas! — respondeu o filósofo, num tom de voz alto demais para um velório.

Fiz sinal para que Quincas Borba falasse mais baixo. Ele mastigou o charuto com raiva.

— Mesmo que tivéssemos evidências concretas, o que não temos, não podemos atacar um amigo da família real — disse eu. — Já falamos sobre isso.

O investigador filosófico resmungou que o adversário era uma criatura diabólica e astuta. Não importava se era hóspede do próprio imperador, o momento era de ação.

Nesse momento, fomos avisados de que era hora de ver Sanchinha pela última vez, pois o caixão seria fechado para ser levado ao cemitério.

(***)

Com o braço direito no ombro de Capitu e segurando Ezequiel com a mão esquerda, vi o caixão ser colocado no mausoléu dos Escobar. Era uma construção em forma de capela, cercada por uma grade e um pesado portão de ferro. Dentro do predinho, um anjo de pedra com asas abertas zelava pela cripta, que tinha espaço para mais dois futuros defuntos.

Ao final do enterro, quando nos dirigíamos para as carruagens, Capitu mencionou que Escobar estava muito abatido. Pediu que eu fosse para casa com Ezequiel e levasse também Capituzinha. Ela ficaria com o nosso amigo mais algumas horas e depois tomaria um tílburi de volta à Glória. Discutimos e a fiz ver que isso era totalmente inapropriado. Uma mulher casada não podia servir como consolo de viúvo. Capitu não gostou da insinuação, fechou a cara e não me dirigiu a palavra até chegarmos em casa.

(***)

No dia seguinte ao enterro, acordei bem cedo. Planejava auxiliar Escobar com os procedimentos necessários. Tomei café preto e entrei na sala. Capituzinha, que tinha vindo conosco, brincava com Ezequiel, aos cuidados de Capitu. Os dois montavam um quebra-cabeças de madeira. Minha mulher estava sentada na namoradeira e observava as crianças com tristeza e pena.

Falei que iria encontrar Escobar, o que era verdade. Mas também planejava passar com ele no escritório do Quincas Borba, na rua do Ouvidor. Temia que o filósofo tresloucado fizesse alguma estupidez e acabasse por nos comprometer.

Os olhos de ressaca de Capitu estavam úmidos.

— A culpa é minha, Bentinho... fui eu que insisti que Sancha fosse ao Paço comigo... — soluçou. — Se não fosse isso, ela nunca teria conhecido o Drácula... e ela ainda estaria aqui...

— Nós não sabemos... — murmurei. — As fantasias dela eram apenas delírios causados pela doença...

— Não era delírio. Eu sei que não era delírio. Eu também o escuto me chamando... e agora... agora que Sancha morreu, eu sei que ele... ele...

Abracei Capitu. Ela deitou a cabeça no meu ombro, as lágrimas umedecendo meu paletó.

— Vai ficar tudo bem — falei, passando a mão pelos grossos cabelos dela.

Beijei Capitu e assegurei que voltaria antes da noite cair.

Ezequiel me abraçou, sorrindo.

— Adeus, papai...

E pela primeira vez notei que o sorriso dele não se parecia em nada com o meu, mas sim com o do Escobar. Afastei esse pensamento estranho e fui tomar um coche.

CAPÍTULO XXVIII
AS VERDADEIRAS MEMÓRIAS PÓSTUMAS DE BRÁS CUBAS

Texto manuscrito arquivado na
Biblioteca Nacional do Rio de Janeiro

A impertinência da filosofia

— Isso já passou de todos os limites! Todos!

Quem dizia isso era Bento Santiago.

Estávamos — ele, Quincas Borba, Escobar e eu — os quatro no comércio do filósofo, na rua do Ouvidor.

Era uma tarde fresca e úmida, sem o calor opressivo das semanas anteriores, e, pela janela aberta, entrava o vozerio dos passantes. Sancha tinha sido enterrada no dia anterior, e o imprudente fundador do Humanitismo afirmava que tínhamos a obrigação moral, cristã e, sobretudo, humanística de impedir a proliferação de vampiros no Rio de Janeiro. O método defendido por ele era, no entanto, bastante tenebroso, especialmente aos ouvidos de um viúvo recente.

— Os escritos de Abraham van Helsing são muito precisos, senhores — discursava o Quincas Borba, enquanto movia seu charuto aceso como se fosse uma cimitarra sarracena. — A pessoa que morre sob os efeitos maléficos do vampirismo precisa ter o coração transpassado por uma estaca ou retornará do túmulo como um nosferatu...

Sentado na poltrona, o enlutado Escobar olhava para o assoalho e não dizia nada. Bento Santiago, encostado à janela, mostrava-se cada vez mais nervoso:

— Escobar não merece escutar essas sandices. Isso é um desrespeito!

De pé ao lado da escrivaninha, eu tentava acalmar os ânimos.

— Quincas — falei —, o senhor Santiago tem razão. O que você sugere é abominável.

O investigador filosófico deu uma longa baforada no charuto, expeliu uma nuvem preta de fumaça e respondeu:

— Abominável é o que acontecerá se não fizermos nada. Se os vampiros se reproduzirem, nenhum de nós estará seguro, especialmente os mais próximos da desmorta!

Escobar finalmente saiu do silêncio, levantou-se e apontou acusatoriamente o Quincas Borba.

— O que o senhor propõe é um sacrilégio! É horrível e é pecado!

— Pecado é não salvar a defunta de uma existência pior que a morte. Ela será uma escrava do... — começou a argumentar o eloquente humanitista, mas foi interrompido pelo viúvo.

— Nossa Senhora é testemunha de que eu fiz tudo para salvar minha mulher. Tudo! Tudo o que o senhor me pediu! Mas não deu certo. Sanchinha morreu, e as suas sandices colaboraram para aumentar o delírio dela!

— Não era delírio! Os senhores viram!

— Não há provas! Não há nenhuma prova material! — cortou Bento Santiago.

Quincas empunhou o charuto como um general sem farda:

— A prova não é material, é filosófica. Se um ser humano tira a vida de outro, não há morte, pois a expansão de duas formas pode determinar a supressão de uma delas. Isso é Humanitas! No entanto, o vampiro não é uma emanação da humanidade, ele é a negação do homem. Quando o nosferatu mata, sua vítima se torna igual a ele e ressurge como outra entidade anti-humana. E é por isso que nós, que conhecemos esses fatos, temos o dever moral de impedir que o mundo seja tomado por esses sugadores da vida. Separar a cabeça do corpo da falecida é a coisa mais...

Escobar perdeu a paciência, colocou o chapéu e proclamou:

— Isso foi longe demais! Bentinho, vamos embora desse asilo de loucos!

Os dois homens saíram do escritório marchando como paraguaios, e Quincas Borba se pôs a andar em círculos.

— Nefelibatas! Ignorantes! Fariseus! Irracionais! Xucros! Palermas! — exclamou e, então, apontou a brasa do charuto na minha direção e sentenciou: — A tarefa é nossa, Cubas! Cabe a nós dois impedir o triunfo do vampirismo na sociedade brasileira!

— Mas eu tenho que cuidar do meu emplastro... — respondi.

— O que pode um emplastro diante de uma grave doença social? Precisamos impedir que a defunta saia do túmulo e faça vítimas! Vou providenciar estacas e cruzes, você vai a uma igreja e pega bastante água-benta!

Aquilo estava tomando proporções assustadoras, mas eu conhecia a teimosia do Quincas Borba e achei melhor não o deixar sozinho, pois o destrambelhado acabaria fazendo bobagem. Peguei bengala e chapéu e já estava à porta quando o filósofo cuspiu novas ordens debaixo de uma nuvem de tabaco:

— Não peça nada ao padre ou você terá que explicar a ave-maria ao vigário. Apenas pegue uma garrafa e a encha na pia de água-benta. Não adianta falar a ouvidos que não escutam.

Fumos de melancolia

O leitor certamente percebeu que a morte de Sancha mudou completamente o tom dessas minhas memórias. A narrativa ganhou fumos de melancolia e se tornou fúnebre, coisa que não me agrada, apesar da minha atual condição de defunto.

Só me envolvi nesse caso vampiresco por causa de um relógio roubado e permaneci nele devido aos encantos de Capitu. Seguir uma mulher casada a pedido de um marido ciumento tinha algo de proibido, e isso me encantava. Mas a coisa ganhou contornos funestos, e tudo o que eu queria naquele momento era deixar para trás os nosferatus, mortos-vivos, desmortos e afins, fossem reais ou imaginários. Restaria a lembrança de Capitu, dos olhos dissimulados de Capitu, do perfume de laranjeira de Capitu, dos ombros nus de Capitu. Isso me bastava.

Pois, apesar de tudo o que vira e ouvira naqueles dias esquisitos, não havia me rendido totalmente à metafísica do Quincas Borba. Algo estranho acontecia no Paço Imperial, fato, e os delírios de Sancha eram um enigma, mas perfurar cadáveres com estacas era ultrapassar todos os limites da civilização!

O Cemitério da Ordem Terceira dos Mínimos de São Francisco de Paula ficava no Catumbi, bem perto da minha chácara. Como já era tarde, ficou acertado que, na manhã seguinte, bem cedo, eu e o Quincas Borba nos encontraríamos em casa para visitarmos juntos o mausoléu da Família Escobar. Minha intenção era que, ao constatar o túmulo intacto, o filósofo desistisse da sua mania macabra e voltasse para suas especulações platônicas. Essas só faziam mal a ele mesmo.

Arrumei uma garrafa num botequim e a enchi no Chafariz da Carioca, antes de pegar um tílburi de volta ao Catumbi. Eu é que não iria a uma igreja roubar água-benta... Afinal, se Deus criou tudo o que existe, as águas escorrem devidamente benzidas de cada fonte.

Jacobinos ateus

O dia amanheceu nublado e com um chuvisqueiro fininho e intermitente. Chegamos ao cemitério por volta das nove da manhã. Estava quase vazio. Ao longe, dois negros cavavam uma cova. Em outro canto, um homem solitário depositava uma rosa sobre um túmulo. Certamente, o repouso final de uma amante. *Ninguém vai a um lugar como aquele numa manhã chuvosa deixar flores para a própria esposa*, pensei.

Quincas Borba andava rápido e soltava fumaça. Desde a viagem a Itaguaí, o filósofo e investigador se tornara um voraz consumidor de charutos. Ele também carregava uma maleta de couro que, segundo ele, continha todos os apetrechos de que precisava: cruz, estaca de madeira, martelo e dentes de alho já descascados.

— Durante o dia, os vampiros dormem, então estamos seguros. Só precisamos entrar no mausoléu e livrar a pobre mulher da agonia — falava ele.

Como o filósofo é mais alto do que eu — apenas alguns centímetros —, suas passadas são maiores que as minhas, e eu tinha que me apressar para acompanhá-lo.

— A menos que o sarcófago esteja lacrado, Quincas — respondi, resfolegando. — Se estiver fechado, como certamente estará, isso indica que não há nada de errado com o corpo de Sancha...

Quincas Borba me olhou com uma mistura de condescendência e sarcasmo, mas não disse nada, apenas assoprou outra densa nuvem de tabaco.

Os cemitérios eram coisa recente no Rio de Janeiro. No começo do século, toda pessoa de bem era enterrada numa igreja ou capela, para ficar mais perto dos santos. Mas em 1780, em Paris, os franceses concluíram que os miasmas putrefatos transmitiam doenças e, por isso, seria melhor enterrar os mortos em lugares abertos e distantes. A moda chegou ao Brasil tardiamente, mas, em 1869, só os aristocratas ainda feneciam dentro de uma igreja. Uma pena. Se a prática ainda fosse socialmente aceita, os vampiros não seriam um problema. Eles se ergueriam do túmulo, veriam aquele monte de cruzes e morreriam de novo. Simples!

Interrompi esses pensamentos cretinos quando vi, em frente ao mausoléu da Família Escobar, três homens de casaca e aparência preocupada.

— É coisa de vândalo! — esbravejava um deles. — Coisa de jacobino ateu!

O outro homem respondeu:

— Ou então foi um negro revoltado. É como eu digo: o imperador é por demais bondoso com essa gente...

— O que vamos dizer ao senhor Escobar? — perguntou o terceiro deles, que parecia ser o mais preocupado.

Quincas e eu nos aproximamos. O pesado portão de ferro que fechava o mausoléu tinha sido arrancado e estava jogado no chão. A porta do jazigo também se encontrava destruída. Uma das folhas de metal havia sido atirada ao chão, toda retorcida. A outra só não despencara porque estava pendurada numa única dobradiça.

O investigador filosófico se aproximou dos três homens e se apresentou.

— Bom dia, senhores, meu nome é Quincas Borba, sou filósofo e defensor da espécie humana. Posso saber o que aconteceu?

O primeiro homem nos olhou com desconfiança.

— São parentes da falecida?

— Não é da sua conta — respondeu o Quincas.

Resolvi intervir:

— Perdoe o meu amigo, ele está muito abalado. Somos amigos da família e não pudemos comparecer ao enterro, por isso só agora viemos prestar nossas homenagens. O que aconteceu ao túmulo de dona Sancha?

— Foi profanado! — respondeu o segundo homem. — Arrebentaram a cerca, arrancaram a porta da capela, abriram o sarcófago e o caixão!

Ao escutar isso, Quincas Borba entrou disparado no mausoléu, apesar do protesto dos três homens. Ele saiu de lá alguns minutos depois. Os olhos estavam arregalados e sua cara estava branca como cera.

— O cadáver! Onde está o cadáver? — ele gritou.

— Esse é o problema! — respondeu um dos homens. — Os vândalos levaram o corpo! Onde é que esse país vai parar? Diga-me...

— Sancha saiu... — murmurei, me dando conta do horror que aquilo representava.

Como se fosse um recado dos céus, um trovão arrebentou e o chuvisqueiro fino virou um aguaceiro grosso.

— O que vamos dizer ao pobre senhor Escobar? — perguntou o terceiro homem, fechando o casaco para se proteger dos pingos.

Quincas Borba respondeu:

— Tudo o que precisava dizer a ele já foi dito. Agora é hora de agir. Vamos, Cubas! Temos muito o que fazer no Paço Imperial!

Saímos apressadamente do São Francisco de Paula, deixando três homens muito confusos no meio do aguaceiro.

CAPÍTULO XXIX
O MISTÉRIO DO CADÁVER DESAPARECIDO

Relatório do cabo Policarpo Quintanilha, do Corpo Militar de Polícia da Corte na Província do Rio de Janeiro, ao seu superior capitão Leonardo Pataca Segundo, chefe da polícia, sobre o rumoroso caso da violação do túmulo da senhora Sancha Souza Escobar. Documento encontrado no Arquivo Geral da Cidade do Rio de Janeiro

À Vossa Mercê, capitão Leonardo Pataca Segundo, chefe do Corpo Militar da Polícia da Corte,

Em desempenho ao que a lei me impõe, eu, cabo Policarpo Quintanilha, oficial da Polícia da Corte no Rio de Janeiro, Império do Brasil, venho, por meio deste relatório, notificar tudo o que ocorreu na investigação de vandalismo e ocultação de cadáver no Cemitério da Ordem Terceira dos Mínimos de São Francisco de Paula.

Tudo começou no sétimo dia do mês de novembro do corrente ano de 1869. Naquela ocasião, depois de prender um notório capoeirista e macumbeiro conhecido como "Plácido" na freguesia de Santana, retornei para a sede da guarda no Quartel dos Barbonos, na rua dos Barbonos.

Quando lá cheguei, dois senhores distintos estavam à espera da autoridade competente, ou seja, eu mesmo na minha própria pessoa, para dar queixa de um ato bárbaro e terrível.

Um dos homens era o senhor Ezequiel de Souza Escobar, viúvo, comerciante de café, 37 anos, residente à rua da Princesa, 27, no Flamengo. O supracitado estava acompanhado de um amigo, o senhor Bento Santiago, 36 anos, bacharel em direito, casado, residente à rua da Glória, 23, bairro da Glória, na cidade do Rio de Janeiro.

Naquela ocasião, o senhor Ezequiel de Souza Escobar veio dar queixa da violação do mausoléu da sua família no cemitério da Ordem Terceira dos Mínimos de São Francisco de Paula. Ele estava muito nervoso, com as mãos trêmulas e quase não conseguia falar. Mas seu amigo Bento Santiago ajudou a explicar o acontecido. Na noite anterior, isto é, no sexto dia do mês de novembro de 1869, o sepulcro da família foi atacado, vandalizado e arrombado por arruaceiros. Tal crime já seria por demais bárbaro e hediondo, mas a coisa não terminou aí. O caixão da falecida senhora Sancha Souza Escobar, esposa de Ezequiel de Souza Escobar, que havia sido sepultada no quinto dia de novembro de 1869, foi aberto, e o cadáver, subtraído do seu envoltório final. Nesse momento, o senhor Ezequiel de Souza Escobar começou a chorar copiosamente, repetindo que devia ter escutado o "filósofo", uma frase que não fazia sentido algum e que atribuo ao grave estado emotivo do viúvo.

Naquela ocasião, anotei a queixa do supracitado e disse a ele que eu, cabo Policarpo Quintanilha, me encarregaria pessoalmente, na minha própria pessoa, de elucidar o mistério, pois a incumbência da polícia é garantir a lei e a justiça para todos, sejam escravos ou fidalgos, brancos ou mulatos, ricos ou remediados.

Dispensei os dois homens e saí pelo quartel em busca de um soldado que pudesse me ajudar na missão. Andei de sala em sala, mas não encontrava ninguém, pois, como Vossa Mercê bem o sabe, grande parte do nosso efetivo encontra-se no Paraguai travando guerra contra o Solano López. Os policiais que restaram na Corte encontram-se ocupados perseguindo escravos fugidos e impedindo a prática da macumba, de maneira que tínhamos e temos de trabalhar o dobro para cumprir as nossas funções, embora o nosso soldo permaneça o mesmo há mais de dez anos. De qualquer maneira, ciente da minha função como agente da lei e da ordem, acabei por encontrar o soldado Procênio Rezende, que roncava sobre uma mesa da cantina, todo desleixado e desabotoado.

Naquela ocasião, dei ordem ao subalterno Procênio Rezende que ficasse imediatamente de pé e fizesse a saudação devida a um superior hierárquico, mas o indigitado indivíduo apenas respondeu: "Sossega, cabo... parece até que o imperador morreu!"

Repreendi o indisciplinado imediatamente e dei instruções claras para que ele arrumasse uma carruagem para nos levar ao cemitério da Ordem Terceira dos Mínimos de São Francisco de Paula e voltei à minha sala.

Depois de quase uma hora, o soldado Procênio retornou, afirmando que o transporte estava pronto. Era uma sege velha e suja, puxada por um cavalo magro e cansado, mas era também o único carro disponível no quartel, que, como Vossa Mercê bem o sabe, carece de fundos e de manutenção.

Entrei na carruagem, deixando o trabalho de cocheiro para o soldado Procênio, que não deixou escapar um só buraco no trajeto, fazendo o carro balançar como um burro chucro. Cheguei mesmo a pensar que ele desviava propositalmente apenas para jogar a carroça nas valas, tal sua imperícia como condutor.

Uma vez no destino, dei ordem ao subalterno que procurasse um lugar à sombra para deixar o carro e fosse ter comigo no interior do campo santo. Naquela ocasião, constatei que o cemitério estava bastante agitado, algo incomum para um lugar reservado ao repouso eterno. Não foi difícil encontrar o túmulo da família Escobar, pois vários homens estavam no local. Dois pretos trabalhavam na remoção da grade arrancada e da porta arrebentada do mausoléu, enquanto cinco brancos distintos davam palpites sobre a melhor forma de fazer aquilo. Entre eles estava o senhor Porfírio Mendes-Sá, administrador do Cemitério da Ordem Terceira dos Mínimos de São Francisco de Paula.

Naquela ocasião, o senhor Porfírio Mendes-Sá atribuiu o ataque pecaminoso a um determinado bandido. Como nunca ouvira falar do meliante, anotei o nome para futuras averiguações. Decidi, então, procurar pistas no local, mas, para isso, precisava do auxílio do soldado Procênio, que ainda não entrara no cemitério. Saí à sua procura e encontrei o ordinário dormindo dentro da carruagem, que se encontrava parada debaixo de um pé de jaca. Passei-lhe uma descompostura e exigi sua presença no interior do campo santo, algo que só aconteceu depois de uma longa série de espreguiçadas, bocejos e reclamações.

De volta à cena do crime, constatei, com grande perspicácia, que nada de valor havia sido subtraído do sepulcro, embora o mesmo contivesse dois vasos fidalgos, bem como a estátua de um anjo com detalhes em prata, que certamente alcançaria bom preço junto aos negociantes. Mesmo a placa com o nome da "Família Escobar", confeccionada em bronze, continuava afixada na parede externa da capelinha. Apenas o cadáver da defunta havia desparecido.

Naquela ocasião, o insubordinado soldado Procênio vociferou a despropositada opinião de que a porta da cripta tinha sido forçada de dentro para fora, e não de fora para dentro, como manda a lógica do roubo. Ordenei ao subalterno que se recolhesse à sua insignificância e fosse procurar a defunta sumida no cemitério. Ele, então, respondeu à minha pessoa que o lugar era "muito morto e que a falecida certamente devia ter ido buscar diversão em região mais agitada". Passei-lhe uma descompostura pelo chiste de mau gosto e, dessa forma, eu mesmo, na minha própria pessoa, decidi vasculhar o lugar. A morta não estava em parte alguma.

Assim sendo, retornei ao Quartel dos Barbonos e, devido à absoluta ausência de provas, classifiquei o caso como "Não solucionado e encerrado". Anotei, de toda maneira, o nome do bandido citado pela autoridade cemiterial para averiguações futuras, caso seja da vontade de Vossa Mercê: "Jacobino Ateu".

Concluo, portanto, este relatório, mas não sem antes pedir a Vossa Mercê que considere a expulsão imediata e definitiva do soldado Procênio Rezende do Corpo Militar de Polícia da Corte na Província do Rio de Janeiro. Como fica comprovado neste meu relatório, o mesmo não serve para porcaria nenhuma e mais atrapalha do que ajuda.

Por ser verdade, assina,

Cabo Policarpo Quintanilha

CAPÍTULO XXX
AS VERDADEIRAS MEMÓRIAS PÓSTUMAS DE BRÁS CUBAS

Texto manuscrito arquivado na
Biblioteca Nacional do Rio de Janeiro

O QUARTO TRANCADO

Enquanto balançávamos na sege a caminho do Paço Imperial, Quincas Borba tentava acender seu charuto com um palito metálico de fósforo que tirara de um pequeno estojo de porcelana. O balanço da carroça e o vento que entrava pela janela não colaboravam. Fiz uma cabana com as mãos para ajudar o filósofo. Em retribuição, ganhei um charuto. O tabaco ajudaria a conter minha ansiedade.

— Onde está o cadáver, Quincas?

— Saiu andando! A porta da capela foi arrancada de dentro pra fora.

Acendi o charuto e puxei rapidamente a fumaça. Minha respiração já estava acelerada, então fiquei mais ofegante ainda.

— Mas... para onde ele teria ido? Onde Sancha foi?

— Ela não é mais a mulher que conhecemos e com certeza está com o conde Drácula... — respondeu o investigador e filósofo. — As cartas de Abraham van Helsing indicam que a vampirização prossegue no pós-vida. A defunta será para sempre uma escrava do nosferatu!

— Isso é terrível... — respondi.

Quincas colocou a cabeça para a fora e gritou com o cocheiro:

— Mais rápido! Temos pressa!

Lá de fora, escutei o homem responder:

— Com esse chuvaréu, se'u for mais rápido, o cavalo enfia a pata num buraco e quebra a perna, Nhonhô...

O fundador do Humanitismo me olhou em silêncio. Então, disse:

— Precisamos destruir o ninho de vampiros antes que seja tarde demais. Você trouxe a água-benta?

Apalpei a garrafinha que guardara no bolso do paletó. A água, eu tinha, só não era lá muito benta.

Da honestidade

Quando chegamos ao Paço Imperial, a chuva tinha virado um pé-d'água. Os morros estavam cobertos por nuvens escuras e raios caíam no mar. Fui direto para a sala do mordomo Custódio. O funcionário público parecia levemente embriagado, embora ainda não fossem onze da manhã.

— Entrar no quarto do conde Drácula?! De jeito nenhum! — disse ele quando revelamos nossas intenções.

— É uma investigação, Custódio — argumentei. — Você sabe que o aristocrata é cercado de mistérios...

— Mas eu tenho ordens para ninguém entrar nos aposentos. Nem no corredor os serviçais têm subido mais...

Impaciente, Quincas Borba amassou seu toco do charuto num cinzeiro pesado de metal que ficava de pé, encostado na parede.

Não temos tempo para suas indecisões! Isso diz respeito à segurança de todo o reino, inclusive de Sua Majestade Imperial! Precisamos entrar no quarto!

— Mas e se ele estiver lá dentro?! — lamentou-se Custódio.

— Nós esperamos que ele esteja! — resmungou o filósofo. — Temos de acabar com esse ninho de nosferatus!

— Nosferatus?! O que é isso?

— Não importa — respondi. — Veja bem, Custódio, não é preciso ir até o quarto conosco. Basta que você... perca a chave da porta por algum tempo. Ninguém vai saber.

— Impossível! Impensável! Indiscutível! Sou um funcionário público leal ao meu país e à Coroa...

Quincas o interrompeu:

— Mil-réis?

— O senhor me toma por quem?! Sou um homem honesto!

— Dois mil-réis? — perguntou o Quincas Borba, tirando um maço de notas do bolso.

Acertamos em três mil. Custódio deixou a honestidade com o pesado molho de chaves em cima da mesa e foi observar a chuva.

Água-benta

Fomos andando pelo interior do casarão quase vazio naquele horário. Subimos um lance de escada e entramos no corredor que levava ao quarto do conde Drácula. As tábuas do assoalho rangiam a cada passo, mas o barulho da tempestade mascarava o ruído. Havia apenas três castiçais no corredor: um no começo, outro no meio e o último no fim. O do centro estava apagado para economizar velas, deixando o lugar num escuro penumbroso. O chuvaréu tinha transformado o dia em noite.

O Paço Imperial estava sempre muito limpo e asseado, como devia ser um prédio pertencente ao império. Mesmo assim, um persistente cheiro de podridão pairava no lugar. Era um odor ardido e que ficava mais forte à medida que avançávamos.

Eu estava trêmulo e temeroso. O acúmulo de fatos esquisitos tinha acabado com as minhas dúvidas. O nobre da Transilvânia talvez não fosse um vampiro sugador de sangue, como dizia o Quincas Borba, mas homem comum não era. Naquela hora, lamentei não ter pegado água-benta na igreja, em vez de encher a garrafinha no Chafariz da Carioca. Comecei a rezar uma ave-maria baixinho, na esperança de que Nossa Senhora benzesse a água profana que eu carregava. Nunca fui homem de fé, mas convinha não facilitar.

O quarto do Drácula era o último do lado direito.

Paramos na frente da porta. O cheiro de pestilência estava muito mais forte. Meu nariz queimava e meus olhos lacrimejavam com o cheiro azedo e adocicado. Lá fora, um raio estralou, seguido do estourar surdo de um trovão. Quincas Borba abriu sua maleta e tirou um enorme crucifixo de prata adornado com raios esculpidos em ouro. Ele empunhou o artefato e cochichou ao meu ouvido:

— O vampiro deve estar dormindo, mas é bom nos precavermos — disse. — Mantenha a água-benta na mão... se ele atacar, jogue nele!

Girei a chave na fechadura e empurrei a porta, que foi abrindo aos poucos com um rangido de ferrolhos enferrujados. Quando ia pelo meio, a porta travou, como se alguma coisa a prendesse no chão. Empurrei com mais força, e ela se abriu totalmente, arrastando o que a emperrava. O nauseante fedor de carne estragada parecia entranhado nas próprias paredes. A chuva caía pesada, mas, ainda assim, uma iluminação fraca entrava pela fresta da cortina, ligeiramente entreaberta.

No quarto, tinha uma cama de dossel, uma escrivaninha, dois criados-mudos, uma poltrona e um sofá. E bem no meio do cômodo, sobre o tapete, tinha um enorme caixão de defunto. Fomos nos aproximando com vagar, pé ante pé.

Então, percebi que tudo se mexia.

O chão, as paredes, os móveis. Tudo se mexia. A superfície das coisas se movia lentamente, como se os objetos inanimados estivessem vivos.

Quando meus olhos se acostumaram à escuridão, compreendi o que estava vendo. Não eram os móveis que se mexiam. Eram milhares de baratas, percevejos, moscas, besouros, escorpiões, minhocas, lacraias e vermes. Também havia aranhas, ratos, lagartos, cobras e calangos. Todas essas criaturas estavam entrelaçadas e misturadas, umas em cima dos outras, esparramadas pelo chão, subindo pelo teto, grudadas nos móveis e pregadas nas paredes.

Fomos pisando nos bichos até alcançarmos o caixão.

— Tire a tampa! — ordenou o Quincas Borba, com o crucifixo na mão. Segurei a água não benta e, trêmulo, empurrei a tampa, que caiu de lado em baque surdo.

O caixão estava cheio de terra preta, úmida e mofada. A podridão pestilenta que tomava conta de tudo ficou mais forte e penetrante. Mas o conde Drácula, o misterioso conde Drácula, não estava lá.

— Ele passou a noite fora — concluiu o Quincas Borba. — Jogue a água-benta dentro do caixão, assim ele não poderá usá-lo novamente.

Eu joguei.

Boêmia

Conhece, leitora, a história dos boios? Suponhamos que não.

Os boios são um povo celta que, fugindo aos romanos, estabeleceu-se numa região da Europa Central que passou a ser conhecida como "Boêmia".

Os boêmios, descendentes dos boios, gostam da noite, das bebidas e das mulheres. Eles também são ciganos, como o conde Drácula, que, sendo notívago, também era boêmio e passara a noite fora.

Mas onde ele estava?

Era o que Quincas Borba queria tirar do pobre Custódio.

— E eu sei lá? — respondeu o funcionário público. — Aristocrata não se explica para gente como eu.

O mordomo estava mais preocupado em arrumar um jeito de tirar do quarto do hóspede as criaturas nojentas que faziam as nojentices que as criaturas nojentas fazem.

— Como é que pode? Um homem tão nobre e tão porco... — lamentou-se o pobre mordomo.

A tempestade tinha passado e virado um chuvisqueiro fininho, por isso deixamos o prédio.

Um capítulo contra a preguiça

Todo pensador traz dentro de si um pequeno tirano em botão. De Aristóteles a Montesquieu, de Platão a Descartes, de Epicuro a Voltaire, são todos uns déspotas do apostolado.

No Largo do Paço, Quincas Borba acendeu um charuto, e o ditador erudito que nele havia brotou. O filósofo começou a cuspir frases que eram só exclamação.

— O caixão está inutilizado, mas o vampiro escapou! Maldito seja! É tarefa sua encontrá-lo, Cubas! Sua e de mais ninguém! Visite todos os cortiços, senzalas e botequins! Pergunte, investigue, inquira! Descubra onde o conde Drácula está. Em dois dias, quero um relatório completo, está bem? Dois dias e nada mais!

Quincas Borba estava abusando do direito à empáfia que todo filósofo julga possuir.

Sim, o nobre sanguessuga era um perigo. Além disso, minha água-benta não inutilizara o caixão, coisa que preferi ocultar. Mas eu tinha meus afazeres e não pretendia virar escravo de pensador.

— Quincas, eu tenho mais o que fazer... — respondi.

— Não, não tem! — respondeu o humanitista em tom imperativo. — E ainda que tenha, não me importa. Enquanto o desmorto viver, ninguém está seguro, especialmente as pessoas próximas à defunta vampirizada, como a pobre filha do casal e a amiga dela, a mulher do seminarista...

A menção a Capitu era uma evidente provocação do Quincas Borba, que percebera o fascínio exercido sobre mim por aqueles olhos oblíquos e dissimulados.

Aquiesci, um pouco a contragosto.

— Posso perguntar por aí, mas ninguém vai falar coisa com coisa...

— As fabulações mais lunáticas são frequentemente as que contêm as maiores verdades.

— E o que você fará enquanto isso?

— Usemos o método de Auguste Dupin — ele respondeu. Observação e racionalização: você observa, eu racionalizo.

Sentia-me culpado pela água que não era benta e que não inutilizara o caixão do nosferatu, por isso engoli o orgulho e aceitei a tarefa. Afastava-me em busca de um tílburi, quando o filósofo gritou:

— Dois dias e nada mais, Brás! Deixe a preguiça no Catumbi, está me ouvindo?

Naquele momento quase o mandei pros quintos dos infernos. Devia ter mandado.

Eram milhares de baratas, percevejos, moscas, besouros, escorpiões, minhocas, lacraias e vermes. Também havia aranhas, ratos, lagartos, cobras e calangos.

CAPÍTULO XXXI
GAZETILHA

Coluna de notícias breves do Jornal do Commercio *de 10 de novembro de 1869. Recorte encontrado nos arquivos de Quincas Borba, investigador filosófico, sob a rubrica "Caso Bento Santiago"*

Profanação — Não quis o ano de 1869 pôr o selo nos livros de sua cronologia brasileira sem marcar de negro suas derradeiras páginas. O jazigo de D. Sancha Escobar, falecida há poucas semanas de doença misteriosa, foi vandalizado de forma revoltante! Sim, indignado leitor, o mausoléu da família Escobar no Cemitério da Ordem Terceira dos Mínimos de São Francisco de Paula foi profanado e teve o caixão da defunta arrombado! Os rufiões levaram até o cadáver, algo nunca visto nesta Corte! Este jornal roga às autoridades que os responsáveis sejam encontrados e enfrentem o rigor das leis.

Visita — O Sr. Secretário Adjunto Especial do Primeiro Vice-Secretário da Secretaria de Negócios da Fazenda, o ilustre deputado Lobo Neves, visitou ontem, à hora da tarde, a Academia das Bellas-Artes, onde demorou até as duas horas, percorrendo todo o estabelecimento com o respectivo diretor. Lobo Neves é esposo da senhora Virgília Dutra Neves, filha do saudoso Conselheiro Dutra.

Ratazanas e baratas — Este jornal alerta as autoridades locais para que se atentem para a presença de baratas, ratazanas, percevejos, aranhas e outros bichos repulsivos nas cercanias do Largo do Paço. São tantos animáculos que é quase impossível a um homem passar por lá sem pisar nas criaturas. Queixam-se também os visitantes do Paço Imperial de um nauseante cheiro de putrefação no local. O mal-afamado Arco do Teles, que fica nas imediações, também está repleto de baratas e vermes, além de persistente odor de carne podre.

Cargas para Antuérpia — A companhia J. Bioche Debionne & C. anuncia uma linha regular de paquetes franceses à vela entre Rio de Janeiro e o Havre, com transporte de cargas para Antuérpia e Roterdão. O "clapper" *Virginia*, sob comando do experiente capitão Ishmael, antigo baleeiro e marinheiro de longo curso, aceita carregamentos para saída em dezembro do corrente.

Mordidas — Mais uma vez, um homem foi atacado a dentadas por uma mulher maníaca que só se afastou da vítima depois da intervenção de populares. A violência aconteceu na rua do Hospício, mas abundam relatos de agressões a mordidas em vários lugares da Corte, como a rua da Alfândega, o Cais dos Mineiros e a rua das Flores.

Atraso — Chamamos mais uma vez a atenção das respectivas autoridades para a morosidade dos trabalhos na nova linha de bondes no Rio de Janeiro. As obras não avançam e já contam com vários meses de atraso, razão pela qual nossa sociedade não prospera.

Pobre homem! — Um estrangeiro recém-chegado, indo visitar um compatriota morador do Cosme Velho, depois de apear-se do bonde, meteu-se em uma diligência, que arrasta os moradores da Bica da Rainha em diante. Foram tantos os solavancos e em tais apuros se viu o homem que, ao chegar à casa do amigo, disse que parecia ter atravessado a Baía de Biscaia em dia de temporal.

Terra oca — Foi um grande sucesso a série de palestras professadas pelo célebre professor alemão Otto Lindenbrok no Clube Fluminense. Lindenbrok narrou sua perigosa peregrinação pelo interior da Terra, desde sua partida no vulcão Sneffels, na Islândia, Reino da Dinamarca, até a saída pelo Stromboli, no Reino da Itália. Não foram poucos os ouvintes que consideram as proezas de Lindenbrok uma grande fabulação...

Óbitos

Carlota Lemos, filha de Bento Lemos, 32 anos, doença misteriosa com falta de sangue no corpo.

Uma criança, filha de Tertuliana Correia, doença misteriosa com falta de sangue no corpo.

Beatriz Fiel, filha de Bento Fiel, 22 anos, doença misteriosa com falta de sangue no corpo.

Bela Gomes, conhecida como Belinha, esposa de Brotero Gomes, 29 anos, doença misteriosa com falta de sangue no corpo.

Antônio Duarte, português, 68 anos, atacado por lobos ferozes.

Dois escravos, causa desconhecida.

CAPÍTULO XXXII
AS ANOTAÇÕES DE BENTO SANTIAGO

As notas de Bento de Albuquerque Santiago compõem um conjunto de observações que serviriam como base para a aclamada biografia do autor, publicada em 1900. Essas anotações, escritas no outono da vida, preenchem várias lacunas dos arquivos de Quincas Borba, o investigador filosófico

Escobar não era o mesmo. Perdera o entusiasmo e a juventude. Depois da morte de Sancha, vivia acabrunhado e cabisbaixo. Capitu mostrava-se preocupada, mas quando sugeri, durante a ceia, que ele devia procurar uma nova esposa, ela não gostou.

— Escobar acabou de ficar viúvo, Bentinho. O que as pessoas vão pensar? — disse.

(***)

O estado de ânimo do Escobar piorou ainda mais depois do acontecido no mausoléu do São Francisco. Qualquer um ficaria indignado se o túmulo da esposa fosse profanado daquele jeito. Mas o que ele sentia não era raiva, era culpa.

— Se tivesse escutado o Quincas Borba — dizia —, teria evitado isso tudo.

Talvez. Não sei dizer. Hoje, quase trinta anos depois do ocorrido, acredito que estávamos por demais impressionados com as narrativas do filósofo. É possível até que estivéssemos enxergando monstruosidades onde só havia sombras.

— O que o homem pedia era grotesco! — afirmei.

A ideia do Quincas Borba me parecia abominável na época, e mesmo hoje, depois de toda a tragédia, minha opinião não mudou.

Sim, talvez o ato hediondo proposto pelo filósofo tivesse nos livrado de alguns horrores. Mas nada mudaria o meu destino e nem o de Capitu, isso eu sei.

Drácula foi o estopim, a faísca, o princípio, mas não a razão da nossa ruína.

(***)

Fui à polícia com o Escobar. Ele estava nervoso e chorava sempre que o nome de Sancha era mencionado. Fomos atendidos por um cabo que me pareceu bem-intencionado, embora tenha ficado o tempo todo reclamando das péssimas condições de trabalho.

Depois acompanhei Escobar até o Flamengo. Na hora de voltar para a Glória, insisti em levar Capituzinha comigo. A menina não chorava e nem perguntava da mãe, mas estava calada, amuada, triste; ela poderia se distrair com o Ezequiel.

Escobar concordou.

Também sugeri (sem grande entusiasmo, confesso) que ele passasse alguns dias conosco na Glória. Escobar não aceitou.

— Capitu vai ficar incomodada — disse.

Respondi que era bobagem dele. Hoje compreendo que a frase tinha outro significado.

Levei Capituzinha. Escobar ficou sozinho.

(***)

Na manhã seguinte, Escobar veio ter à Glória. Estava abatido, amarrotado e com a barba por fazer, coisa que nunca tinha visto na nossa longa amizade.

Não comeu nada, mas bebeu uma caneca grande de café e confessou a mim e a Capitu:

— Eu vi a Sancha.

Sabia perfeitamente o que aquilo significava, mas me fiz de desentendido:

— Acharam o corpo?

— Não, Bentinho, eu vi a Sancha! Viva, andando, como se nunca tivesse morrido! — complementou ele, numa voz rouca e grave.

Fiz o sinal da cruz, e Capitu me imitou.

Escobar continuou:

— Ontem, fui dormir cedo. Estava cansado depois das andanças pelo cemitério e pela polícia. Meio acordado e meio dormindo, escutei um arranhar na porta que dá para a varanda. Um arranhado e um murmúrio me chamando. "Escobar, Escobar..." Levantei e fui ver o que era. E ela estava lá. Sancha estava lá. De pé, os braços estendidos para me abraçar...

— Creio em Deus pai... — murmurou Capitu, enquanto apertava as mãos dele por cima da mesa.

Fiquei incomodado com aquele toque de mãos e entrei na conversa de maneira abrupta:

— Você está imaginando coisas! A saudade faz truques com a nossa cabeça...

O amigo não me respondeu e continuou falando para ninguém e para nós dois ao mesmo tempo.

— Sanchinha estava tão linda! Linda como nunca esteve em vida... a pele corada, os lábios vermelhos... e a lascívia... aquele brilho de desejo nos olhos dela... nunca vi minha mulher daquele jeito... nunca vi, nunca vi...

Aquela conversa me deixava desconfortável. Não pegava bem um homem falar de desejos carnais a uma mulher casada. Capitu também não gostou, pois retirou as mãos e se fez amuada.

— Por que você não gritou por socorro? — perguntou ela.

— Não sei... não sei dizer. Tive medo, mas, ao mesmo tempo, um desejo enorme de abraçar Sancha, de beijá-la, de arrastá-la para nossa cama... então caí em mim e percebi o horror daquilo tudo. Peguei o terço que fica pendurado na parede e apontei o crucifixo para ela...

— E o que aconteceu?

— Sancha se afastou fazendo caretas e arreganhando os dentes, que pareciam punhais pontudos de marfim! Comecei a rezar em voz alta. Primeiro, uma ave-maria; depois, um padre-nosso. Fechei os olhos e rezei. Rezei e rezei e rezei. Então, senti uma brisa fria no quarto e, quando criei coragem para abrir os olhos, Sancha tinha sumido. Não havia nem sinal dela. Parecia que eu tinha sonhado.

— Talvez tenha sonhado mesmo... — observei.

— Foi real, sei que foi real — respondeu Escobar.

— Vamos de novo à polícia! — opinei. — Vamos agora mesmo!

Capitu riu com um desdém muito mal disfarçado.

— Polícia? De que adianta polícia, Bentinho? Isso é coisa metafísica, coisa sobrenatural. Vocês precisam é ver o Quincas Borba! Ele vai saber o que fazer.

Não gostei daquele jeito desdenhoso, mas concordei com o juízo. Não havia outro jeito. Precisávamos conversar com o fundador do Humanitismo.

Então Capituzinha e Ezequiel entraram na sala, acompanhados pela ama de leite. A menina estava um pouco mais feliz e até sorriu quando viu o pai. Ezequiel estava asseado e enfeitado.

Beijamos as crianças e, depois, pedimos que a ama as levasse dali.

Quando elas saíram, Escobar disse:

— Precisamos tirar nossos filhos daqui. Mandemo-los para Petrópolis.

(***)

Não tinha viv'alma no escritório do Quincas Borba. Batemos e batemos, mas ninguém atendia. Escobar e eu estávamos a ponto de ir embora, quando o filósofo veio descendo a rua naquele jeito esquisito dele. Ele andava com o tronco curvado para a frente e as mãos cruzadas nas costas, igual a um pato. E trazia um charuto aceso na boca, soltando fumaça como se fosse uma locomotiva. Quando nos avistou, nem se deu ao trabalho do "bom-dia". Apenas gritou, como se fosse uma vendedora de doces:

— Vejo que os senhores aceitaram os fatos e decidiram defender a raça humana!

Incomodei-me com aquilo, pois não tinha, e não tenho, apreço por gente que berra em lugares públicos.

— Aconteceu algo de muito estranho com o Escobar... — disse eu, mas nem precisei me explicar.

Enquanto destrancava a porta, o filósofo e investigador conjecturou:

— Imagino que a falecida o tenha visitado...

Escobar assentiu.

Entramos no escritório e sentamo-nos, enquanto Quincas Borba cobria meu amigo de perguntas.

Como havia sido a visita?

Que horas eram?

Onde ela aparecera?

Como ela se parecia?

Escobar repetia a história que me contara, enquanto o criador do Humanitismo despejava novas perguntas.

Havia outros desmortos com ela?

A morta guardava memórias do período vivente?

Sabia quem ela era?

Sabia quem ele era?

Ela o atacara?

Como ele se defendera?

Ele havia sido mordido?

Escobar respondeu tudo, acrescentando mais detalhes à narrativa. Os olhos. O desejo. Os dentes. A voz dela dentro da cabeça dele.

O filósofo acendeu um charuto novo na brasa do antigo e, então, disse:

— Pendure réstias de alho e crucifixos por toda a sua casa. A vampira maldita vai retornar...

— Por favor, não fale assim da Sanchinha — pediu Escobar, mas Quincas Borba foi resoluto na resposta:

— A criatura que o visitou não é mais sua senhora, mas um monstro sugador que apenas se parece com ela! Sua mulher se tornou maldita, pois não tem descanso depois da morte.

Escobar cobriu os olhos em desalento. Estava a ponto de chorar.

— Não fale assim, senhor Borba — foi minha vez de pedir. — Tudo é muito recente...

O filósofo repreendeu-me com o olhar.

— Como diria Camões: há *uma verdade que nas cousas anda, que mora no visíbil e invisíbil.* Enquanto não acabarmos com esses vampiros, nenhum de nós dormirá em paz. E a senhora sua esposa, senhor Santiago, ela está bem?

Surpreendi-me.

— O que Capitu tem a ver com isso?

— Lembre-se, meu caro, de que o conde Drácula também se interessou por ela. Agora que Sancha já pertence a ele, o nosferatu pode voltar a atenção para dona Capitolina...

Escobar abandonou a letargia e reagiu com rapidez:

— Minha Nossa Senhora! E o que nós podemos fazer?

Não gostei da exagerada preocupação dele com o destino da minha mulher, mas o horror do momento me fez desculpá-lo.

Fumando e andando, Quincas desenhou um círculo com seus passos, até que finamente decretou:

— Vamos caçar os sanguessugas antes que virem uma praga! — Então, soltou um suspiro cansado e acrescentou: — Feliz é o Dupin, cujo maior adversário era um orangotango assassino...

Não entendi muito bem a que ele se referia, mas não tive tempo de perguntar, pois Escobar observou:

— Não podemos matar o hóspede do Paço Imperial...

— Ele não está mais lá — respondeu o filósofo.

E, então, nos contou da visita ao prédio e das aranhas, baratas, serpentes, centopeias e vermes que ocupavam o quarto.

— E para onde ele foi?

— Nesse momento, meu leal assistente Brás Cubas tenta descobrir o esconderijo do demônio...

CAPÍTULO XXXIII
AS VERDADEIRAS MEMÓRIAS PÓSTUMAS DE BRÁS CUBAS

Texto manuscrito arquivado na
Biblioteca Nacional do Rio de Janeiro

Vinhetas

O conde Drácula não voltou ao Paço, mas o caixão desapareceu na madrugada.

— Alguém entrou e levou a coisa — contou-me Custódio, em troca de cerveja. — Entrou e saiu sem ser visto. É assustador!

Compreendi que os santos não haviam atendido às minhas súplicas e a água de chafariz permanecera profana, permitindo que o vampiro levasse o ataúde ao descobrir a violação do quarto.

Tudo culpa da minha falta de fé, estimada leitora. Mas, atente, se os santos rejeitam um simples pedido para benzer uma água-desbenta, por que eu haveria de acreditar neles? É um despropósito.

Sem pistas sobre o paradeiro do conde Drácula, resolvi que o melhor era escutar boatos na rua do Ouvidor. As maledicências e as futricas andavam por ali de braços dados, olhando vitrines e tomando refrescos. Alguém certamente saberia sobre um nobre europeu de hábitos notívagos, principalmente se ele tivesse passado por ali carregando um pesado caixão cheio de terra.

Como os acontecimentos recentes aconselhavam prudência, fui à Capela Imperial e enchi uma garrafinha com água-benta legítima. Faltava-me fé, mas não juízo. Também coloquei no bolso um pequeno crucifixo que pertencera à mamãe, que morrera de velha como a precaução.

E assim, armado contra o nosferatu, saí em busca de informações. Foi uma caminhada longa e custosa, mas eu serei breve.

Às vezes, esqueço-me a escrever e a pena vai comendo papel, com grave prejuízo meu, que sou autor. Capítulos compridos vão melhor com leitores pesadões, e nós não somos um público in-fólio, mas de pouco texto, larga margem, tipo elegante e vinhetas... principalmente vinhetas. Serei rápido e serei curto.

O toucinho

A rua do Ouvidor vivia cheia de desocupados, que ocupavam as confeitarias, docerias, charutarias, chapelarias, livrarias, ourivesarias, espelheiros, alfaiates, costureiras, floristas, redações de jornais e perfumarias.

A rua fidalga e bem frequentada nasce plebeia na esquina com a rua Direita. Ali, no comecinho, em vez de vestidos recém-chegados de Paris, vende-se banha de porco e carne-seca. As lojas são vulgares e remontam à origem da viela, aberta em 1568 e chamada apenas de "Desvio do Mar". Na parte pobre da rua rica, entrei num armarinho pobre, perguntei pelo preço do toucinho e emendei conversa com o pobre dono da venda, um português chamado Aleixo.

— História esquisita? — respondeu ele, surpreso, quando perguntei se escutara algum relato extraordinário. — Meu rico, vê-se que és homem de bem e de posses, não devias interessar-te pelo diz-que-diz do populacho.

— É para um livro — menti. — Uma coletânea de causos pitorescos e assombrosos.

— Ah, nesse caso, tu devias perguntar nas charutarias, onde perde-se tempo precioso com conversa fiada. Aqui, trabalha-se. Levas o toucinho?

Saí de lá com o toucinho e nenhuma informação.

Doce deleite

A rua do Ouvidor teve muitos nomes. Durante mais ou menos cem anos, chamou-se rua Padre Homem da Costa, em homenagem a um religioso que casava as moças. Mas então, em 1780, o ouvidor real Francisco Berquó da Silveira estabeleceu residência num sobrado de esquina. Naquele tempo, ouvidor era autoridade respeitada, a quem se prestava honrarias e se tirava o chapéu. Com tão ilustre morador, a rua foi roubada do padre e virou "do Ouvidor".

Continuei a subir a via até uma modesta loja de doces. A dona era uma mineira redonda e de sorriso largo chamada Marianinha. Comprei doce de leite com figo em calda (tinha açúcar demais!) e perguntei se ela tinha escutado alguma história sobrenatural nos últimos dias.

— Uai, moço, cruz credo, crem-dos-padre, pelo amor de Nossa Senhora, não quero saber dessas coisas, não — disse ela. — Mas o povo fala de uma mulher de branco que some com crianças perto do Paço. Prefiro nem escutar, mas que o povo fala, fala.

Esqueci propositalmente o toucinho no balcão da doceria e saí de lá com a boca melada. Cruzei a Primeiro de Março e continuei pela parte mais aristocrática da rua. Mulher de branco. Podia ser só uma historinha de terror inventada pelas crianças de rua. Mas também podia ser outra coisa, podia ser a infeliz Sancha transformada em vampira. O pensamento me apavorou e, para fugir dele, entrei na charutaria Gomes & Santiago.

Vida airada

Um vendedor de barbas amareladas de tabaco me ofereceu fumo turco, mas preferi um bom charuto. Enquanto acendia o trabuco para livrar a boca do gosto de doce de leite, perguntei se ele conhecia algo sobre coisas antinaturais.

O homem esperou que um cliente de aparência austera saísse da loja e me confidenciou, em tom baixo:

— Tem uma francesa do Teatro Lírico que faz coisa que até o diabo duvida. O nome dela é Janete.

Fechei o semblante e me fiz casmurro.

— Ora, por quem o senhor me toma? Não falo das atrizes de vida airada! Quando falo de coisas antinaturais, me refiro a acontecimentos sobrenaturais, com a breca!

O homem ficou sério de imediato e alisou constrangido a barba manchada de marrom.

— O senhor me desculpe, imaginei que era outra coisa. Mas se é histórias de bruxaria que procura, o senhor devia ir aos mafuás. Sou devoto de Santa Bárbara, não acredito em coisa que não existe.

O teatro lírico

Saí do lugar soltando fumaça pelas ventas. Literal e metaforicamente. Continuei subindo a Ouvidor, cruzei a Uruguaiana e passei pelo Teatro Lírico Francês, mencionado pelo tabaqueiro. O lugar é famoso pelas francesas que fazem arte no palco e nas ruas.

A vida dupla das atrizes nunca me incomodou. Não sou puritano, e no Rio de Janeiro, ninguém é exatamente o que aparenta ser. Também nada tenho contra espetáculos obscenos com mulheres seminuas e humor popularesco. Apenas lamento que tal atividade seja chamada de "teatro", embora não tenha coisa alguma em comum com o trabalho de um João Caetano, por exemplo, que nos deu soberbas interpretações de Hamlet e Othelo.

O Teatro Lírico Francês é apenas a versão patusca de uma grande arte, como se fosse um romance que precisa de elementos extraordinários para ser lido. A leitora sabe do que falo.

Como não encontrara notícia alguma sobre o conde Drácula, decidi ir ao *boulevard* Carceller afogar meu desânimo em conhaque. De qualquer forma, anotei o nome de Janete para futuras averiguações.

CAPÍTULO XXXIV
A DAMA DO ARCO DO TELES

Recorte do Jornal do Commercio *de 15 de novembro de 1869, arquivado pelo investigador e filósofo Quincas Borba junto aos papéis do "Caso Bento Santiago"*

A vizinhança do mal-afamado Arco do Teles vem sendo atormentada por uma série de eventos misteriosos. Ao longo dos últimos dois ou três dias, foram relatados vários casos de meninos que se perderam no caminho de casa ou que simplesmente não voltaram depois de brincar no Largo do Paço, que fica nas imediações.

Em todas as ocasiões, as crianças eram muito pequenas para fornecer um relato lógico do que lhes ocorrera, mas há um consenso: todas afirmam ter estado em companhia de uma "dama de branco".

Os pequenos sempre somem depois do pôr do sol e são encontrados só na manhã seguinte. Um deles disse que a "Dama de Branco" aparece sempre à noitinha para convidar as crianças a passear com ela no beco, onde se entra pelo Arco do Teles.

Como bem sabe o senhor leitor, essa curiosa obra de engenharia de autoria do português José Alpoim foi construída em 1743 a pedido da família Teles de Menezes. Para que o novo prédio não impedisse o acesso às residências dos "fundos", ele foi edificado sobre um arco. O beco teve seu momento de glória durante o reinado de Dom João VI, mas foi abandonado depois de um incêndio e hoje tornou-se mais um cortiço, como os muitos que infestam a cidade. As casas formam um conjunto sombrio frequentado por prostitutas, pretos de ganho, capoeiristas e rufiões. E isso tudo acontece a poucos metros do Paço Imperial, prédio que já serviu de residência real e que hoje hospeda os mais ilustres visitantes da Corte.

Pois é nessa região abandonada e mal policiada que aparece a "Dama de Branco" de que tanto se fala. Os meninos que vivem na rua fazem troça da história e passam o tempo a assustar uns aos outros com relatos tenebrosos da mulher misteriosa. Há, contudo, um lado sério na questão. As crianças que sumiram e que foram encontradas apresentam vários ferimentos no corpo, como se tivessem sido mordidas por ratazanas. Muitas delas tinham marcas profundas e estavam abatidas, sonolentas, confusas e sujas de sangue seco.

Segundo os relatos, dois petizes sumidos ainda não foram encontrados.

Este jornal roga que a polícia se mantenha atenta aos acontecimentos.

CAPÍTULO XXXV
AS ANOTAÇÕES DE BENTO SANTIAGO

As notas de Bento de Albuquerque Santiago compõem um conjunto de observações que serviriam como base para a aclamada biografia do autor, publicada em 1900. Essas anotações, escritas no outono da vida, preenchem várias lacunas dos arquivos de Quincas Borba, o investigador filosófico

Era pouco depois da hora do almoço quando chegamos ao porto do Largo da Prainha. As linhas férreas ainda estavam em construção naquela época e ir a Petrópolis era uma jornada de herói grego. Da Prainha, saía o barco a vapor para a estação Guia de Pacobaíba, em Mauá. Em Mauá, tomava-se o trem, que, no entanto, só subia até Raiz da Serra, no meio da montanha. Dali para a frente, seguia-se de charrete.

Havia poucas pessoas no porto. Apenas alguns imigrantes aloirados, certamente alemães, que buscavam uma nova vida na Cidade Imperial.

Capitu ia de braço dado comigo, e, ao lado dela, estava o Escobar. A babá de Ezequiel seguia na nossa frente, puxando o menino pela mão e tentando segurar Capituzinha, que tentava escapulir.

— Ela está bem, em vista das circunstâncias — disse Capitu, apontando a afilhada com um leve movimento de queixo.

Escobar respondeu tristemente:

— Pula e brinca o dia inteiro. Finge que está feliz para não ver a tristeza da vida.

E não somos todos assim?

Não inventamos falsas alegrias para fugir ao horror que é a existência? Foi o que pensei, mas nada disse. Preferi falar das crianças.

— Talvez seja melhor que fiquem. Aqui podemos cuidar delas — disse eu, sem muita convicção.

— É melhor assim — respondeu Escobar. — Minha tia-avó vive sozinha numa casa grande em Petrópolis, só ela e os criados. Eles ficarão bem.

Meu amigo fez uma pausa e continuou:

— Tenho receio por Capituzinha. Sancha vai voltar... eu sei que vai...

Capitu balançou a cabeça, em desalento. Seus olhos estavam úmidos.

— Devia ter sido eu, não minha irmãzinha — disse ela, segurando o choro. — A culpa é minha, fui eu que comecei tudo isso...

— Não diga bobagem — respondi, passando o braço sobre o ombro dela e a puxando para junto de mim. — Não é culpa sua. Ninguém podia imaginar que as palestras do conde Drácula no Paço eram pretexto para que ele escolhesse suas vítimas...

Capitu se afastou do meu abraço e me olhou intrigada.

E só então me dei conta de que falara demais. Para ela, o Quincas Borba só entrara em nossa vida quando Sancha adoecera. O filósofo era um especialista em estranhezas, e não um investigador que seguia mulheres suspeitas pelas ruas do Rio de Janeiro. Capitu não podia saber que eu mandara alguém atrás dela, que colocara sua honra em dúvida.

Escobar me socorreu e mudou o rumo da conversa.

— Precisamos nos preparar. O vampiro ainda está à solta, e não sabemos quantas pessoas ele já transformou em monstros.

Ainda confusa, Capitu aquiesceu:

— É melhor mesmo. O príncipe não vai me deixar em paz... eu sinto, eu sei... — murmurou.

Pensei em dizer algo que a deixasse tranquila, mas não tive tempo. Capituzinha escapuliu da babá e trepou em cima de um banco de madeira comprido, pulando e gritando:

— Não me pega! Não pega!

Arrastando Ezequiel pela mão, a negra a alcançou e a fez descer.

— Tenha modos, menina! — ralhou ela.

— Obedece, Capituzinha! — gritou Escobar, para reforçar a autoridade da babá.

Chegamos à rampa que levava ao interior do vapor, um belo barco de dois andares com uma grande chaminé pintada de preto. Capitu abraçou Ezequiel, cobrindo o menino de beijos e conselhos. Escobar fez o mesmo com Capituzinha, que fazia de tudo para desvencilhar-se dele e correr para dentro do navio.

Eu dei a bênção a Ezequiel. Pedi que obedecesse à babá e à tia do Escobar. Dei várias instruções à criada e muitas notas de réis para as despesas ordinárias. Ela e as crianças subiram a bordo e acenaram lá de cima. As bagagens haviam sido embarcadas horas antes.

Ficamos os três ali no porto, esperando o navio apitar três vezes antes de se pôr vagarosamente em movimento. Então, voltamos pelo mesmo caminho em direção à carruagem que nos esperava.

— Ele virá... eu sei que virá... — murmurava Capitu.

— Não se preocupe — respondi, a apertando forte junto a mim. — Seu marido estará lá.

(***)

Escobar foi ter com o Quincas Borba, e eu voltei para a Glória com Capitu.

Na sege, ela me perguntou:

— Como você sabia das palestras, Bentinho?

— Palestras? Que palestras? — respondi, me fingindo de tonto.

— As reuniões do príncipe no Paço Imperial. Como você sabia que eu ia lá?

— Você ia?! — exclamei com falsa surpresa.

Capitu estava entre aturdida e incrédula com a minha reação, mas nada disse.

Para mudar a conversa, comentei sobre a guerra, o que foi ainda mais ridículo. Estávamos envolvidos numa batalha contra vampiros, o que eram os paraguaios diante disso?

(***)

Ao cair da tarde, ali pelas cinco horas, uma carruagem chegou à porta de casa. Era Escobar, acompanhado do Quincas Borba e do assistente dele, Brás Cubas.

O filósofo tirou vários apetrechos da sege e arrumou tudo na calçada, escorados na parede da casa:

Um crucifixo de prata.

Duas estacas de madeira com pontas afiadas.

Um martelo grande.

Um machado.

Duas garrafinhas com água-benta.

Três réstias de alho.

— Vamos passar a noite aqui para proteger dona Capitolina. Estou certo de que ela será a próxima vítima do vampiro... — sentenciou o Quincas Borba.

Não gostei. Três homens passando a noite na minha casa? Isso era um absurdo. Por acaso eles imaginavam que eu não seria capaz de defender minha esposa?

— De jeito nenhum! — disse eu. — Sou totalmente capaz de defender Capitu, e, além disso, a casa dispõe de criadagem!

Era verdade. Duas mucamas ajudavam a senhora com a comida e a arrumação. E ainda tinha o Dito, que era alforriado, mas vinha toda manhã varrer a calçada, cuidar do jardim e alimentar os cavalos do estábulo.

— Bentinho, é melhor que fiquemos todos juntos — opinou Escobar. — A cunhadinha corre perigo!

Desde que se casara com Sancha, Escobar chamava Capitu de "cunhadinha", pois as duas eram como irmãs. Não me agradou que ele usasse expressão tão íntima na frente de estranhos e isso reforçou minhas convicções.

— Não, não e não. Não é necessário. O terço de mamãe está pendurado na parede do quarto e temos outros crucifixos espalhados pela casa. A criatura não entrará aqui.

Quincas Borba acendeu um dos seus charutos pestilentos, soprou uma nuvem de fumaça fedorenta e falou:

— Por Humanitas, homem, não queremos apenas defender a senhora sua esposa, mas partir para o ataque! O desmorto tem que morrer!

Brás Cubas, o assistente janota, entrou na conversa:

— E, infelizmente, não obtive sucesso em encontrar o esconderijo do conde Drácula...

Quincas Borba tirou o charuto da boca e o apontou para ele.

— Não que você tenha procurado com afinco, não é mesmo, Cubas? Subir e descer a rua do Ouvidor é passear, não investigar!

Brás Cubas não gostou.

— Escute aqui, Quincas, eu poderia muito bem estar cuidando do meu emplastro!

Nisso, Capitu, que tinha escutado a discussão lá de dentro, chegou à porta da rua. Todos a cumprimentaram, e Escobar disse:

— Estávamos dizendo a Bentinho que precisamos passar a noite aqui para protegê-la.

— E eu estava assegurando que não é preciso — falei.

Capitu apenas olhou para os sapatos.

— Sinto que ele virá... — disse ela.

— Por isso viemos — disse Escobar.

— Para acabar com o vampiro — acrescentou o Quincas Borba.

— Para ficar ao seu lado, Capitu... digo, ao lado da senhora, dona Capitolina — completou Brás Cubas.

Essa última frase encerrou a questão. Que intimidade era aquela? Quem aquele janota pensava que era? De maneira alguma eu permitiria que três homens estranhos passassem a noite ao lado de Capitu.

— Chega, chega! Estamos todos preocupados, mas também precavidos — discursei. — Nenhum monstro entrará na nossa casa.

As vizinhas começaram a abrir as janelas para espiar a conversa. Aproveitei a ocasião para acabar com a reunião.

— Senhores, muito boa tarde — disse eu.

Quincas Borba tirou o charuto da boca e soltou um suspiro fumacento.

— Fique pelo menos com uma réstia de alho e uma garrafa de água-benta — pediu.

Aceitei.

Os três guardaram os apetrechos e os colocaram de novo na sege. Quando a charrete se afastava, ainda escutei o filósofo dizer:

— Fiquemos na sua casa, Escobar. Podemos pelo menos acabar com a maldita vampira.

— Por favor, não fale assim da Sanchinha... — implorou meu amigo.

CAPÍTULO XXXVI
COMO MATAR UM DESMORTO

Ensaio do filósofo e investigador Joaquim Borba dos Santos, mais conhecido como Quincas Borba. O texto, escrito em francês, foi publicado em 1872 no obscuro anuário da L'Ordre Kabbalistique des Mérovingiens, *editado por Auguste Dupin,* chevalier *da* Légion d'Honneur

Apóstolos e apóstatas do Oriente apostam que a natureza do Cosmos é o equilíbrio, conceito não totalmente estranho à doutrina filosófica por mim formulada, o Humanitismo.

Conforme postulei em minha extensa obra ainda não escrita, Humanitas é a essência do humano, que é a medida de todas as coisas. Contudo, como o universo busca a balança, conclui-se que existe uma essência diametralmente oposta, o Desumanitas.

Esse princípio toma a forma de uma criatura abominável conhecida por muitos nomes: desmorto, não morto, morto-vivo, caliginoso, merencório, corpo-seco, cupendipes, vikrolakas, strigoi, nosferatu, ventrue, dampir e vampiro. Os vários epítetos descrevem a mesma coisa. Um cadáver vivente que sai do túmulo durante a noite para se alimentar com o sangue dos vivos e, desta forma, multiplicar a legião dos danados.

Este meu breve relato tem por objetivo compartilhar experiências que, quero crer, serão úteis a todo aquele que, por desventura, se encontrar com uma dessas bestas hediondas. Para proteger os envolvidos, usei apenas as iniciais dos seus nomes, de forma que não possam ser identificados.

Há alguns anos, participei de estranhos eventos na cidade do Rio de Janeiro, capital do Império do Brasil. A senhora S., esposa do comerciante E. S., morrera de causa misteriosa, acometida por delírios e perda de sangue. Desde o início da enfermidade, desconfiei que S. era vítima de um nosferatu, e essa suspeita se confirmou. Dois dias depois do sepultamento, S. levantou-se do túmulo para se alimentar do viúvo vivo. Na primeira tentativa, E. S. conseguiu afastá-la com um crucifixo e rezas, pois alguns desmortos têm absoluta aversão aos símbolos cristãos. Mas todos sabíamos que S. voltaria e que um novo encontro poderia resultar fatal.

Assim, eu e meu assistente, B. C., deliberamos pernoitar na casa de E. S. a fim de protegê-lo. Também tínhamos a intenção de capturar a vampira para descobrir onde estava a criatura que a havia transformado em um cadáver sugador de sangue. Esse monstro maligno, conhecido como "conde Drácula", encontrava-se escondido em algum lugar ignorado. Nosso objetivo era encontrá-lo e destruí-lo.

Para permitir a entrada da desmorta na casa de E. S., tiramos das paredes os crucifixos e as imagens de santos, a fim de não a assustar. E para que ninguém se intrometesse na nossa vigília insólita, ficamos apenas os três na casa, dispensando empregados e escravos.

Às dez da noite, apagamos os lampiões e nos recolhemos. E. S. foi dormir no próprio quarto. Eu me aconcheguei numa cadeira de balanço que ficava próxima à cama dele, perto da porta de madeira que dava acesso à uma varanda por onde a merencória entrara na primeira vez. Meu assistente B. C. foi repousar num quarto contíguo pertencente à filha do casal, que estava em viagem.

O silêncio da casa, interrompido apenas pelos pios das corujas na mata, logo me trouxe o sono, e adormeci profundamente.

Não me recordo se sonhei, mas sei que acordei repentinamente algum tempo depois com o ruído de garras raspando a porta da varanda do lado de fora, enquanto uma voz lúgubre sussurrava:

— Abre, E. S.... sou eu, sua S., voltei para você... me deixe entrar...

Afastando a remela dos olhos, notei que E. S. estava de pé no meio do quarto. Andava como se dormisse. Chamei-o pelo nome, mas não surtiu efeito. Tive de pegá-lo pelo ombro e balançá-lo com fúria para tirá-lo do transe. E. S. voltou a si, e eu gritei o nome do meu assistente, que chegou lento e sonolento ao quarto.

Lá fora, a vampira repetia seu chamado funesto de tom mesmerizante:

— Me deixa entrar... sou eu, a sua S....

Havíamos preparado vários apetrechos úteis para matar des-mortos: um crucifixo, uma garrafinha de água-benta, duas réstias de alho, estacas pontudas para perfurar o coração e um machado bastante afiado.

E. S. armou-se de crucifixo, B. C. manteve o vidro de água-benta preparado, e eu segurei duas grandes réstias de alho. Então ordenei a E. S.:

— Abra, deixe-a entrar...

CAPÍTULO XXXVII
AS ANOTAÇÕES DE BENTO SANTIAGO

As notas de Bento de Albuquerque Santiago compõem um conjunto de observações que serviriam como base para a aclamada biografia do autor, publicada em 1900. Essas anotações, escritas no outono da vida, preenchem várias lacunas dos arquivos de Quincas Borba, o investigador filosófico

Estas memórias deveriam ser simples, talvez até enfadonhas. Seriam uma maneira de visitar o passado em linhas breves, escritas ao correr da pena. Vejo-me agora enredado em tramas que não sei ao certo se são reais ou imaginárias. Recordações que eu deliberadamente tentei apagar reaparecem misturadas a superstições e crendices.

Depois de assegurar a Escobar, Quincas Borba e ao assistente dele que Capitu estava segura sob minha proteção, eu e ela nos recolhemos. Com Ezequiel e a babá em Petrópolis, a casa estava silenciosa e vazia. Capitu leu na sala um desses folhetins açucarados da *Revista Brasileira*, e eu aproveitei para fazer contas e verificar as condições das minhas finanças. Fazia uma tarde ensolarada, porém refrescada com a brisa que soprava do mar.

Jantamos cedo. Capitu estava calada e preocupada, mas evitamos falar sobre Sancha e o conde Drácula. Lá pelas nove da noite, já estávamos na cama. Tudo estava tão calmo que parecia que o terror só existia na nossa imaginação.

(***)

Não foi o barulho que me acordou, foi o silêncio. Era um silêncio ensurdecedor, um silêncio pesado, um silêncio que penetrava na noite e nas paredes. Não se escutava nada. Mosquitos, cachorros, corujas, bêbados. Nada. Não se escutava nada, absolutamente nada.

Acordei incomodado, suado e assustado.

E percebi que Capitu não estava ao meu lado.

— Capitu... — chamei.

Ninguém respondeu.

O quarto estava escuro. O castiçal que deixávamos em cima da cômoda durante a noite estava apagado.

Levantei-me e fui me escorando nas paredes, tomando cuidado para não bater em nenhum móvel naquele negrume sem som.

— Capitu... — chamei novamente.

Nada.

Entrei na sala e vi que todas as três janelas estavam escancaradas. A lua cheia no céu sem nuvens iluminava o quintal, que parecia uma pintura provençal.

— Capitu... — falei de novo, enquanto fechava a primeira janela.

Então escutei um gemido, vindo do lado de fora.

E eu vi.

Mas o que eu vi?

Era um lobo?

Era um homem?

— Capitu! — gritei.

Corri até a porta, que estava trancada com ferrolhos.

Como Capitu tinha saído sem destrancar a porta?

Como?

Saí para o quintal, e meu grito de horror rasgou o silêncio opressivo.

Capitu estava deitada no banco de madeira que ficava debaixo da mangueira. A camisola transparente estava levantada, revelando suas coxas nuas. Estava lânguida, entregue, sonolenta. E sobre ela... sobre ela... o que era aquilo?

Era um lobo de formas humanas ou um homem de feições lupinas? Pelos negros e espessos cobriam a criatura, que mordia o pescoço da minha mulher.

— Capitu! — eu gritei.

Capitu pareceu sair de um transe quando ouviu minha voz e me olhou sonolenta.

— Bentinho... me ajuda... — sussurrou.

Então o lobo pareceu tomar finalmente a forma de um homem. Um homem muito alto, de bigodes espessos e olhos avermelhados.

— Afasta-te! — ordenou ele, deixando Capitu sobre o banco e arreganhando os dentes pontudos.

A voz era áspera, e o tom era imperial e antigo. As mãos pareciam garras.

Era ele.

O nosferatu.

O vampiro.

O conde Drácula.

Peguei a primeira coisa que estava ao meu alcance: uma vassoura que as criadas usavam para varrer o quintal. Bati com força na cabeça dele, mas de nada adiantou. Ele apenas a tomou das minhas mãos e atirou longe.

— Verme impertinente! — disse ele, agarrando meu punho com a mão esquerda, enquanto as unhas pontudas da mão direita penetravam minha carne, na altura da barriga.

— Não! Não! Não! Ele não! — gritou Capitu, saindo do torpor.

O vampiro pareceu ouvir as súplicas dela, pois me soltou e me jogou de encontro à parede. Ainda tonto pelo impacto, vi que ele olhava fixamente para Capitu.

Minhas memórias são confusas, mas julgo ter captado uma grande ternura naquele olhar.

Seria amor?

Um vento forte começou a soprar de repente. Era daquelas ventanias que precedem as tempestades de verão, mas não havia nuvens, e nenhum pingo caiu.

Atordoado, escutei um barulho de asas, como se um pássaro enorme tivesse levantado voo.

E a noite voltou a se encher de sons, uivos de cães, coaxar de sapos, pios de corujas e zumbidos de cigarras.

Capitu correu até mim.

— Bentinho... Bentinho... — disse ela, os olhos úmidos de lágrimas.

Ela me abraçou e deitou a cabeça sobre meu peito. Algo quente e pegajoso molhou meu pijama. Era sangue. O pescoço de Capitu sangrava.

CAPÍTULO XXXVIII
COMO MATAR UM DESMORTO (PARTE DOIS)

Ensaio do filósofo e investigador Joaquim Borba dos Santos, mais conhecido como Quincas Borba. O texto, escrito em francês, foi publicado em 1872 no obscuro anuário da L'Ordre Kabbalistique des Mérovingiens, *editado por Auguste Dupin,* chevalier *da* Légion d'Honneur

A vampira entrou no quarto como se fosse uma rainha dos condenados. Estava vestida com a mesma mortalha com a qual havia sido enterrada. O tecido branco era sujo, molhado e rasgado, revelando suas formas arredondadas.

A pele era pálida, quase branca, mas os lábios estavam vermelhos como se fossem esculpidos em sangue. Os olhos castanhos eram brilhantes e vívidos, porém levemente avermelhados. Os caninos, brancos, salientes e pontudos, sobressaíam sobre a boca sensual.

O monstro pareceu não notar nossa presença e enxergava apenas o viúvo E. S.

— Sou eu, meu amor, voltei para você... — disse ela.

É da natureza de Humanitas ser tomado pela dúvida nos momentos difíceis, e não foi diferente com o pobre homem. Mesmerizado, ele jogou no chão o crucifixo que carregava e caminhou na direção da desmorta.

— Me abrace... me abrace... — murmurou ela, estendendo os braços convidativos e arreganhando a mandíbula predadora.

Mas eu estava preparado!

Na minha condição de filósofo e erudito, sei que os vampiros têm poderes que entorpecem a mente humana. Por isso, mantive nas mãos as duas réstias de alho e as atirei sobre a morta-viva. Uma delas caiu no chão, mas a outra se prendeu ao pescoço da criatura, feito uma guirlanda. A defunta soltou um grito horrível, como se tivesse sido ferida, pois os nosferatus têm ojeriza ao *Allium sativum*. No futuro, escreverei amplo estudo sobre a relação entre o oculto e a culinária.

— Não a machuque... — implorou E. S. quando viu a morta sofrendo.

Fingi não ouvir e ordenei a meu assistente:

— Rápido! A água-benta!

Infelizmente, meu ajudante era um total incompetente. Essa é uma questão de grande importância para o futuro caçador de nosferatus: arrume um serviçal que preste ou todos seus esforços serão em vão.

— Deixei a água-benta no outro quarto — respondeu B. C., e saiu correndo porta afora, enquanto a morta-viva, transfigurada pelo ódio, agarrava o meu pescoço com a mão direita e tentava me estrangular.

— Maldito! Tu não salvarás a raça humana! — gritou ela.

Ou pelo menos é o que deveria ter gritado, visto que sou o único defensor de Humanitas neste nosso mundo.

— E. S.... a estaca! Perfure o coração da vampira! — pedi ao viúvo da morta-viva. Ele pegou a estaca e se aproximou dela, mas se deteve, acovardado.

— Não posso... eu não posso... — gemeu ele.

Nesse momento, meu ajudante voltou ao quarto e, demonstrando uma rara perícia, atirou a água-benta sobre o corpo da vampira. O líquido queimou a pele dela. A criatura deu um grito de dor e largou o meu pescoço, avançando na direção de B. C. Aproveitei a oportunidade, tomei a estaca das mãos de E. S. e enfiei com força a madeira nas costas do monstro. Um jorro de sangue quente espirrou na cara do pobre viúvo, que caiu de joelho, murmurando:

— Meu deus! Não... não!

A vampira contorceu-se de dor, tentando, em vão, arrancar o pedaço de madeira que penetrava seu corpo.

— O crucifixo! O martelo! O machado! — ordenei aos dois palermas que não sabiam o que fazer. B. C. apanhou o crucifixo no chão e o apontou para a desmorta, a mantendo afastada. Peguei o martelo que estava no canto e bati forte na estaca, fazendo com que esta atravessasse o peito da vampira, transpassando o coração. As belas feições da mulher se contorceram numa careta medonha e ameaçadora.

Ajoelhado no chão, o viúvo escondia o rosto com as mãos e chorava.

— Minha mulher, minha S. Não... — dizia ele.

— Ela não é a sua mulher. É uma desmorta que se alimenta com o sangue dos vivos! — falei. — É um nosferatu, uma não humana!

Caída no chão, a criatura agitava-se violentamente, gritando de dor e de medo, até ficar imóvel e definitivamente morta. Peguei o machado que havia deixado encostado na parede. Com um único golpe, decepei a cabeça da criatura, que rolou pelo chão de madeira e bateu na cômoda do quarto.

— Não! Não! — gritou o viúvo atormentado.

Meu assistente B. C. suava e olhava a cena espantado, com a boca aberta dos néscios. Trêmulo e abatido, ele se sentou na beirada da cama, enxugou a testa com a manga da camisa e disse:

— Grande e admirável Quincas Borba, você derrotou a terrível monstruosidade! Mas isso provocará a ira do conde Drácula, que desejará se vingar!

Tentando não escorregar no sangue que empapava o quarto, peguei a cabeça da vampira no chão e a levantei pelos cabelos.

— Não, meu caro B. C., agora o conde Drácula sabe que nós podemos matá-lo!

A vampira entrou no quarto como se fosse uma rainha dos condenados.

CAPÍTULO XXXIX
AS VERDADEIRAS MEMÓRIAS PÓSTUMAS DE BRÁS CUBAS

Texto manuscrito arquivado na Biblioteca Nacional do Rio de Janeiro

Os horrores distantes

A leitora há de me achar um frívolo quando digo que os horrores distantes não nos emocionam, mas é uma verdade... Uma guerra em Constantinopla ou uma revolução sangrenta no Butão são apenas notícias, nada mais. Até as escaramuças do império com o tirano Solano López acontecem lá longe, no Paraguai, e pouco afetam a vida na Corte.

Lembro-me de uma vez em que Virgília, minha amantíssima Virgília, decidiu me trocar por um conde da legação da Dalmácia. Durante três meses, ela só tinha olhos para o fidalgo e me ignorava completamente. Desconsiderava o esposo também, naturalmente, mas isso não me dizia respeito, pois não me meto em intrigas de marido e mulher. O fato é que explodiu uma revolução na Dalmácia. Os leitores de jornais fremiam de indignação e piedade, mas eu interiormente abençoava a tragédia. O conde foi embora, e Virgília voltou aos meus braços.

Tudo é muito diferente, no entanto, quando o horror acontece ao nosso lado, como foi a terrível segunda morte de Sancha. Aquela noite tenebrosa destroçou o pobre Escobar e me abalou profundamente. Por algum tempo, até me esqueci de ser irônico.

O Quincas Borba não se deixou afetar. O filósofo que se tornara investigador e depois caçador de vampiros parecia imbuído de uma missão sagrada.

— A humanidade depende de nós, Cubas. Só de nós! — discursava ele, envolto na fumaça do charuto, como se fosse um dos gregos suicidas de Termópilas.

Ah, Quincas, Quincas! Mal sabia ele que não seríamos aliados por muito tempo... Mas me adianto. Sigamos o ritmo correto dos acontecimentos.

Os horrores próximos

Os acontecimentos horríveis que vivemos na casa de Escobar foram uma obra do acaso. Nossa intenção sempre foi proteger Capitu, pois conjecturávamos, Quincas e eu, que, depois de vampirizar Sancha, o conde Drácula voltaria sua atenção para a mulher de Bento Santiago.

Eu não recriminaria o monstro. Os cabelos lisos e grossos, os olhos inquietos, os braços e o perfume de laranjeira também não me saíam da cabeça.

Mesmo na época das palestras no Paço Imperial, com as quais iniciei essas memórias, já era evidente o interesse do aristocrata exilado pela mulher do seminarista.

Mas o marido não tinha a mansidão de um Lobo Neves, era feroz e ciumento como um lobo selvagem, quase um mouro de Veneza no Rio de Janeiro.

— Não é preciso que os senhores pernoitem aqui! — esbravejou ele quando Quincas Borba declarou sua intenção de proteger a mulher. — Eu me encarrego de Capitu!

E assim, para não causar confusão, decidimos que montaríamos tocaia na casa do Escobar, na esperança de que Sancha voltasse. Quincas Borba tinha planos de capturar a vampira com vida para que pudéssemos descobrir o paradeiro do conde Drácula.

Não deu certo.

Fui dormir num cômodo pequeno e de cama dura que ficava ao lado do quarto do anfitrião. Passei boa parte da noite rolando no colchão e, quando finalmente peguei no sono, fui acordado com os berros do filósofo humanitista. Corri até o quarto ao lado, onde ele também estava, e presenciei uma cena digna do inferno de Dante.

Escobar estava paralisado de medo no meio do quarto, sem conseguir reagir. E Sancha — a mesma Sancha que eu vira morta e enterrada! — tentava enforcar o Quincas Borba. O viúvo tinha nos contado sobre a visita anterior da defunta, mas uma coisa é escutar uma história, e outra, muito diferente, é presenciá-la.

A vampira usava uma mortalha branca suja, puída, e parecia ter a força de dez homens, pois conseguia erguer o Quincas com uma só mão.

— A... água-ben... ta... depres... sa... — gemeu o audaz matador de vampiros, que mal conseguia respirar.

Lembrei que tinha deixado a garrafinha no quarto da cama dura. Corri até lá, peguei a frasco em cima da cômoda e voltei. Joguei todo o líquido em cima da mulher.

Pobre Sancha! Pobre, pobre, pobre Sancha!

Foi como um ácido. A água-benta queimou o corpo da morta, abrindo grandes feridas sangrentas na pele pálida.

A vampira soltou um grito de dor e surpresa, largou o Quincas Borba e veio na minha direção, armada de unhas e dentes. Dentes pontiagudos e unhas que pareciam garras. Seu belo rosto estava transfigurado numa careta horrenda e ameaçadora.

Escobar chorava feito criança, ajoelhado no chão.

— Quincas, me ajuda! — gritei.

O filósofo reagiu com rapidez. Ele pegou uma das estacas de madeira que havíamos levado e fincou no monstro, pelas costas. Ao mesmo tempo, eu a empurrei para a frente, de forma que a vara transpassasse seu corpo.

O sangue esguichou em abundância. Era muito sangue. Muito sangue. Muito mais sangue do que cabe no corpo de um ser humano normal. Quincas pegou um dos crucifixos que estava no chão e encostou no rosto da mulher. Um cheiro forte de carne queimada tomou conta do quarto, enquanto Sancha se contorcia, gemia, gritava e agonizava. E, então, ela morreu pela segunda vez.

Quando isso aconteceu, a doçura dos tempos de vivente retornou ao rosto da defunta. Estava acabado.

Mas não para o Quincas Borba. Ele apanhou o machado e insistiu para que o ajudássemos a decepar a cabeça do cadáver. Achei um exagero, mas o fundador do Humanitismo me assegurou que apenas isso impediria a vampira de sair novamente do túmulo.

Escobar chorava de soluçar. Resolvi tirá-lo dali e levá-lo até a cozinha. Enquanto eu preparava um café preto, Quincas Borba concluiu seu intento macabro.

Deixei o duplamente viúvo bebendo café e voltei ao quarto para ajudar o filósofo. Juntos, enrolamos o corpo de Sancha em lençóis e cobertores. Depois, limpamos a sangreira da melhor forma que conseguimos. Ficou decidido que, na manhã seguinte, retornaríamos o corpo ao São Francisco de Paula, mas faríamos isso discretamente, para evitar questionamentos. Eu me incumbi da tarefa, pois Escobar estava imprestável, e o Quincas... bem, o Quincas, apesar de humanista, não tinha paciência alguma para lidar com seres humanos.

A glória que eleva e consola

Com a ajuda de um escravo do Escobar, levei os restos mortais da infeliz Sancha ao cemitério e resolvi a questão de forma prática e rápida.

— Os jacobinos ateus devolveram o corpo depois que pagamos o resgate — expliquei ao administrador do São Francisco de Paula, o senhor Porfírio Mendes-Sá.

O desaparecimento do cadáver era um acontecimento tão tétrico e vexaminoso, que ele sequer discutiu os detalhes. Salientei que os restos deveriam ser colocados no mausoléu como estavam, envoltos em lençóis e cobertores. A família exigia total discrição dos envolvidos. O homem concordou com tudo.

— Onde que é que esse país vai parar? — murmurou ele quando nos despedimos.

— Pior do que está, não fica — assegurei.

À tarde, nos reunimos todos na casa do Bento Santiago, na Glória. Era um dia claro, quente e sem nuvens. Da sala da casa, se escutava as ondas e o grasnar das gaivotas. Parecia que o pesadelo da noite anterior era uma invenção da nossa imaginação. Mas não era. Nossas feridas ainda estavam todas abertas para provar.

Bento Santiago estava inquieto e andava e falava e gesticulava sem parar.

— Não era um homem, aquilo não era um homem, eu juro pela alma da minha santa mãe, aquilo não era um homem! — dizia ele, enquanto massageava o estômago enfaixado que havia sido perfurado pelas garras do conde Drácula.

Capitu estava silenciosa e cabisbaixa. Uma atadura envolvia o pescoço mordido pelo vampiro. Ela se sentava numa namoradeira, ao lado do Escobar, que também estava quieto e calado, e segurava a mão dele.

Quincas Borba estava de pé no meio de uma nuvem de tabaco.

— Se tivéssemos pernoitado aqui, poderíamos, juntos, ter destruído o maldito nosferatu. Mas o senhor preferiu de outra forma...

O seminarista reagiu:

— Ah, isso não faria diferença alguma! O homem era um demônio! Um demônio!

— Nós matamos o outro monstro. Quem mata um mata dois... — desdenhou o fundador do Humanitismo.

Escobar suspirou em desaprovação, e Capitu pediu, numa voz fraca e meiga:

— Por favor, não fale assim da minha irmãzinha...

Previ que Quincas Borba reagiria com um dos seus coices retóricos e entrei imediatamente na conversa.

— O importante não é debater o que deveríamos ter feito, mas sim o que faremos agora. O conde Drácula ainda vive.

O filósofo, investigador e caçador de vampiros tirou o charuto da boca e assoprou uma fumaça pestilenta na minha direção.

— Ele vive porque o senhor, meu caro Brás Cubas, se pôs a flanar quando deveria investigar!

— Escute aqui, Quincas, eu podia muito bem estar cuidando do meu emplastro... — respondi, indignado.

Da namoradeira, Capitu disse, como que para si mesma:

— Ele repousa em terra úmida. Está escuro. Eu escuto muitas vozes, algumas são de homens, mas a maioria é de mulheres...

O marido se impacientou.

— Pare com esse absurdo, Capitu!

Mastigando o charuto, Quincas Borba aproximou-se da namoradeira.

— A senhora consegue ver o que ele vê? — perguntou.

Foi Bento Santiago quem respondeu:

— É claro que não! Isso é imaginação dela. Não é, Capitu?

O filósofo ignorou o seminarista.

— Isso nos dá uma grande vantagem sobre o desmorto! A senhora sabe onde ele está?

A mulher falava baixo, por isso me aproximei para conseguir escutar.

— Eu não vejo o que ele vê. Eu só sinto... não sei explicar... é como se eu estivesse na cabeça dele... ele tem muita raiva... muita raiva... mas também sente medo...

— Medo?! — exasperou-se o marido. — Medo?! Como pode um demônio sentir medo?!

— Ele é muito solitário...

Foi o que bastou para que Bento Santiago perdesse totalmente a paciência. Ele abriu os braços e olhou para o teto, como se esperasse uma ajuda dos Céus.

— Chega! Chega, Capitu! Esse delírio já foi longe demais! — gritou.

A maré havia subido e era possível ouvir as ondas batendo nas pedras.

Quincas Borba deu longas baforadas no charuto, andando em círculos com as mãos atrás das costas, como costumava fazer quando se perdia em deduções.

— Isso é muito diferente do que aconteceu com a outra — discursou. — O nosferatu não tem a intenção de se alimentar de dona Capitolina até matá-la.

Numa voz que era quase um sussurro, Escobar falou:

— Não podemos deixar que aconteça com Capitu o mesmo que aconteceu com a minha Sanchinha. Com Capitu, não!

O seminarista fez um muxoxo de contrariedade, mas o fundador do Humanitismo não lhe cedeu a palavra.

— Nós estaremos aqui quando ele vier. E não tente afirmar o contrário, senhor Santiago. Nossa luta é por toda a humanidade, e isso está muito acima do seu orgulho de marido provedor. Humanitas prevalecerá! Humanitas sempre prevalece!

CAPÍTULO XL
MAIS HORROR NO ARCO DO TELES

Recorte do Jornal do Commercio *de 16 de outubro de 1869, arquivado por Quincas Borba entre os papéis do "Caso Bento Santiago"*

Este jornal recebeu a informação de que uma criança foi encontrada morta no mal-afamado Arco do Teles. O pobre menino era filho de alforriados e, segundo os frequentadores do local, vivia no Largo do Paço, onde sobrevivia de esmolas e pequenos furtos. O pequeno foi encontrado sujo de sangue e com marcas profundas de mordidas em todo o seu corpo magro. Os vendedores ambulantes do local atribuem o crime à misteriosa "Dama de Branco", que tem aterrorizado a região e, segundo se conta, sequestrado várias crianças pequenas.

CAPÍTULO XLI
AS VERDADEIRAS MEMÓRIAS PÓSTUMAS DE BRÁS CUBAS

Texto manuscrito arquivado na
Biblioteca Nacional do Rio de Janeiro

A guerra benéfica

Ao cair da tarde, um vento forte trouxe nuvens carregadas para a capital imperial. O tempo fechou e um chuvisqueiro fino começou a cair.

Jantamos cedo uma sopa rala de fubá com carne de porco e, depois, Bento Santiago dispensou as mucamas e os alforriados. Quincas Borba havia providenciado novas réstias de alho e mais estacas pontudas. Dois machados foram colocados na sala da casa, um havia sido usado pelo filósofo para decepar a cabeça da pobre Sancha. O outro era do dono da casa. Eu e Escobar havíamos sido encarregados de encher muitas garrafas com água-benta, o que fizemos em várias igrejas diferentes, para não causar atrito com algum padre mesquinho.

Crucifixos não foram necessários. Bento Santiago tinha uma sortida quantidade de terços e imagens de santos, herança da sua mãe devota. As cruzes foram penduradas próximas às janelas e às portas, para impedir que o nosferatu entrasse.

Capitu estava ansiosa e apreensiva. Sorria e era gentil com todos, mas dava para ver medo e desconforto nos seus olhos de ressaca. Escobar estava quieto e pensativo. Falava baixinho com Capitu, certamente para encorajá-la. O marido nos vigiava a todos e não conseguia esconder a irritação que nossa presença causava. Quincas Borba fumava um charuto atrás do outro, mas tentava aparentar calma. Ele aproveitou a espera e resolveu explicar a mim, pela milésima vez, as vantagens do Humanitismo.

— A guerra tem um caráter conservador e benéfico, Cubas. É o encontro de duas expansões. Imagine que existam duas tribos famintas a disputar um campo de batatas capaz de alimentar apenas um dos grupos. Se as tribos dividirem a comida, morrem as duas de inanição. Mas se um bando elimina o outro, o vencedor fica com as batatas e sobrevive. Nesse caso, a paz é a destruição e a guerra é a conservação. Não há morte e nem derrota, pois Humanitas sempre prevalece...

Bebi um gole do ótimo conhaque que havia na casa e argumentei:

— A não ser que as batatas estejam podres. Nesse caso, a morte vence e Humanitas perece, é o que vai acontecer se não determos o conde Drácula...

— Ele não vai vencer... — respondeu o filósofo, soltando fumaça pelas ventas. — Ele não pode e não vai vencer!

Melodrama gótico

Quando escureceu, a chuva fina foi engrossando. Lá pelas nove da noite, desabou uma tempestade de rara violência, com raios que rasgavam o céu e enchiam a noite de estrondos.

O mar batia furioso nas rochas e o vento soprava como num poema de Shelley.

E de repente, misteriosamente, foi como se tudo cessasse. O vento não ventasse. A chuva não chovesse. O mar não batesse nas pedras. O tempo tinha parado.

— É ele... — murmurou Capitu, de olhos arregalados.

Apertei com força a garrafinha de água-benta que trazia no bolso do paletó. Quincas Borba pegou um crucifixo, o seminarista fez o sinal da cruz, e Escobar apanhou um dos machados. Ficamos à espera de que algo terrível acontecesse, que o vampiro jogasse as janelas e portas no chão e entrasse na casa como um demônio. Mas nada aconteceu. Então, Capitu disse:

— Estou indo, meu amor... estou indo...

E começou a andar na direção das janelas que davam para o quintal, como se estivesse possuída por um espírito.

Escobar estava mais perto dela do que o marido, por isso ele a abraçou, mas a mulher começou a se debater como uma possessa.

— Me solta... me solta... estou indo... me solta...

— Capitu! Contenha-se! — gritou Bento Santiago.

E então, de súbito, todas a portas e janelas começaram a bater, como se o vento quisesse arrancá-las das paredes.

— Meu príncipe... meu príncipe... — murmurava Capitu.

Bento Santiago afastou Escobar com um empurrão, pegou a esposa pelos ombros e sacudiu com força.

— Tenha modos, Capitu. Tenha modos! — gritou.

Ouvimos trovões ensurdecedores, e as janelas se escancaram, abrindo todas ao mesmo tempo. O vento molhado apagou todas as velas, e ficamos totalmente às escuras.

— Vamos para fora! — disse o Quincas Borba.

Não consegui me conter:

— Você está maluco, Quincas?!

Mas de nada adiantou. O filósofo pendurou uma réstia de alho no pescoço e, empunhando um crucifixo, tirou o ferrolho da porta da cozinha e saiu para o quintal. Eu e Escobar o seguimos. Ele com um machado, eu com uma estaca pontuda e a água-benta no bolso. Bento Santiago abraçava a mulher, que se debatia e tentava nos acompanhar.

— Estou indo... estou indo...

A chuva caía pesada e os raios fraturavam a noite escura. Ouvimos uivos de muitos lobos, como se uma alcateia inteira estivesse escondida ali perto. E vimos, no meio do quintal, debaixo da mangueira, ele... o conde Drácula.

Ele vestia a mesma capa preta forrada de vermelho que usava nas palestras do Paço Imperial. Parecia flutuar. O vampiro nada disse, apenas nos encarou com ódio. Os olhos eram vermelhos e brilhantes.

— Cerquem-no — instruiu o Quincas Borba.

Trêmulo de terror, fui me aproximando pelo lado direito, enquanto Escobar ia pelo esquerdo. Os lobos pararam de uivar e, então, Drácula falou com uma voz antiga, rouca e de sotaque pesado.

— Libertem-na e permitirei que vivais...

O fundador do Humanitismo avançou decidido, empunhando o crucifixo como se fosse uma espada.

— Meu nome é Quincas Borba, filósofo, investigador e defensor da raça humana! Eu vou te destruir, nosferatu imundo, em nome do Pai, do Filho, do Espírito Santo e da Nossa Senhora! Afaste-se desta casa, criatura abjeta do demônio!

Drácula recuou alguns passos e ergueu a capa na altura nos olhos, como se a mera exibição da cruz pudesse feri-lo.

— Eu sou Vlad Tepes Drácula, príncipe da Transilvânia e Cavaleiro da Ordem do Dragão. Eu esfolava pagãos quando tu ainda eras um miasma. Tu não a tirarás de mim!

— Cubas, a água-benta... — instruiu o Quincas Borba, caminhando cuidadosamente na direção do vampiro. Segurando o machado, Escobar avançou alguns passos pelo lado esquerdo. Como eu segurava uma estaca de madeira, tive de colocá-la no chão para pegar o vidrinho de água-benta no bolso. Foi o que bastou. Não sei exatamente como tudo aconteceu, mas senti uma dor aguda no peito e fui jogado violentamente no chão.

O monstro estava sobre mim com as garras ensanguentadas e a boca aberta cheia de dentes que pareciam punhais. Nesse momento, Escobar se aproximou e atacou o vampiro com o machado. Mas não acertou. Drácula segurou a arma ainda no alto e empurrou o homem com tamanha força que ele foi bater na mangueira.

O vampiro saiu de cima de mim, e percebi que a minha roupa estava toda suja de sangue. Escobar e eu havíamos sido abatidos, mas Quincas Borba não se intimidou. Ele segurou firme o crucifixo e deu mais alguns passos na direção do nosferatu.

— Vá embora, morto-vivo! Saia dessa casa em nome de Deus!

A criatura recuou.

— Tu serás empalado vivo para que os lobos se refestelem com suas entranhas! Ela me pertence!

E, então, foi como se o nosferatu se dissipasse.

Uma ventania repentina veio de todo lugar e de nenhuma parte ao mesmo tempo. Ouvimos um bater de asas, e os lobos voltaram a uivar, mas como se estivessem distantes, com seus ganidos desaparecendo ao longe. A chuva caiu ainda mais forte, com pingos grossos e gordos.

Drácula não estava mais entre nós.

Por demais melodramático

Acredito que caiba aqui um sincero pedido de desculpas à minha querida leitora. O capítulo anterior saiu por demais melodramático e lúgubre, num estilo que ficaria melhor na pena de um Byron.

Talvez a senhorita não saiba, mas personagens são criaturas vivas que andam e falam sozinhas. Mesmo em memórias póstumas, como estas, os abusados não têm qualquer respeito pelo autor. Fazem o que bem entendem. Não pude conter os arroubos do Drácula e do Quincas Borba e apenas relatei o que vi, vivi e ouvi. Sinto muito. Minha sorte é que sou autor defunto e não há crítica literária no pós-vida.

CAPÍTULO XLII
AS ANOTAÇÕES DE BENTO SANTIAGO

As notas de Bento de Albuquerque Santiago compõem um conjunto de observações que serviriam como base para a aclamada biografia do autor, publicada em 1900. Essas anotações, escritas no outono da vida, preenchem várias lacunas dos arquivos de Quincas Borba, o investigador filosófico

Seria fingimento o delírio de Capitu?

Naqueles dias, estava convencido de que tudo era real. Hoje, que me tornei um velho casmurro e melancólico, me pergunto se era verdade.

Os desejos ocultos e as vontades reprimidas estimulavam a imaginação de Capitu?

Na noite terrível em que o conde Drácula voltou, ela tentou escapar ao meu abraço para se entregar ao monstro.

— Estou indo, meu príncipe... estou indo... — ela murmurava, tentando escapulir.

Não sei precisar quanto tempo durou isso, mas me pareceu uma eternidade.

E, então, ela simplesmente parou de dizer sandices e olhou-me assustada, como se não soubesse o que estava acontecendo. Começou a chorar.

Nesse momento, Escobar, Quincas Borba e o ajudante dele entraram na casa, vindos do quintal. Estavam molhados e enlameados.

— Não conseguimos matar o nosferatu... — lamentou o filósofo.

O assistente do Quincas foi ao banheiro aplicar uma fórmula medicinal ao ferimento no abdome, provocado pelas garras do Drácula. Escobar e o Quincas Borba se secaram e, depois, nós todos nos reunimos na sala. Capitu chorava.

— Ele quer me levar... — murmurava.

— Não fale bobagem, Capitu — respondi bruscamente, para me arrepender em seguida. Não era justo tratá-la daquela maneira na frente de estranhos.

Sempre amei Capitu, desde o tempo em que éramos vizinhos na rua de Matacavalos. Deixei o seminário por ela e não me arrependo. Mas aquilo... ter os pensamentos de outro homem na cabeça... Homem, não! Um monstro! Um vampiro!... Ter os pensamentos da criatura na cabeça... aquilo me deixava preocupado e irritado, sobretudo irritado.

(***)

Quincas Borba retirou uma charuteira de couro do bolso da casaca úmida. Felizmente para ele, e infelizmente para nós, o tabaco infernal estava seco.

— Não quero ir com ele — dizia Capitu, entre lágrimas. — Não posso deixar o Ezequiel...

O leitor que me perdoe, mas nessa hora odiei o meu filho. Era nele que ela pensava, não em mim.

— Isso não vai acontecer, Capitu — falou o Escobar, com uma convicção que também não me agradou. — Nem que tenhamos que morrer para impedir.

— O príncipe sabe que descobrimos o que ele é... ele vai embora e me arrastará junto... — disse minha mulher.

Tomado de um ardor repentino, comecei a discursar.

— Nós vamos destruir a criatura antes que ela possa lhe fazer mal...

No meio da nuvem de tabaco, Quincas Borba concordou comigo.

— Se bem me lembro da correspondência de Abraham van Helsing, o vampiro só pode atravessar água salgada dentro de um caixão forrado com terra de cemitério. Temos de encontrar o desmorto antes que ele embarque.

Ele apontou a brasa ardente do charuto para o assistente:

— Você vai achá-lo, Cubas. Desta vez, investigue e faça perguntas, não vagueie...

O janota não gostou das palavras do filósofo.

— Ora, Quincas, sei muito bem o risco que Capi... dona Capitolina corre...

— Caso não se importe, eu irei com você. Dois cobrem mais lugares do que um só — acrescentou Escobar.

— Toda ajuda é bem-vinda — respondeu o tal Brás Cubas.

Capitu ficou de pé e, aparentemente alheia à conversa dos homens, disse para si mesma:

— Tem pessoas que o ajudam... eu escuto a voz delas...

Achei que aquele era o momento de dizer algo, qualquer coisa, e falei o que primeira me passou pela cabeça.

— Também posso procurar pelo vampiro... tenho alguns contatos na administração pública.

— Não é preciso — respondeu o Quincas Borba, acendendo um novo charuto fedorento na brasa fedida do anterior. — Escobar e Cubas cuidarão disso. Nós temos outros afazeres. Precisamos buscar quais navios deixarão o Rio de Janeiro nos próximos dias. Presumo que o vampiro tentará desembarcar no porto mais próximo da Transilvânia...

De maneira resoluta, Escobar se colocou de pé.

— Nesse caso, é possível que o embarque já tenha sido negociado com o comandante do navio. Tudo o que precisamos fazer é esperar por ele no barco.

O filósofo se pôs a andar pela sala como se fosse um pato: o corpo levemente curvado para a frente e as mãos entrelaçadas nas costas.

— Sim, sim, sim — ele disse. — Talvez, talvez, talvez. Esta noite descobrimos que destruir a criatura não é tarefa tão simples. Esse Drácula é diferente de dona San... da desmorta que salvamos do vampirismo. Precisamos surpreender o nosferatu durante o dia, em local onde a luz solar entre em abundância...

— Eu poderia... — murmurou Capitu, mas desistiu de terminar a frase. — Não, isso é bobagem...

Escobar a estimulou a continuar:

— Diga, Capitu...

Ela balançou a cabeça em negativa, ficou de pé e foi até a janela olhar o sol nascente, que começava a avermelhar o céu.

Quincas Borba a instigou a prosseguir:

— Toda sugestão será bem-vinda neste momento, senhora Santiago...

Então, Capitu se virou e nos encarou com seus olhos de cigana oblíqua e dissimulada.

— Eu poderia... mantê-lo junto a mim até que o sol nascesse...

Aquilo... aquilo era um acinte!

— Nunca! — esbravejei. — Jamais! De maneira alguma! Não diga absurdos, Capitu!

A violência das minhas palavras pegou a todos de surpresa, mas que marido reagiria de outra maneira? Diga-me. Que marido? O que Capitu propunha era indecente, imoral e impensável.

Quincas Borba assoprou a fumaça do charuto e tentou apaziguar os ânimos. No caso, os meus.

— Seu marido está certo, senhora. A proposta de matar o vampiro com a luz solar é tentadora, mas esse Drácula é ardiloso e domina a arte da mesmerizarão. Esgotemos as ideias racionais antes de nos voltarmos para as criativas, foi o que aprendi com Auguste Dupin. Primeiro tentemos descobrir o esconderijo do monstro e desvendemos sua possível rota de fuga, de maneira que possamos surpreendê-lo. — E, então, concluiu, com um floreio de charuto: — Ao trabalho, senhores. Temos muito o que fazer!

CAPÍTULO XLIII
ANÚNCIOS

Página de anúncios do Jornal do Commercio *encontrada nos arquivos de Quincas Borba, investigador filosófico, e anexada (certamente por engano) aos arquivos do "Caso Bento Santiago"*

À PRAÇA

Fugiram, a 13 de novembro de 1869, da fazenda de Santa Luzia, freguesia de Pirapetinga, os escravos seguintes, pertencentes ao coronel João Devoto da Gama Villas-Boas: Pedro, pardo fosco, cabelo fino e corrido, estatura e corpo regulares, barba fina e só no queixo e dentes muito bons. Pisa um pouco para dentro e deve regular 28 anos.

Porfírio, pardo, mais escuro que Pedro, estatura baixa, pés e mãos bem feitos; um grande sinal nas costas que diz ter sido queimadura, regula 26 anos.

Saíram juntos. São escravos vindos do norte, levaram redes e chapéus de couro de aba larga. Quem os apreender ou der notícia será generosamente gratificado.

FEITOR

Quem precisar de um feitor para qualquer chácara, pode dirigir-se à rua das Flores, 57.

RAPÉ

Brito Carneiro & C., proprietários da antiga casa de chá, rapé, cera, sementes e outros gêneros denominada Loja da Flora, situada à rua da Candelária, 4, participam aos seus fregueses e amigos, quer daqui, quer do interior, que, apesar dos novos e onerosos impostos, continuam a ser depositários do acreditado rapé Estevão Grasse e também têm à venda todos os outros rapés e tabacos de outros fabricantes.

NOVA PHOTOGRAFIA

À rua do Ourives, 37, abre-se hoje um novo estabelecimento de retratos. Tiram-se retratos por todos os sistemas, garantindo-se o trabalho e perfeição por preços comedidos.

GRANDE E IMPORTANTE LEILÃO DE FAZENDAS A PRAZO

Por ordem dos senhores
Finório e Tavolara
Em seu armazém à
Rua da Alfândega, 52
SILVA SOUZA
Encarregado do leilão
Venderá amanhã, sexta-feira, às 10 horas
Variadíssimo sortimento de fazendas de todas as qualidades.

TEATROS E LIVROS

Lyrico fluminense
Companhia lírica francesa
Direção
de
MM Emon e Martí
Terça feira, 21 de novembro de 1869,
Entram em cena
M. MARTÍ

e

Mmc. MARTÍ ALMONTI

Segunda apresentação da grande ópera

A JUDIA

Música de Halevy

Os bilhetes vendem-se no escritório do teatro de segunda-feira em diante

Sábado, 18 de novembro de 1868

BENEFÍCIO

de

JOAQUIM AUGUSTO

Primeira apresentação da sublime comédia de Jules Sandeau

A FILHA DO MARQUÊS DE LA SEIGLIÈRE

Personagens

Marquês de La Seiglière, 60 anos............ J. Augusto

Des Tournelles, advogados (50 ditos)....... P. Joaquim

Bernard Stamply, 28 ditos........................ Paiva

Rauol de Vamber, 20 ditos........................ Freitas

Jasmim.. Arthur

Mme. De La Seiglière, 20 anos................. Sra. Adelaide

Baronesa de Vaubert, 40 ditos.................. Velluti

A ação passa-se no castelo de La Seiglière em 1817

Dará fim ao espetáculo a comédia de 1 ato, ornada de música

OS MARIDOS NO PREGO

O resto de bilhetes acha-se no teatro

OS MISERÁVEIS

por Victor Hugo

Acham-se à venda nessa tipografia os primeiros e segundo volumes que formam a primeira parte desse interessante romance.

É a tradução dos dois volumes em francês à venda em diversas livrarias dessa Corte.

LIVROS RECÉM-CHEGADOS

À Livraria B. L. Garnier

69 Rua do Ouvidor 69

ALCOTT, Louisa May — *The Mysterious Key* (romance em inglês)

AZEVEDO, Álvares — *Noite na taberna* (contos, nova impressão)

DUMAS, Alexandre — *Le Chateau d'Eppstein* (romance em francês)

FLAUBERT, Gustave — *Madame Bovary* (romance em francês)

LE FANU, Sheridan — *The House by the Churchyard* (romance em inglês; a livraria também dispõe de exemplares desparelhados da *Dublin University Magazine*, revista publicada sob os cuidados do escritor irlandês)

MARX, Karl — *Das Kapital* (em alemão)

RYMER, James Malcolm — *Varney the Vampire or The Feast of Blood* (romance em inglês)

VARIADOS

Pólygonaton

Remédio infalível contra mordedura de cobras (em prática há mais de três anos), afiançado por muitas e variadas experiências e sempre com o melhor resultado. Este tão útil remédio é indispensável aos senhores fazendeiros. Vende-se exclusivamente na botica do seu autor, Th. Peckolt, na rua do Rosário, 69.

GONORREIAS

Crônicas e recentes, flores brancas etc., cura-se radicalmente em três dias sem dor e sem recolhimento pelo opiato de Berton. Unicamente na rua da Assembleia, 78, Farmácia Raspail.

GELEIA DE GALINHA

Geleia de mocotó de carneiro, dita de mocotó de vitela, muito bem aperfeiçoada, em pequenos copos; se encontrará todos os dias na ruas Direita, 7 e do Ouvidor, 38.

BICHAS SERVIDAS!!!!

10.000

Francos de multa!!!

Dois anos de prisão!!!

A lei francesa de 22 de junho de 1851 (art. 423 do código penal) pune os que vendem **BICHAS SERVIDAS**; é demasiado provado que este abuso repugnante pode comunicar uma moléstia contagiosa de uma pessoa à outra e ocasionar a **MORTE!!!**

Para evitar este perigo, que já faz tantas **VÍTIMAS** nesta terra, pode-se comprar, com toda a segurança, na bem conhecida e afamada **CASA DAS BICHAS-MONSTRO**, que recebe diretamente da Europa, o que nunca se aluga.

32 Rua do Ouvidor 32

AVISOS MARÍTIMOS

L'Union des Chargeurs

Linha regular de paquetes franceses à vela entre Rio de Janeiro e o Havre.

O clipper *Virginia*, capitão Ishmael, sairá para o Havre no dia 15 do mês do corrente.

Recebe carga também para:

Antuérpia

Rotterdam

Hamburgo

Encarregando-se a companhia de fazê-lo transportar do Havre para qualquer dos três últimos portos às suas custas, com o aumento de frete aqui convencionado.

Trata-se com os consignatários J. Bioche Debionne & C., rua do Rosário, 86, ou com A. David, agente da linha, rua Direita, 54, nos fundos no primeiro andar.

PORTO POR LISBOA

A muito veleira galera portuguesa **Joaquina**, capitão José Augusto dos Santos, pretende sair até o dia 30 do corrente, impreterivelmente. Recebe cargas somente para Lisboa e passageiros para um ou outro, e para os quais tem excelentes cômodos, bom tratamento e médico. Trata-se com Pinto Durão Carvalho, rua São Pedro, 81, sobrado.

LONDRES

Sairá em poucos dias a barca inglesa **Magdalena**, tem quase toda a carga a bordo, faltando apenas de 60 a 80 toneladas; para tratar com o corretor Felipe Harper, rua Direita, 97, sobrado.

LIVERPOOL

Sairá com brevidade para o porto acima a barca norueguesa *Frigga*. Para carga, tratar com o corretor William de Lara Tupper.

Real Companhia de Paquetes a vapor

Agência rua Direita, 8

O paquete a vapor **Victoria** sairá para Southampton com escala pela Bahia, Pernambuco, S. Vicente e Lisboa no dia 15 do corrente às oito horas da manhã.

Só recebe encomendas até o dia 14 ao meio-dia.

Passageiros somente.

BOMBAIM

Segue em poucos dias a galeria inglesa **Lady Anne**, de 1.000 toneladas, tem bons cômodos para passageiros, para os quais tratar com os consignatários Naylor e Irmãos, rua dos Pescadores, 2.

CAPÍTULO XLIV
AS VERDADEIRAS MEMÓRIAS PÓSTUMAS DE BRÁS CUBAS

Texto manuscrito arquivado na
Biblioteca Nacional do Rio de Janeiro

A camisa

Perdi uma boa camisa. Era branca, de bom tecido, e eu a havia comprado junto com calça, colete e paletó na alfaiataria Le Gentleman Parisien. As unhas do vampiro a arruinaram. O arranhão, eu curei com um pouco de pó medicinal. Ficou dolorido, mas o que lamentei mesmo foi a perda da camisa. A roupa ficou enlameada também, mas isso se resolvia com água e mucama.

A verdade é que a tentativa frustrada de matar o conde Drácula na casa do seminarista deixou algumas coisas bastante claras.

A primeira: o vasto conhecimento que o Quincas Borba julgava ter sobre o nosferatu não era tão vasto quanto ele achava. Talvez os documentos lidos na Vila de Itaguaí não fossem precisos. Ou talvez fossem precisos, mas, avoado como todo filósofo, ele não os tenha lido com a devida atenção. O fato é que o vampiro se mostrou um adversário muito mais terrível do que imaginávamos.

Depois do confronto no quintal, nos acomodamos na sala da casa. Todos molhados, doloridos e feridos.

Capitu sentava-se a uma mesinha redonda de jogos, o rosto escondido entre as mãos, com os cotovelos apoiados na madeira. Ela ergueu o rosto com os olhos úmidos e assustados.

— O príncipe vai embora e quer me levar com ele...

O marido se colocou imediatamente de pé, protestando contra aquela afirmação. Estava no direito dele, é claro, mas eu não recrimino o conde Drácula. Eu também gostaria de salvar aquela mulher encantadora do casamento enfadonho. Perto do seminarista, o manso Lobo Neves era um sátiro de Bronzino.

A atração do vampiro por Capitu era perceptível desde as palestras no Paço Imperial, mas agora estava exposta diante de nós. Precisávamos agir com presteza e determinação.

— Vamos frustrar a fuga do nosferatu — determinou o Quincas Borba. — O senhor Santiago e eu vamos investigar quais navios deixarão o porto nos próximos dias. E você, Cubas, vai continuar buscando o esconderijo do monstro!

Escobar se prontificou a me ajudar na tarefa, o que aceitei de bom grado. Precisávamos salvar Capitu.

Momento Flaubert

Fui para casa, tomei banho, troquei de roupa e curativo e fui encontrar Escobar na livraria Garnier, na rua do Ouvidor.

— Por onde começamos? — perguntou o homem, aflito.

— Vamos tomar uma cerveja e planejar o que fazer — sugeri.

Escobar não gostou e propôs outra linha de ação.

— O mais sensato é começarmos a busca pelas imediações do Paço Imperial — sugeriu ele, já marchando pela rua. Eu o segui.

— Não vale a pena — argumentei. — Lá só tem o chafariz e a capela. O aristocrata deve estar escondido em algum lugar fidalgo.

— Esse é o erro — ele disse. — Nós vimos a criatura. Aquilo é um animal feroz que se refugia nas sombras durante o dia para atacar à noite. Esse Drácula não está nos salões, mas sim nos porões...

Não gostei da parte sobre o "erro", mas a observação fazia sentido. Escobar não era nada parecido com o seminarista casado com Capitu. O homem tinha porte atlético e ombros largos de nadador. Era enérgico, decidido. A morte e a vampirização de Sancha o haviam abalado, mas agora ele parecia um Quixote impetuoso empenhado em salvar a bela Dulcineia.

Nesse momento, tive uma vertigem de revelação.

Seria possível que...?

A mulher do melhor amigo...?

Não, não, é claro que não!

Que ideia!

Perdão, leitora, por esse desvio folhetinesco. Não sou Flaubert, e Capitu não é Bovary. Deixemos as maledicências de lado, pois a história precisa caminhar.

E, caminhando, chegamos ao Paço. Pessoas e escravos andavam pelo largo que circundava o palácio.

Escobar relembrou os fatos:

— Drácula precisa repousar dentro de uma urna funerária, não é isso?

— É o que diz o Quincas Borba — confirmei.

— Então ele levou o caixão para algum lugar perto. Se carregou o ataúde sozinho durante a noite, ele não pode ter ido muito longe...

Apoiado na minha elegante bengala, fiz um giro de 360 graus para observar as cercanias. De um lado, ficava a capela Real e Imperial, onde o desmorto não podia entrar, pois tinha pavor da cruz. Do lado oposto, ficava o mar, e o nosferatu não se dava bem com água salgada. Atrás de nós, ficava a rua do Ouvidor, que eu já havia percorrido inteira.

— Só se ele foi na direção dos cortiços do outro lado do largo... — conjecturei.

O Rio de Janeiro do meu tempo de vivo era cheio de moradias paupérrimas para os mal-afortunados. Ali viviam alforriados e escravos de ganho, imigrantes pobres, ladrões, prostitutas, bêbados e fugitivos da polícia. Todos aglomerados em casas insalubres que formavam um labirinto de becos, corredores, vielas e cômodos escuros cheios de ratos e baratas. Um vampiro se sentiria em casa numa dessas pocilgas.

— Vamos! — disse Escobar, avançando a passos largos pelo largo e me forçando a segui-lo. — Encontremos o maldito antes que a noite caia...

Nossa Senhora dos Prazeres

Uma coisa que me parece metafísica é a cidade. Elas são criaturas vivas que nascem, crescem, envelhecem, decaem e morrem.

Veja o Arco do Teles. O lugar nasceu fidalgo na colônia e virou cortiço no segundo reinado. O conjunto de prédio e casas fica logo depois do largo do Paço que Escobar e eu acabáramos de atravessar.

Mulheres alegres e homens tristonhos estavam encostados nas paredes descascadas e sujas de lama. O Arco do Teles é, bem, um arco. Um arco com um prédio em cima ou um prédio com um arco em baixo. O arco leva a um beco de casas melancólicas que cheiram a urina e comida podre. Durante os anos de glória, existiu uma estátua de Nossa Senhora dos Prazeres no pórtico, para abençoar o local.

A estátua deixou o arco faz muito tempo, mas os prazeres ficaram — e se multiplicaram. Rufiões e prostitutas tomaram conta do beco, que ficou mal-afamado e perigoso.

Assim que Escobar e eu chegamos ao Arco do Teles, uma loira desdentada e bexigosa ofereceu seus serviços.

— Uma chupada, meus príncipes? Por duas moedas, eu chupo os dois.

O leproso da Galileia

Cruzamos o pórtico em formato de meia-lua e entramos no antro dos prazeres. Uma mestiça de cabelos pintados de vermelho e hálito de cebola se aproximou de mim. Outra mulher, com o rosto coberto por uma grossa camada de pó de arroz, pegou o Escobar pelo braço.

A mestiça sussurrava agradáveis obscenidades ao meu ouvido, mas estávamos com pressa.

— Estamos aqui a trabalho, minha senhora! — disse Escobar, empurrando a mulher.

Eu, que sou um gentil-homem, apenas falei:

— Outra hora, meu amor, outra hora...

No fundo do beco, havia uma grande carroça com algumas malas empilhadas. Dois homens fortes saíram de uma das casas trazendo mais bagagens, que arrumaram em cima das outras, e depois entraram no cortiço.

— Capitu falou que o vampiro estava de partida e que tinha ajuda — observou Escobar.

Era verdade, mas aquilo não provava nada.

— É só uma carroça cheia de malas — respondi.

— Malas muito ricas para um lugar muito pobre.

Estava pronto para argumentar que o lugar era dedicado à prostituição e não seria nada estranho se algum fazendeiro rico estivesse hospedado ali. Nem havia iniciado a defesa da tese, quando os homens voltaram novamente à rua, dessa vez carregando um pesado caixão preto.

— É o ataúde — surpreendi-me. — Talvez tenhamos encontrado o conde Drácula.

Enquanto os carregadores arrumavam a caixa na carroça, nós nos aproximamos.

— Bom dia — eu disse. — Podemos fazer algumas perguntas aos senhores?

Os homens nos ignoraram.

— Ei! Vocês dois! — gritou Escobar, mas o resultado foi o mesmo.

Nisso, um negro careca e vestido com andrajos que lembravam um leproso da Galileia saiu sabe-se lá de onde e se aproximou de nós.

— Bom dia, meus nobres — disse ele, numa voz mole que fedia a vinho. — Os senhores procuram alguma coisa?

— Só estamos olhando. Muito agradecido — desconversei.

O leproso, porém, não desistiu.

— Esse lugar é muito perigoso, vossa mercê. Não é bom ficar andando sem destino, não é mesmo, Américo?

Outra criatura andrajosa se aproximou de nós, vinda do outro lado do beco. E mais outra e mais outra e mais outra. Logo estávamos cercados por personagens que pareciam saídos de um auto de louvor ao Nosso Senhor.

— Pra andar aqui, é preciso proteção — disse aquele que se chamava Américo. — Por alguns merréis, a gente cuida dos fidalgos...

— Não nos custa nada — acrescentou o calvo.

O círculo se fechava em torno de nós.

Escobar ergueu os punhos em posição de boxeador, pronto a reagir.

— Nos deixem em paz ou vão ter o que merecem! — ameaçou.

Eu segurei firme minha bengala, para qualquer eventualidade, mas tive um momento de inspiração:

— Somos amigos do homem que mora aí... — disse, apontando para a casa de onde os carregadores haviam saído.

— Que homem? — perguntou Américo.

— Aquele que só sai à noite. O dono do caixão.

Os dois homens que arrumavam as bagagens pararam o que faziam e nos olharam confusos.

O meu blefe pareceu funcionar, pois os molambentos deram um passo para trás.

— Não tem homem nenhum aqui... — falou um deles, com o medo estampado na cara.

— Aqui também não tem nenhuma mulher de branco... — acrescentou outro.

Não entendi muito bem. Será que ele se referia a Sancha, quando a desmorta ainda vivia?

Antes ameaçadores, os leprosos da Galileia pareciam apreensivos. A loira bexigosa da chupada também se aproximou. Ela lançou uma cusparada grossa aos nossos pés e gritou:

— Some daqui! Vai embora!

Tirei do bolso uma nota de pouco valor e mostrei o dinheiro a ela.

Ela arrancou o dinheiro da minha mão com a rapidez de uma cigana, mas não mudou a atitude.

— Não quero o seu dinheiro! Sai daqui.

— Vamos, Escobar... — falei.

Fomos recuando cuidadosamente para a entrada do beco, acompanhados de perto pelas mulheres da vida. Os homens ficaram todos ao lado carroça, como se a protegessem. Muitas cusparadas foram lançadas em nossa direção, mas, felizmente, todas miravam o chão.

— Vai embora!

— Some daqui!

— Não volta!

Recuamos até passarmos pelo arco e voltamos apressados até o largo. Nenhum rufião andrajoso nos seguiu, mas só nos sentimos seguros quando chegamos ao Paço Imperial.

— Vamos chamar os outros! — disse Escobar. — São três da tarde. Ainda podemos voltar e surpreender o vampiro dormindo! Eu tenho uma espingarda.

A Glória era perto. Era possível ir e voltar em uma hora. Estaríamos todos ali até as quatro e meia. Cinco, no mais tardar. Quase noite.

E se algo desse errado? Se não conseguíssemos matar o conde Drácula antes do final do dia? Capitu estaria sozinha e desacompanhada.

Foi nesse momento que a razão se desprendeu do trapézio do meu cérebro e deu lugar à sandice.

— Vá você, Escobar. Traga o Bento Santiago e o Quincas Borba. Vou tentar outra coisa. Vou arrumar água-benta. Se conseguir jogar no caixão, o nosferatu não vai poder usá-lo. Desta vez, vou fazer o certo.

— Mas e os vagabundos? E as putas? — perguntou Escobar.

— Não sei, mas vou pensar em alguma coisa. Vá. Vá e traga ajuda. Eu fico aqui, guardando o lugar.

Escobar relutou por alguns minutos, mas acabou saindo em busca de um carro. A igreja ficava a poucos passos de mim. Não me custaria nada encher uma garrafinha de água-benta, desta vez de verdade, e voltar ao beco para inutilizar o caixão. Ainda tinha algum dinheiro no bolso para comprar a cumplicidade dos marginais.

CAPÍTULO XLV
AS ANOTAÇÕES DE BENTO SANTIAGO

As notas de Bento de Albuquerque Santiago compõem um conjunto de observações que serviriam como base para a aclamada biografia do autor, publicada em 1900. Essas anotações, escritas no outono da vida, preenchem várias lacunas dos arquivos de Quincas Borba, o investigador filosófico

— Antuérpia! — exclamou o filósofo Quincas Borba enquanto balançávamos na carruagem que nos conduzia ao porto. Ele fechou a edição *do Jornal do Commercio* e a colocou no banco, ao seu lado. — É esse o destino do nosferatu!

Ele acabara de ver a mesma página de anúncios que eu lera antes sem chegar a qualquer conclusão.

— Como você pode ter certeza? — perguntei.

Quincas Borba tirou a charuteira do casaco, pegou um dos petardos nauseantes e, enquanto cortava a ponta com uma guilhotina de mão, respondeu:

— Seis navios partem do Rio de Janeiro nos próximos dias. Um segue para Bombaim e está obviamente descartado. Outros quatro têm como destino Lisboa, Londres, Liverpool e Southampton, que são bastante distantes da Transilvânia... O último deles, no entanto, o clipper *Virginia*, sai amanhã para Roterdão, Hamburgo e Antuérpia, que é a cidade mais próxima da terra natal do conde Drácula!

Ele acendeu o charuto e, enquanto bufava e soltava fumaça para avivar a brasa, eu respondi:

— Nós não sabemos se esse... esse... aristocrata maldito está mesmo voltando para casa!

Quincas Borba virou a brasa do charuto para si, avivou a chama com um sopro e disse:

— De fato, não sabemos, mas faço uma suposição criativa, como diria meu amigo Dupin. O nosferatu pretende levar a senhora sua esposa com ele...

Aquilo me irritou. Não gostei da menção à... fantasia, talvez? Não sei. Mas não parecia correto que ele mencionasse as vontades — ou os delírios — de Capitu.

— Isso... isso... eu não gosto que o senhor fale nesses termos... — reclamei.

Quincas Borba expeliu fumaça e respondeu:

— Creia-me, senhor Santiago, não há qualquer intenção oculta nas minhas palavras. Elas apenas comunicam o meu processo analítico e filosófico. A questão objetiva é que Antuérpia é o caminho mais curto até Bucareste. São três dias de viagem. Quatro, talvez, a depender do tempo, e é inverno na Europa. Nosso adversário é uma criatura maligna e perigosa, mas precisa tomar certos cuidados. Ele escolherá a rota mais rápida.

Quincas Borba apanhou novamente o jornal e bateu com ele nas costas do cocheiro, pois andávamos em coche aberto. O homem respondeu de mau humor:

— Diga o que deseja, Nhonhô. Não precisa me bater como se eu fosse o cavalo, e não o condutor...

— Ah, as vaidades que Humanitas contém... — murmurou o filósofo e, então, complementou: — Rua do Rosário, rápido!

— Não devíamos ir ao porto? — perguntei.

O homem assoprou uma nuvem fedorenta de tabaco na minha direção.

— O comércio que cuida das cargas para Antuérpia fica na rua do Rosário — explicou o Quincas Borba. — O vampiro não viaja sem seu caixão.

(***)

A empresa J. Bioche Debionne ficava no segundo andar de um sobrado amarelo com detalhes em vermelho. Batemos à porta e chamamos, mas ninguém veio nos atender. Na calçada, um senhor português esclareceu que não havia funcionários no escritório. A carga do barco certamente já estava contratada e não faria sentido abrir o comércio.

— Se o barco parte amanhã, já está carregado, percebes?

A informação me perturbou. Se a hipótese do Quincas Borba estivesse correta, tudo o que o conde precisava fazer era arrastar Capitu com ele.

Afastei esses pensamentos terríveis. Tudo era delírio dela, não podia ser verdade. Não era verdade. Não podia ser. Não era. Mas, ainda assim...

— Ao porto, Santiago. Ao porto! — gritou o Quincas Borba, me tirando do transe, enquanto fumava e andava em direção a uma sege. — Vamos falar com o capitão do barco!

(***)

O capitão do barco era um velho marujo dado a filosofices. Encostado a uma coluna do cais, ele sugava um cachimbo barato. A fumaça que soltava era doce e aromática como um chá do oriente. Com um sotaque áspero e inglês, ele ponderou:

— A maior parte da carga já está a bordo, senhores. A essa hora, os marinheiros deviam se divertir nos bares, pois se lançar ao mar é como buscar a morte. Mas algum endinheirado pagou para embarcar os pertences na madrugada, pouco antes da partida, e, bem... a educada presteza com que alguém recebe dinheiro é maravilhosa, não é mesmo?

Estava aflito e por isso decidi interromper a torrente de palavras.

— O senhor sabe a quem pertence essa última carga? — perguntei.

O capitão deu uma baforada no cachimbo e respondeu:

— Não tenho conhecimento. Nesse mundo, o pecado que paga seu percurso pode viajar livremente, mas a virtude, como é pobre, é detida em todas as fronteiras. O senhor já viu uma baleia?

— Baleia? — murmurei, pensando ter entendido errado o que ele dizia. Ele falava bem o português, mas com certos anglicismos embrutecidos pelo convívio com marinheiros do mundo todo.

— A baleia — ele prosseguiu — é o mais devoto dos seres. Sim, senhores. Vi, certa feita, um bando delas no Oriente, erguendo as caudas como se saudassem o sol. Nunca vi coisa igual, nem mesmo na Pérsia, terra dos adoradores de fogo...

Ele ficou em silêncio por alguns segundos, contemplando as águas calmas da baía. Então, retomou as reflexões.

— Troquei um oceano por outro, e as baleias pelas cargas, mas continuo tentado a navegar por mares proibidos. Talvez eu busque a morte... Meu corpo não passa de um abrigo para o meu melhor ser. Que leve meu corpo quem quiser, ele não é quem eu sou.

Aquilo não estava nos levando a lugar algum, e já passava das três e meia. Precisávamos voltar para Glória e buscar notícias do Escobar e do Brás Cubas. Quincas Borba, no entanto, decidiu trocar platitudes com o marujo filósofo.

— Lamento, mas discordo, meu bom capitão — disse ele. — O ser humano busca a expansão, e jamais a contração. É a busca insaciável pelo prazer que move o homem, e não a procura pela morte. O senhor se equivoca.

O capitão pareceu gostar da interpelação. Surpreso, apontou o cachimbo para o fundador do Humanitismo e perguntou:

— Qual é o seu nome, senhor?

— Borba. Quincas Borba, filósofo, investigador e caçador de vampiros, a seu dispor. E o seu?

— Chame-me Ishmael. É todo o nome de que preciso. Mas eu discordo do senhor. A felicidade é para aqueles cujos braços o sustentam, mesmo quando o convés desse vil e traiçoeiro mundo lhe foge debaixo dos pés...

— Ah, não creio, não creio. Veja bem, capitão Ishmael, o princípio das coisas é que o homem está repartido em todos os homens. O desejo de gozar é que move Humanitas, e isso nos leva à dispersão, que é a multiplicação da substância original.

— Ora, meu senhor — retrucou o marujo —, gozo e a felicidade são apenas para aquele que não conhece nem Deus e nem mestre e que não tem outra pátria senão o céu...

Impacientei-me com aquilo e fiz ver ao Quincas Borba que as horas corriam.

— Só um instante, senhor Santiago — disse ele, e voltou-se para o marinheiro excêntrico. — Capitão, no Humanitismo, a filosofia da qual sou o criador e defensor, o homem é ao mesmo tempo cocheiro, passageiro e veículo. Mesmo o algoz que executa o condenado é apenas uma expressão de Humanitas que corrige Humanitas!

— E no entanto — respondeu o homem do mar — há mais dignidade em quem empunha uma picareta do que naquele que carrega um manto. É essa humanidade que permanece intacta dentro de nós, mesmo quando a bravura e a honra estão arruinadas. O senhor já viu uma baleia?

Nesse momento, perdi a paciência e saí andando pelo porto em busca de uma carruagem para regressar à Glória. Quincas Borba finalmente se deu conta do horário e abandonou a discussão.

— Figura intrigante esse Ishmael — disse ele, apressando o passo para me alcançar.

— Não creio, senhor Quincas. O homem tem o olhar fixo dos patetas e não diz coisa com coisa — respondi. — Vamos. Já são quase quatro da tarde...

(***)

Talvez o marinheiro filósofo estivesse certo e exista um poder maior que escreve a trama do nosso destino. Pois naquela mesma tarde, o imperador resolveu deixar o Paço de São Cristóvão e ir ao Paço Imperial fazer um comunicado público sobre o desenrolar da guerra no Paraguai.

Toda a cidade parou para assistir de chapéu na mão ao cortejo do rei. Por conta disso, nossa carruagem ficou muito tempo sem conseguir se mover. Quando finalmente chegamos à Glória, o sol já estava se pondo. Entrei em casa e encontrei Capitu e Escobar conversando baixinho. Perguntei sobre o que murmuravam, e meu amigo respondeu apressado:

— Onde vocês estavam? O conde Drácula está escondido no Arco do Teles, mas é muito tarde para fazer qualquer coisa!

Ia falar do tempo perdido no tráfego e na filosofia, mas Quincas Borba foi mais rápido:

— Onde está o Brás Cubas?

Escobar contou que o ajudante do filósofo ficara no arco com a intenção de macular com água-benta o caixão do vampiro.

— Por Humanitas! — respondeu ele, enquanto acendia outro charuto fedorento. — Espero que ele não faça nenhuma parvoíce...

CAPÍTULO XLVI
AS VERDADEIRAS MEMÓRIAS PÓSTUMAS DE BRÁS CUBAS

Texto manuscrito arquivado na
Biblioteca Nacional do Rio de Janeiro

A providência

Comprei um vinho barato de um vendedor de rua, esvaziei a garrafa e a lavei no chafariz para que o álcool não neutralizasse o efeito da água-benta. Meus conhecimentos sobre vampiros ainda eram escassos naquele tempo. Depois, entrei na capela Real e fui direto à pia do líquido santificado. Esperei que uma beata se benzesse e comecei a encher a garrafa.

A mulher me olhou com semblante fechado e intrigado. Parecia uma seriema enlouquecida pronta a saltar sobre mim.

— Lá em casa tem muito pecadores... — expliquei.

Ela fez o sinal da cruz e se afastou, indignada.

Saí da igreja e voltei ao largo do Paço. O líquido não mataria o nosferatu, mas o impediria de usar o caixão e atrapalharia sua partida. Fiquei atrás de uma árvore para me proteger do sol das quatro. Arquitetei várias maneiras de me esgueirar entre os meliantes e as meretrizes para me aproximar da carroça nos fundos do beco. Nenhum plano parecia funcionar.

Mas, então, a divina providência interveio a meu favor. Ou a diabólica interferência. Não sei o que a leitora pensa das coincidências. Revelariam elas a existência de deuses caprichosos que se divertem movendo peões no tabuleiro da vida? Ou são apenas acasos fortuitos, sem qualquer intrusão da metafísica?

O que sei é que, justamente naquela tarde, o imperador decidiu ir da Quinta Real, onde morava, ao Paço Imperial, onde despachava. O objetivo era fazer um pronunciamento sobre a trágica batalha de Itaibaté, no Paraguai, que tirara a vida de mais de mil brasileiros. Poucos meses atrás, todos acreditávamos que a guerra estava perto do fim. Triste ilusão. O tirano Solano López e seu exército de fanáticos continuava a fustigar as tropas da aliança.

Quando o cortejo do imperador entrou pela rua Direita, todos correram para observar o desfile e abanar o chapéu. Eram pelo menos três ricas carruagens, seguidas pela guarda imperial, que vinha a cavalo, e uma pequena infantaria a pé, que fazia as vezes de uma banda de música com tambores e trompetes. Até as prostitutas e os pilantras do Arco do Teles saíram para ver o rei.

Era a oportunidade de que eu precisava para entrar no beco, que tinha ficado vazio. Apenas um bêbado dormia pesado, jogado sobre um monte de entulho. A carroça e o caixão estavam sem nenhuma vigilância.

Entrei cautelosamente pelo arco com a garrafa de água-benta na mão, pronto para molhar o caixão do Drácula. Foi então que eu percebi que a porta do cortiço estava aberta. Era a mesma porta por onde os dois carregadores haviam trazido o caixão. E foi nessa hora que a sandice soprou uma ideia absurda no meu ouvido. Eu podia entrar facilmente no lugar, aproveitar que o sol ainda estava alto e acabar sozinho com o vampiro. A pilha de escombros que servia de cama ao bêbado tinha muitas lascas pontudas de madeira que pareciam estacas. Eu podia surpreender o nosferatu ainda no sono dos injustos e matar o morto-vivo!

Eu sozinho salvaria a bela Capitu dos olhos oblíquos e dissimulados.

Eu sozinho me tornaria a glória da família Cubas.

Eu sozinho alcançaria a imortalidade com o meu feito, e não por intermédio do ordinário Emplastro Brás Cubas.

Eu sozinho realizaria uma proeza heroica jamais igualada.

Brás Cubas, o Aquiles do Novo Mundo!

Brás Cubas, o herói do Império!

Brás Cubas, o matador de vampiros!

Puxei uma estaca que estava ao lado do bêbado e conferi a ponta. Era afiada. Coloquei novamente a garrafa de água-benta no bolso da casaca. Segurei a bengala com a mão esquerda e empunhei a estaca como se fosse uma espada. Conferi novamente o sol ardente de verão que ainda brilharia por pelo menos mais duas horas.

E entrei no cortiço.

O labirinto

As casas podem ser o castelo de um homem, mas também a sua masmorra. O cortiço era do segundo tipo. Parecia que tinha sido construído por um arquiteto hostil e tivesse o intuito de confundir e não de abrigar. Paredes haviam sido derrubadas pelos moradores para abrir portas improvisadas, enquanto outras tinham sido levantadas para separar cômodos compartilhados. O lugar era um labirinto que fedia a mofo e pano sujo, com ratos e baratas por todos os lados, como se fossem madames no Passeio Público.

Subi uma escada que dava para uma porta, mas, quando a abri, atrás, tinha uma parede. Um corredor levava a uma janela, a janela dava para uma sala de assoalho arrebentado, o assoalho arrebentado dava para um porão cheio de ratazanas dos mais variados tamanhos. As janelas estavam todas fechadas com madeira, de maneira que apenas algumas linhas empoeiradas de sol entravam pelas finas frestas. Lembrei-me do quarto do

Drácula no Paço e percebi a tolice da minha decisão. Eu jamais conseguiria matar o vampiro sozinho.

Eu precisava sair dali.

Tentei arrancar as tábuas de uma das janelas, mas estavam presas firmemente com pregos. Escutei ruídos de conversa do lado de fora, sinal de que o imperador já devia ter entrado no Paço e as prostitutas haviam retomado o trabalho no beco. O cheiro de podridão aumentava e agora, além das baratas, o chão também começava a se encher de aranhas, percevejos, taturanas e cobras coloridas.

Tentei voltar pelo mesmo caminho que percorrera, mas onde ele estava? As portas pareciam ter virado paredes e os corredores não chegavam a parte alguma. Fui pisando em baratas até chegar a uma sala mofada, que tinha apenas uma cama velha, uma panela furada jogada no canto e restos de uma fogueira. Na parede, tinha um buraco que não levava a lugar algum. Uma escada de madeira dava acesso ao andar de baixo. Descendo, eu estaria mais perto da saída, pensei. Talvez encontrasse uma porta que desse no beco e só teria de lidar com putas e patifes, que pelo menos eram humanos. Prendi a estaca e a bengala debaixo do sovaco direito e comecei a descer. No meio do caminho, ouvi um guincho e alguma coisa passou perto do meu rosto. E, depois, outro. Morcegos. Comecei a descer mais rápido por aquela escada que não acabava nunca. De repente, um degrau se partiu. Tentei me segurar, mas não consegui. Despenquei pesado no assoalho podre, que cedeu com o meu peso. Caí sobre um chão duro de terra que devia ficar no porão, mas minha queda foi amortecida pelas centenas de animais nojentos que rastejavam ali. Levantei-me e tirei os bichos de cima de mim, mas senti muita dor na perna esquerda. Devia ter quebrado na queda. Alcancei minha bengala, que tinha caído a uns três metros de mim, e me apoiei nela.

As três desgraças

O cheiro de decomposição ardia no nariz. Escutei murmúrios e risadas femininas. Forcei a vista para enxergar na escuridão. Eram três mulheres. Uma tinha a pele escura e o cabelo claro. Ela vestia uma camisola branca e encardida que mais parecia uma mortalha. A outra tinha os cabelos longos e desgrenhados e usava um bonito vestido de noite, embora todo sujo e rasgado. A terceira tinha uma aparência aristocrática e trajava o que parecia ser uma longa capa que se arrastava no chão. Mesmo naquela penumbra, era possível perceber que as três eram lindas e que seus olhos brilhavam de desejo e luxúria.

Elas me olharam e, depois, sussurraram palavras entre si.

Todas as três tinham dentes brancos e brilhantes que cintilavam como pérolas contra o fundo cor de rubi dos seus lábios voluptuosos. Havia algo nelas que me causava desconforto e um terrível temor. Ao mesmo tempo, sentia um desejo ardente e depravado de que elas me beijassem com suas bocas vermelhas.

As três começaram a rir. Uma risada cristalina, que era como música, mas que não parecia sair de lábios humanos. Era um som suave e intolerável.

— Tu primeiro — disse a de cabelos claros para a morena com vestido de noite. — Há beijos para todas nós...

As três se aproximaram de mim, abrindo suas bocarras para revelar caninos afiados e pontudos.

— Não se atrevam, vadias do demônio! — gritei, sem convicção alguma.

Puxei a água-benta do bolso, mas não consegui tirar a rolha da garrafa. A mulher de aparência aristocrática bateu com força da minha mão, fazendo com que o frasco voasse longe e se espatifasse na parede.

E, então, elas avançaram sobre mim, me atacando com dentadas doloridas e deliciosas. Sentia as três bocas percorrendo meu corpo, cravando os dentes na minha carne, meu sangue se derramando por aqueles lábios de hálito doce. Senti a vontade fugir ao meu corpo e desejei ficar com elas para todo o sempre.

Então, de repente, elas soltaram um uivo de animal ferido e se afastaram de mim. Pareciam amedrontadas. Entendi o motivo. O mestre delas tinha entrado no cômodo. Como eu estava caído no chão, ele me pareceu ainda mais alto e assustador.

Era o conde Drácula.

Amoroso, porém curto

— Ele é nosso! — disse a vampira que usava vestido de noite.

Drácula apenas as fitou, sem nada dizer.

A morena de cabelos claros limpou o sangue da boca e falou:

— Deixe-o para nós! Queremos ficar com ele...

O nosferatu continuou calado.

Então, a vampira de ares aristocráticos, aquela que usava um estranho roupão, falou numa voz bárbara e febril:

— Deixe que nós o amemos, pois tu nunca amaste ninguém...

O conde Drácula avançou até elas furioso, fazendo as vampiras se recolherem trêmulas ao canto. Então, de repente, ele parou, como se arrependido.

— Engana-te — disse ele, naquele sotaque antigo. Eu amei e voltarei a amar...

Depois Drácula foi até a parede e começou a subir por ela de uma maneira esquisita, como se fosse uma aranha ou um lagarto. Quando estava perto do buraco que eu havia produzido com a minha queda, ele virou-se para as três vampiras e disse:

— Ele é vosso!

O delírio

Que me conste, ainda ninguém relatou o seu próprio delírio no momento da morte. Faço-o eu, e a ciência me agradecerá. Se o leitor não é dado à contemplação desses fenômenos metafísicos, pode saltar esta parte. Mas, por menos curioso que seja, sempre lhe digo que é interessante saber o que se passou na minha cabeça nos minutos finais da vida.

Primeiramente, tomei a forma de um sultão deitado em almofadas de penas de ganso, cercado de odaliscas voluptuosas que me beliscavam, beijavam, mordiam e arrancavam sangue. Até que eu estava gostando daquela tortura, mas a coisa durou pouco.

Logo depois, senti-me transformado em emplastro de farmácia. Sim, o mundialmente famoso Emplastro Brás Cubas, retumbante sucesso de vendas nas boticas do Império! Estava fechado numa caixa cheia de estampas e letras miúdas que me indicavam para o alívio de dores lombares e curas dos hipocondríacos.

A caixa dessa panaceia desvairada lembrava um caixão de defunto e, por isso, foi com alegria que me vi restituído à forma humana. Vi, então, chegar um rinoceronte, que me arrebatou. Deixei me levar em silêncio durante algum tempo, mas o animal trotava cada vez mais veloz, e resolvi interrogá-lo.

— Essa viagem parece sem destino, rinoceronte!

— Engana-se — respondeu ele. — Estamos indo à origem dos tempos!

Isso era longe demais, protestei, mas a criatura não me escutou. O bicho certamente era um descendente do Cavalo de Troia e carregava dentro dele vários gregos obtusos. Pode um rinoceronte ter como antepassado um objeto de madeira? Essa importante questão filosófica ficou balançando no trapézio da mente enquanto cavalgávamos pela Eternidade, avançando por desertos ardentes e montanhas geladas. De repente, tudo era neve. Vegetação de neve, animais de neve, nuvens de neve, até neve de neve.

— Onde estamos?

— Quase chegando no Éden.

— Podemos parar na Torre de Babel? Sempre quis visitar o canteiro de obras...

— Ficou para trás, animal — respondeu a minha cavalgadura. — Não vê que galopamos contra o Tempo?

Fiquei vexado e aturdido. A jornada começou a me parecer enfadonha e extravagante; o frio, incômodo; a condução, violenta; e o destino, desconhecido. Os séculos viravam milênios, e tudo ia rapidamente se esfarelando em poeira. O titã Cronos devorava seus filhos, como acontece desde o princípio do mundo, só que eu via tudo de trás pra frente (ou de frente pra trás?). O animal unicórnio cavalgava, mas eu não ouvia seus cascos. Tudo era silencioso como um sepulcro.

Caiu do ar? Destacou-se da terra? Não sei dizer, mas surgiu à minha frente um vulto imenso, uma figura de mulher colossal, fitando-me uns olhos rutilantes como o sol. Tudo nela tinha a vastidão das formas selváticas e escapava à compreensão do olhar humano.

— Quem é você? — perguntei.

— Sou Eva, sua mãe e sua amante...

E a figura dividiu-se em três. Ela era Marcela, Virgília e Capitu. Era o amor da juventude, da vida adulta e o último deles. E era também as Três Graças, as Três Nornes, as Três Bruxas do Macbeth. E as três vampiras que me lambiam e me chupavam numa deliciosa orgia de sangue.

Tomado de susto, recuei um pouco. A figura tríplice voltou a se unificar em Eva e soltou uma gargalhada que tinha a força de um tufão.

— Não se assuste! — disse ela. — Você verá que morrer não é o maior dos flagelos. Meu desejo não mata, é sobretudo pela vida que ele se afirma.

— Viver? Mas estou morrendo...

— Sim, verme, está morrendo para viver, como se estivesse bebendo o vinho da Eucaristia. É o vinho da vida eterna, o vinho da loucura e o vinho da miséria.

Dizendo isso, a visão me segurou pelos cabelos e me ergueu perto do rosto, que era enorme. Era uma cara de expressão glacial, mas com um ar de juventude, mescla de força e viço, diante do qual me sentia o mais débil e o mais decrépito dos seres.

— Você me entendeu? — ela perguntou.

— Não entendi e nem quero. Você é absurda. Você é grotesca. Você é uma fábula vulgar que macula a narrativa de um grande autor. Você não passa de uma concepção de alienado, uma coisa vã, uma razão ausente que não faz sentido algum...

— Sim, grande lascivo, sou tudo isso e sou feliz, pior é o destino de quem me diz. À sua espera, só há a voluptuosidade do nada!

E dizendo isso, ela me atirou longe com tanta força que fui atravessando os séculos novamente, só que no sentido contrário. Os anos passavam em turbilhão, mas como os olhos do delírio são outros, eu via tudo ao mesmo tempo. O apogeu e o declínio dos impérios. As guerras por ideias cretinas em que ninguém mais acredita. As criações dos gênios degeneradas em imitações ordinárias. As revoluções que avançam em círculos. A história que constitui a razão da história.

E no meio desse carnaval opulento de horror, destruição e morte, eu via os imortais filhos de Caim se alimentando com o sangue dos vivos. O conde Drácula na comissão de frente liderando o desfile dos nosferatus, vampiros e desmortos. E o desmedido Quincas Borba mentindo que o homem era a medida de todas as coisas.

Ah, pobres de nós, flagelados e rebeldes, correndo diante da fatalidade das coisas. E uma figura, a quimera da felicidade, fugindo perpetuamente e rindo com escárnio.

Minha vida se esvaía, e eu me agarrava a ela, tentando fugir à fatalidade. Mas, então, o arremesso que me atirara longe foi perdendo a força, e minha viagem finalmente chegou ao fim. Eu estava de novo no século presente, naquele porão imundo e úmido, enquanto as três vampiras, as três demônias, as três noivas do Drácula, se lambuzavam com o meu sangue. O rinoceronte tinha o tamanho de um rato. Era um rato. Ele me encarou, eu o encarei de volta e soltei meu derradeiro suspiro.

Então, morri.

Tentei voltar pelo mesmo caminho, mas onde ele estava? As portas tinham virado paredes e os corredores não chegavam a parte alguma.

CAPÍTULO XLVII
AS ANOTAÇÕES DE BENTO SANTIAGO

As notas de Bento de Albuquerque Santiago compõem um conjunto de observações que serviriam como base para a aclamada biografia do autor, publicada em 1900. Essas anotações, escritas no outono da vida, preenchem várias lacunas dos arquivos de Quincas Borba, o investigador filosófico

A chegada do vampiro não foi anunciada com raios e trovões. O céu estava claro e sem nuvens. Mais uma vez, eu dispensara os empregados e agregados da casa para evitar falatórios e maledicências. Na sala, estávamos apenas Capitu, Escobar, Quincas Borba e eu.

Sentada na namoradeira, Capitu mexia sem parar na aliança de casada. Tirava e colocava, colocava e tirava. Estava assustada e preocupada. Vez ou outra, se levantava, perguntava se alguém queria chá e se prontificava a ir até a cozinha para preparar a bebida. Mas ninguém queria. Ainda tinha um bule de café pela metade em cima da mesa de jantar, e só o Escobar bebia. O Quincas Borba preferia secar o meu conhaque, enquanto fazia anotações a lápis num pequeno caderno com capa preta de couro.

Eu tinha percorrido muitos quilômetros sem sair da minha sala. Sentava-me à mesa de jantar, mas logo me levantava e ia para a namoradeira, ao lado de Capitu. Depois, olhava o quintal pelas frestas das janelas que mantínhamos fechadas. Depois, consultava o relógio de bolso para conferir se ele estava certo com o carrilhão de pêndulo, que ficava ao lado da cristaleira. Depois, me sentava à mesa. Depois, perguntava a Escobar se estava tudo bem. Depois, ia à namoradeira, segurar as mãos frias e suadas de Capitu. Depois, saía novamente para viajar ao redor da minha sala.

Quando escutei o silêncio, passava um pouco das oito. Era um silêncio pesado e profundo. Não se ouviam grilos, corujas, cachorros, gatos, vento, nada. Até o mar parou de bater na praia. Era um silêncio antinatural, um silêncio de tempos esquecidos, um silêncio que não existia no mundo.

— Ele chegou... — murmurou Capitu, mexendo na aliança com seus dedos finos.

Então, uma ventania surgiu do nada e fez todas as janelas balançarem, como se a própria noite quisesse entrar na nossa casa.

(***)

— O vampiro não vai entrar — disse o Escobar, pegando o machado que tínhamos deixado à mão.

Quincas Borba acendeu um dos seus charutos.

— Tem crucifixos e réstias de alho em todas as janelas! — falou ele. — O maldito Nosferatu só entra na casa se deixarmos...

Capitu se levantou de súbito. Seus olhos não eram vivazes como diria o falecido agregado João Dias, da casa de Matacavalos. Era um olhar fixo, como se ela visse, mas não enxergasse.

— Estou indo, meu amor, estou indo... — ela murmurou, caminhando em direção à cozinha e à porta que levava ao quintal.

Eu a abracei para impedir o avanço, e Capitu começou a se debater com fúria, socando meus braços com seus punhos pequenos.

— Me solta! Me solta! Me deixa ir!

Foi quando começaram os uivos.

(***)

Eram uivos e ganidos agudos, como se uma alcateia de lobos estivesse no quintal.

Escobar continuava parado com o machado na mão, pronto a atacar qualquer coisa, mas não havia nada, só os uivos. Capitu se debatia nos meus braços e murmurava palavras que eu não conseguia entender numa voz que era a dela, mas que também não era.

O vento fez as janelas baterem novamente com força. Escutamos o estralo de um trovão e o barulho forte de chuva pesada.

Quincas Borba sugava o charuto nauseante e andava em círculos daquele jeito patético dele, com o tronco curvado para a frente e as mãos juntas nas costas.

Temendo o perigo que estava lá fora, o fundador do Humanitismo e apóstolo da razão acabou por se converter ao catolicismo.

— Mantenha-se do lado de fora em nome do Pai, do Filho e do Espírito Santo, nosferatu desgraçado dos infernos! — gritou ele, misturando reza com xingamento.

Eu teria feito o sinal da cruz, mas não podia soltar Capitu, que continuava tentando escapar do meu abraço.

Então comecei a rezar uma ave-maria.

(***)

— Me possua, meu príncipe! — gritava Capitu, tentando escapulir do meu abraço.

E, depois, voltava a ser a menina de Matacavalos, os olhos úmidos de choro.

— Ele quer me levar, Bentinho... ele quer me levar... — Para virar outra no instante seguinte. — Sempre serei tua! Sou sua Marishka... sou sua princesa... sou... — falava ela, com uma voz áspera, enquanto os olhos pareciam feitos de vidro. — A fogueira!

Não, eu não vou morrer na fogueira! — gritava ela, para voltar a chorar como Capitu. — Bentinho... Bentinho...

Escobar mostrava-se desesperado com o machado na mão. Meu amigo sempre fora um homem de ação, mas não havia nada e nem ninguém que ele pudesse acertar.

— Isso não pode continuar! Vou lá fora acabar com esse monstro! — disse Escobar.

— Não faça nenhuma parvoíce! — gritou o Quincas Borba, expelindo fumaça como se fosse uma moderna máquina a vapor. — Ele quer que deixemos a casa, mas precisamos resistir até que o sol nasça...

(***)

Chovia forte, mas o cheiro de terra molhada, que sempre me lembrava a infância, não me trazia sossego.

Capitu e eu estávamos sentados na namoradeira. Eu a abraçava firmemente, enquanto o vento assoviava e entrava pelas frestas com fúria, apagando as velas e os lampiões.

Quincas Borba se encarregava de acendê-los novamente, enquanto consultava o relógio de bolso.

— Faltam seis horas para a manhã. Só seis horas. Apenas seis horas e a noite se vai. Seis horas! — repetia ele.

— O navio vai partir antes do amanhecer... — murmurei.

— Mas vai partir sem Capitu — disse Escobar, com tanta convicção que me irritou.

(***)

— Ele nunca vai me deixar em paz... nunca mais... nunca mais... — choramingava Capitu, para depois se debater e gritar: — Me deixa... me larga... me solta...

Os uivos dos lobos ficaram mais altos, como se estivessem dentro da casa. E voltamos a escutar o mar, que agora parecia se suicidar de encontro à praia, tamanha a violência das ondas.

(***)

O uivo do vento se juntou ao dos lobos. Escutamos os animais farejando as portas, tentando entrar. Talvez não fossem lobos. Talvez fossem demônios. Talvez fosse a imaginação nos pregando peças.

Uma ventania repentina fez a janela do meio se soltar dos ferrolhos e se escancarar para o quintal. Quincas Borba correu para fechá-la e pendurar sobre ela a réstia de alho que tinha sido atirada no chão.

O filósofo foi rápido, mas naquele momento eu tive — ou imaginei ter tido — um vislumbre do que se passava lá fora. Drácula de pé no meio da chuva, vigiando Capitu com seus olhos sanguíneos.

— Isso nunca vai passar! Isso nunca vai passar! — gritou ela, enquanto tremia nos meus braços. — Eu quero morrer! Eu preciso morrer!

— Não diga bobagem, Capitu! — falou o Escobar, colocando o machado sobre a mesa e sentando-se à namoradeira, ao lado dela.

— Vou na cozinha pegar água com açúcar — eu disse, e deixei a sala.

Quando voltei, Escobar abraçava Capitu, que chorava encostada ao ombro dele.

Fiquei parado no meio da sala com o copo na mão, enquanto o Quincas Borba conferia os ferrolhos das portas e das janelas.

— Mais três horas — disse ele, com o relógio de bolso numa mão e o charuto na outra.

(***)

— Não! Não! Eu não vou! Eu não vou! Eu não vou!

— Recomponha-se, Capitu! Recomponha-se!

— Tenha calma, cunhadinha... o sol não tarda a nascer...

(***)

Quincas Borba andava em círculos recitando palavras que não faziam sentido, mas nada fazia sentido naquela noite insana.

— A antiessência, o contraprincípio de Humanitas... isso não deveria existir e, no entanto, existe... mais duas horas... mais duas horas...

Capitu chorava.

— Precisamos deixar que ele entre... — ela disse.

Achei que não tinha escutado direito.

— O que disse, Capitu? — perguntei.

— Isso nunca mais vai acabar, Bentinho. Sinto o pensamento dele na minha cabeça... mesmo que ele se vá... mesmo que ele desapareça do outro lado do mundo... isso não vai acabar nunca...

— Não falta muito para o amanhecer... — comentou o Escobar.

— Não adianta. Drácula vai me atormentar até o fim dos meus dias. Eu sei. Mas se ele permanecer comigo até o sol nascer... ele morre! — falou Capitu, com os olhos brilhando de entusiasmo, algo que eu não via desde os tempos de Matacavalos.

— Isso é um absurdo, Capitu! — reagi, mais pelo olhar do que pela proposta. — Por nada desse mundo, vou permitir que você... que você... Nunca!

— Você não deve, Capitu — concordou Escobar. — É muito perigoso.

Quincas Borba e o seu charuto se aproximaram de nós. Ele apagou o trabuco num cinzeiro de vidro e se pronunciou:

— A ideia é insana, mas nós há muito nos afastamos da razão. Não podemos hesitar agora. Nós lutamos por toda a humanidade, pela defesa do espírito de Humanitas. Se o vampiro puder ser mantido aqui até o nascer do sol, nós o destruímos!

— Nunca! Isso é tolice! Jamais! — protestei.

Capitu tinha os olhos úmidos, mas decididos, como os da menina que eu conhecera na infância.

— Bentinho, já tomei minha decisão... — disse ela.

Escobar me pareceu mais aflito do que deveria.

— Capitu! Você não pode!

Ela se virou para ele. Haveria certa cumplicidade naquele olhar? Um segredo que apenas os dois compartilhavam?

— É o único jeito de acabar com esse inferno, Escobar — respondeu ela, firme.

Então ele agarrou o machado que estava em cima da mesa e o segurou com firmeza.

— Então façamos — disse ele. — Façamos agora! Acabemos com esse tormento.

(***)

Entramos no nosso quarto e retiramos os terços, crucifixos e quadros de santos que enfeitavam as paredes e impediam a entrada do vampiro.

Também removemos as duas réstias de alho que estavam penduradas na janela fechada e levamos a que estava depositada sobre a cama. Depois, tiramos as trancas da janela.

Abracei Capitu e a beijei nos lábios. Ela estava trêmula, mas resoluta.

— Capitu... — comecei a falar, mas não concluí a frase.

— Ele nunca vai sair da minha cabeça, Bentinho — respondeu ela. — Eu sei.

Quincas Borba foi até a janela e a abriu. Uma brisa fria de chuva entrou no quarto.

— O vampiro é uma criatura arrogante e soberba, ele não suspeitará que é uma armadilha... — Depois, tirou o relógio do bolso e concluiu: — São quatro e quinze da manhã. Daqui a uma hora, hora e meia, o sol nasce, e o vampiro não poderá escapar. Então nós entraremos e mataremos o monstro.

Ela assentiu.

— A humanidade sempre lhe será devedora — acrescentou o filósofo, tomando a mão de Capitu para beijar.

Nos três saímos do quarto.

Antes de fechar a porta que dava para a sala, vi Capitu de frente para a janela aberta.

— Sou sua, meu príncipe... — ela murmurou.

E senti ódio de mim mesmo por permitir aquilo.

Um ódio que nunca, jamais passaria.

(***)

Peguei a garrafa de conhaque, que estava pela metade, sentei-me à mesa de jantar e bebi direto do gargalo. Escobar ficou parado à porta do quarto, segurando o machado. Parecia que não respirava. Quincas Borba andava em círculos, mas não fumava. Os charutos tinham acabado.

A chuva havia parado. E os lobos aparentemente não farejavam as portas da casa. Talvez os animais fossem uma ilusão conjurada pelo vampiro, não sei dizer.

Ficamos ali em silêncio, consultando os relógios de minuto a minuto. O grande carrilhão da casa de Matacavalos, que agora enfeitava minha sala, ou os que trazíamos nos bolsos.

Mas o tempo parecia ter parado, assim como a chuva.

E foi então que ouvimos o gemido de Capitu.

Era um gemido alto que eu não sabia dizer se era de dor ou prazer. Seria horrível se fosse de dor. Seria ainda pior se fosse de prazer.

Escobar virou-se para mim com olhos acusadores, e eu bebi mais um gole de conhaque. Quincas Borba percebeu nossa hesitação, pois disse:

— Senhores, falta menos de uma hora para o sol nascer...

Ouvimos outro gemido, dessa vez mais sentido — ou talvez mais ardente. Mas foi mais longo, um gemido comprido que não terminava mais.

— Bentinho... — disse Escobar, mas eu nada respondi.

Foi então que meu amigo, meu compadre, meu melhor amigo, o homem que entrava na minha casa como se fosse um irmão, não conseguiu mais se conter. Ele chutou a porta do quarto, que se escancarou com um rangido de dobradiças velhas.

Capitu estava seminua na cama e, sobre ela, estava o vampiro, a boca manchada com o sangue que escorria abundante pelo pescoço dela.

Quando nos viu, o conde Drácula arreganhou os dentes como se fosse um gato. Os olhos injetados de sangue e de ódio.

— Maldito seja! — gritou o Escobar.

Ele acertou o nosferatu na altura do abdome. O vampiro soltou um guincho, um grito mais de surpresa do que de dor. O monstro tentou atacar Escobar, mas Quincas Borba avançou pelo quarto empunhando um grande crucifixo de prata.

— Não! Não machuquem meu príncipe! — gemeu Capitu, com uma voz que não era dela.

Eu segurei seus braços e a prendi de encontro ao meu corpo, enquanto ela se debatia para tentar escapulir.

Drácula recuava em direção à janela aberta, o sangue escorrendo do ferimento feito com o machado. Escobar tentou acertá-lo novamente, mas o desmorto conseguiu se esquivar.

Diante daquela cena sobrenatural, o fundador do Humanitismo abandonou de vez o materialismo:

— Eu te renego e te esconjuro em nome do Pai, do Filho e do Espírito Santo! — gritou, avançando com o crucifixo.

— Deixem-no! Deixem-no! — gritava minha mulher, fora de si, remexendo-se e tentando escapulir.

Então, o conde entortou os braços para trás igual a uma aranha. Era um movimento antinatural, como se suas juntas tivessem trocado de lugar. Ele se movia como um inseto ou como um lagarto, como uma coisa que não podia existir no mundo dos mortais. Movendo-se desse jeito, escorreu para fora da janela, deixando no beiral uma mancha de sangue escuro.

Antes de sair da casa, o conde Drácula disse:

— Vós sois apenas carne. Vós sois nada!

E ganhou a noite.

— Não! Me leva! Me leva! — choramingou Capitu.

Escobar foi quem primeiro se recuperou da cena macabra.

— Vamos! — falou ele. — Temos que alcançá-lo!

— Vou ficar com Capitu — respondi.

— Bobagem. O sol já vai nascer, ele não vai voltar. Temos que garantir que não consiga escapar — foi a resposta.

Quincas Borba sugeriu:

— Tomemos uma sege.

— Não há tempo. Bentinho tem cavalos — respondeu o melhor dos meus amigos.

(***)

Nunca aprendi a montar. Papai morreu cedo e mamãe vendeu a fazenda quando eu ainda era menino. Ela queria que eu fosse padre, não agricultor, por isso nunca se preocupou. Cresci na cidade, longe de vacas e dos cavalos.

Só a muito custo eu conseguia me equilibrar sobre o meu animal, uma égua mansa usada para buscar mantimentos nas vendas. Seguíamos disparados pelas ruas do Rio de Janeiro em direção ao Arco do Teles, onde Escobar vira a carroça e o caixão do conde Drácula.

Eu era jogado de um lado para o outro, segurando as rédeas como podia para não me arrebentar nas pedras da rua. Naquele momento, invejei o Quincas Borba, que cavalgava com a elegância de um mouro, embora fosse apenas filósofo. Escobar ia na frente, forçando o cavalo a correr mais e mais.

O céu se avermelhava no horizonte e já dava para ver o círculo do sol aparecendo no mar. Estávamos na altura do Morro do Pinto, quando Escobar estancou o cavalo para esperar por mim e pelo Quincas Borba.

— Não adianta o Arco do Teles — falou ele quando o alcançamos. — O sol nasceu e o caixão já deve estar no navio, vamos para o cais...

Quincas Borba concordou:

— Vamos, vamos. O capitão Ishmael esperava apenas que a carga fosse entregue para poder zarpar — disse.

Mudamos para a direção do porto.

(***)

O sol já estava inteiro fora do mar quando chegamos ao cais. Amarramos os cavalos e corremos até o local onde o clipper *Virgínia* estava ancorado.

Eu ia quase sem fôlego, tentando acompanhar as passadas largas do Escobar e do Quincas Borba. O navio não estava lá.

— Partiu — resumiu o fundador do Humanitismo quando alcançamos o ancoradouro.

O barco com destino à Antuérpia ainda era visível no horizonte, mas distante de nós uns bons trinta metros, ou o correspondente disso em milhas náuticas.

— Vamos... achar... um barco... — sugeri, mas Escobar já tinha atirado os sapatos longe e arrancado a camisa, revelando seu corpo atlético e queimado de sol.

— Vão vocês. Vou a nado, que é mais rápido! — disse ele.

— Não é prudente que você enfrente o vampiro sozinho... — desaconselhou o Quincas Borba.

— Já é dia, e ele está indefeso — respondeu o meu amigo. — Os marujos vão me ajudar, e vocês me alcançam quando arrumarem o barco.

Ele se jogou no mar, nadando como se fugisse do diabo, quando, na verdade, estava indo em direção a ele. O sol tinha ficado mais amarelo e quente, enquanto meu amigo se afastava com braçadas vigorosas.

— Ele corre grande risco — disse o filósofo. — Procuremos um barco.

Escobar era um excelente nadador e enfrentava as ondas do Flamengo pelo menos duas vezes por semana, mas precisávamos ajudá-lo. A sanidade de Capitu dependia disso.

Andamos de um lado para o outro procurando um bote, mas no porto só havia navios de carga e estivadores desconfiados, vigiados por capatazes. Finalmente, encontramos um pescador que aceitou nos levar no seu pequeno veleiro. Navegamos com o dia já quente, mas não alcançamos o *Virgínia*, que já tinha desaparecido no horizonte.

Também não avistamos o Escobar.

O corpo dele foi encontrado na manhã seguinte, na praia do Flamengo.

CAPÍTULO XLVIII
GAZETILHA

Coluna de notícias breves do Jornal do Commercio *de 11 de dezembro de 1869. Recorte encontrado nos arquivos de Quincas Borba, investigador filosófico, sob a rubrica "Caso Bento Santiago"*

Atos de loucura — Mais uma vez este jornal roga às autoridades que se atentem aos atos de loucura que proliferam na cidade. Abundam casos de agressões a dentadas nos bairros mais afastados. Os mentecaptos arrancam sangue das vítimas e demonstram grande resistência às pancadas desferidas por transeuntes. Depois dos ataques, os lunáticos, que só agem durante a noite, fogem para as matas para praticar novas atrocidades. Urge que a Guarda Policial da Província do Rio de Janeiro tome medidas urgentes para conter esses maníacos.

Secretário adjunto e senhora — O Sr. Secretário Adjunto Especial do Primeiro Vice-Secretário da Secretaria de Negócios da Fazenda, o ilustre deputado Lobo Neves, assistiu anteontem, com sua esposa, Virgília Dutra Neves, filha do saudoso Conselheiro Neves, ao drama *Otelo*, do inglês William Shakespeare, encenado com muito brilho no Lyrico fluminense.

Bacharel sumido — Encontra-se desaparecido desde a última terça-feira o senhor Brás Cubas, ilustre representante da nossa melhor sociedade. Homem elegante, com passagem rápida pela política, o bacharel foi visto pela última vez nas imediações do mal-afamado Arco do Teles. Gratifica-se bem a quem trouxer informações sobre o sumido. Tratar com o investigador filosófico Quincas Borba à rua do Ouvidor, 23.

Surpresa desagradável — A mulata Rita Baiana, residente à rua da Prainha, 201, loja, ao recolher-se anteontem, encontrou aberta a porta do seu aposento e um baú, de onde lhe furtaram 60 réis e outros objetos. Foi queixar-se à polícia.

Sanguinário foragido — O tirano paraguaio Solano López e seus sequazes continuam foragidos depois da fulminante derrota em Campo Grande para as tropas da Aliança, comandada com brio por Dom Gastão, o conde D'Eu e Príncipe Imperial Consorte. Este jornal roga que a guerra termine em breve com a captura ou morte do sanguinário agressor do Império.

Falecimento — A família e os amigos do senhor Ezequiel de Souza, mais conhecido como Escobar, cumpre o mui doloroso dever de informar que o mesmo morreu afogado na última quinta-feira ao nadar em mar aberto, como costumeiramente fazia. O sepultamento ocorreu anteontem no mausoléu da família no Cemitério da Ordem Terceira dos Mínimos de São Francisco de Paula. O valoroso comerciante de café repousa ao lado da senhora Sancha Souza Escobar, sua esposa recém-falecida. A missa de sétimo dia acontecerá na Igreja do Carmo, às sete da manhã, na terça-feira vindoura.

CAPÍTULO XLIX
AS ANOTAÇÕES DE BENTO SANTIAGO

As notas de Bento de Albuquerque Santiago compõem um conjunto de observações que serviriam como base para a aclamada biografia do autor, publicada em 1900. Essas anotações, escritas no outono da vida, preenchem várias lacunas dos arquivos de Quincas Borba, o investigador filosófico

O velório do Escobar aconteceu na minha casa, pois o morto não tinha mais parentes vivos na cidade. Praia, ruas, Praça da Glória, tudo eram carros, muitos deles particulares.

Elogiavam-se as qualidades de Escobar e especulavam sobre a avaliação dos bens legados à filha pequena. Capituzinha e Ezequiel continuavam em Petrópolis. Consideramos que era melhor assim, que as crianças não enfrentassem um novo enterro.

Como eu houvesse resolvido falar ao cemitério, escrevi algumas linhas e mostrei-as ao Quincas Borba, que as achou realmente dignas do morto e de mim. Tinha-as escrito com receio de que a emoção me impedisse de improvisar. Recordei o tempo de seminário, as nossas simpatias, a nossa amizade, começada, continuada e nunca interrompida.

No velório, Capitu permaneceu calada e ficou sentada a um canto da sala, o pescoço ferido protegido por um vestido preto de gola alta, sinal de luto pelo nosso amigo falecido.

Enfim, chegou a hora da encomendação e da partida. Muitos homens choravam; as mulheres, todas. A confusão era geral. No meio dela, Capitu olhou para o cadáver tão fixa, tão apaixonadamente fixa, que admira não lhe saltassem algumas lágrimas, poucas e caladas...

As minhas cessaram logo, fiquei a ver as dela. Capitu enxugou-as depressa, olhando a furto para a gente na sala. Momento houve em que fitou o defunto com olhos grandes e abertos como a vaga do mar lá fora, como se quisesse tragar também o nadador da manhã.

(***)

Capituzinha e Ezequiel voltaram de Petrópolis poucos dias depois. Não sabíamos o que dizer à pobre menina e mentimos que o pai tinha viajado para um país distante, mas que voltaria algum dia.

Certa tarde, enquanto as crianças brincavam na sala, Capitu e eu tomávamos café na cozinha.

Depois da noite com o Drácula e da manhã seguinte com o afogamento do Escobar, minha mulher se fechara em luto e silêncio. Durante o dia, ficava longos minutos olhando para o nada. Já as noites eram intranquilas. Capitu acordava assustada, gemia, gritava e dizia coisas que não faziam sentido.

— O escuro... tão sozinho, tão sozinho...

E, então, chorava.

Naquela tarde, porém, ela parecia um pouco mais alegre.

— Devíamos ficar com ela...

— Ela quem? — perguntei.

— Ora, Capituzinha... quem mais? Nossa afilhada é sozinha no mundo, fará companhia a Ezequiel e a nós dois... nós vamos envelhecer um dia, Bentinho, teremos mais alguém para cuidar da gente.

Gostei da sugestão. Capituzinha podia trazer alegria à nossa vida e afastar os pensamentos terríveis que começavam a se insinuar na minha mente. Mas não foi assim que as coisas aconteceram. Algumas semanas mais tarde, os pais de Sancha vieram do Paraná para levar a menina. Com a filha e o genro mortos, tudo o que lhes restava era a neta.

Capitu chorou muito, e eu também derramei algumas lágrimas em segredo. Se Capituzinha tivesse ficado, talvez nosso destino fosse outro.

Depois disso, minha mulher nunca mais sorriu.

(***)

Fui ter com o Quincas Borba na rua do Ouvidor. O pequeno escritório estava imerso numa espessa fumaça de charuto. O tapete mostrava um círculo gasto pelas passadas do homem.

— Nossa tragédia apenas começou, Santiago. Apenas começou. Tive a ilusão de que a existência era para o gozo do homem, mas me enganei. Nosso mundo... ou melhor, este mundo em que vivemos... ele não é nosso. Nunca foi. Humanitas não é a essência de tudo, a essência de tudo é a Desumanitas, a negação do humano. Acredite em mim: enquanto os malditos nosferatus estiveram entre nós, não haverá esperança. Nenhuma esperança.

Contou-me que escrevera ao tal Abraham van Helsing. Em vão. O homem certamente trocara de endereço. O filósofo contatara, então, o amigo Auguste Dupin, relatando o ocorrido no Brasil e solicitando que ele localizasse o estudioso holandês.

— Se é vivo, o encontrará! — afirmou Quincas Borba, mas isso nunca aconteceu.

Brás Cubas continuava desaparecido. A última pessoa a vê-lo com vida tinha sido o Escobar, que também estava enterrado.

— Temo pelo pior... — disse Quincas Borba, assoprando uma nuvem pestilenta de tabaco.

Concordei:

— Lamento dizer isso, mas deve estar morto...

Quincas Borba acendeu um novo charuto na brasa do antigo, mas nada respondeu.

(***)

— O frio... o escuro... as aranhas... tira as aranhas de mim! Tira as aranhas de mim!

Era Capitu.

Toda noite, ela acordava gritando e coberta de suor.

— Não tem aranha nenhuma... — falei, abraçando o corpo molhado dela.

As marcas de dentes no pescoço tinham sarado, mas ficara uma cicatriz, quatro ou cinco duplas de manchas vermelhas onde Drácula cravara os dentes.

O que pensei ao ver as marcas não foi digno de mim.

Era culpa dela. Era tudo culpa dela.

Foi Capitu quem começou tudo com as idas ao Paço Imperial. Se ela nunca tivesse conhecido o vampiro, Sancha estaria viva, Escobar estaria vivo e até o Cubas estaria vivo.

Tudo era culpa de Capitu. Tudo.

Toda aquela tragédia era culpa de Capitu.

Afastei-me dela e me levantei da cama.

— Abrace-me, Bentinho... tenho frio e estou com medo...

Não abracei. Saí do quarto e disse que ia à cozinha beber água. Mentira. Tinha água na moringa do quarto.

(***)

Vez ou outra, Capitu acordava falando num idioma bárbaro, que raspava na garganta. Usava palavras desconhecidas e parecia possuída por algum espírito. Em outras ocasiões, tremia de frio enquanto o sol ardia lá fora. Começava a chorar do nada no meio da ceia. E repelia minhas carícias no leito, como se fosse uma viúva em vida. Talvez fosse. Ezequiel ia crescendo e ganhava os olhos do Escobar.

(***)

Nem só os olhos de Ezequiel, mas as restantes feições, a cara, o corpo, a pessoa inteira, iam-se apurando com o tempo. Era como um esboço que o artista vai enchendo e colorindo aos poucos e a figura começa a ver, sorrir, palpitar, falar.

Escobar vinha, assim, surgindo da sepultura, do seminário, do Flamengo, para se sentar comigo à mesa, me receber na escada, me beijar no escritório ou me pedir a bênção.

Era o Escobar revivido, como se fosse um vampiro que fugira do cemitério.

O tempo passava, mas não para mim. Continuava a viver na noite terrível em que Capitu se entregara ao conde Drácula.

Por que permiti aquilo?

Por que deixei que tal coisa acontecesse na minha casa, no meu quarto?

E se ela se entregava com tal facilidade a um monstro, por que não faria o mesmo a um homem?

Tentava afastar esses pensamentos com leituras e caminhadas, mas eles sempre voltavam a me atormentar.

A desconfiança sempre estivera presente no meu casamento, mas agora era contínua e terrível.

Nunca brigávamos, no entanto. Nossa casa não era jamais abalada com palavras duras ou gritos. Era pior. Era uma calmaria que nunca virava tempestade.

Não gosto dessa metáfora. Ela cheira ao mar e à maré que deram morte ao Escobar. Cheiram também aos olhos de ressaca de Capitu. E isso me faz recordar o olhar sanguíneo do conde Drácula.

(***)

A vida seguia, nós não. Estávamos presos a um momento horrível que se tornara eterno.

Às vezes, pensava que era eu quem devia ter morrido no mar. Teria sido melhor e mais honrado. "Afogado com bravura para salvar a mulher", diriam as gazetas. Mas não fui eu, foi ele. E esse gesto desgraçou a nós todos.

De tanto pensar nessas coisas, comprei uma substância, que não digo, para não despertar o desejo de prová-la. Quando me achei com a morte no bolso, senti tamanha alegria como se acabasse de tirar a sorte grande, ou ainda maior, porque o prêmio da loteria gasta-se, e a morte não se gasta.

Cheguei em casa, abri a porta devagarinho, subi pé ante pé e meti-me no escritório. Iam dar seis horas. Tirei o veneno do bolso e escrevi uma carta, a última, dirigida a Capitu.

Falava do Drácula e de Escobar, me recriminava por estar vivo e da necessidade de morrer. Acusava-a abertamente de adultério e afirmava saber que Ezequiel não era filho meu.

O copeiro trouxe o café. A mão tremeu-me ao abrir o papel em que trazia a droga embrulhada. Ainda assim, tive ânimo de despejar a substância na xícara e mexer o café.

Acabemos com isso, pensei.

Quando ia beber, ouvi a voz de Ezequiel no corredor e o vi entrar no escritório gritando:

— Papai! Papai!

Ao olhar para ele, meu ímpeto foi o de beber logo o café. O meu segundo impulso foi criminoso. Inclinei-me e perguntei a Ezequiel se ele já tomara café.

— Já, papai. Vou à missa com mamãe!

— Tome outra xícara... meia xícara só...

Mas recuei. Não sei o que senti que me fez recuar. Pus a xícara em cima da mesa e, quando dei por mim, beijava doidamente a cabeça do menino.

— Papai! Papai!

— Não, eu não sou seu pai!

(***)

Não há muito o que narrar depois disso. Como Capitu não se curava dos delírios, decidi entregá-la a um alienista. E o fiz, mas não no Brasil, levei-a para a Suíça. Novas pesquisas sobre a mente humana estavam sendo empreendidas naquele país. Considerei que ficaria bem.

Voltei ao Brasil sozinho, deixando na Europa Capitu e Ezequiel.

Ao cabo de alguns meses, ela começou a escrever-me cartas, a que respondi com brevidade e sequidão. As delas eram submissas, sem ódio, acaso afetuosas e, para o fim, saudosas.

Falava também dos pesadelos, que continuavam a atormentá-la e que só eram sanados com o uso de drogas poderosas que a faziam dormir profundamente.

Por fim, parei de responder, e as cartas pararam de chegar.

Muitos anos depois, estando a vestir-me para o almoço, recebi um cartão com este nome:

Ezequiel A. de Santiago

— A pessoa está aí? — perguntei ao criado.

— Sim, senhor, está esperando.

Ao entrar na sala, dei com um rapaz de costas. Vim cauteloso, sem fazer barulho.

Mas ele ouviu meus passos, reconheceu-me pelas fotos e correu para mim. Era, sem tirar nem pôr, o meu antigo e jovem companheiro de seminário. Um pouco mais baixo, menos cheio de corpo.

— Papai, não faz diferença dos últimos retratos!

A voz era a mesma de Escobar, mas o sotaque era afrancesado.

Almoçamos juntos, e a refeição não foi de todo amarga. Falou-me com ternura e pena dos delírios da mãe, que naquele tempo já estava morta e enterrada. Contou-me que estudava com afinco casos semelhantes ao dela. E que, por conta disso, mantinha correspondência regular com o misterioso Abraham van Helsing, finalmente localizado numa clínica em Amsterdã.

Disse que estudava arqueologia e que pretendia empreender uma viagem científica à Grécia, ao Egito e à Palestina. Seguia algumas pistas vagas sobre a origem do vampirismo. Eu não quis desencorajá-lo, mas já não sabia mais se toda a história do conde Drácula havia de fato acontecido ou se era tudo delírio nosso, uma ficção inventada para tornar suportável a nossa existência ordinária.

Depois de seis meses, ele partiu novamente para a Europa, deixando-me sozinho com minhas culpas e recordações.

Onze meses depois, Ezequiel morreu, supostamente de febre tifoide, e foi enterrado nos arredores de Jerusalém.

(***)

Bem... e o resto? Nada mais há para se contar. Procuro não pensar no vampiro dos Cárpatos e nas desgraças que ele nos causou.

Pergunto-me, porém, se minha história teria sido diferente caso o nosferatu não a invadisse. Ainda haveria Capitu e ainda haveria Escobar. Nada mudaria, a não ser o acréscimo de alguns eventos metafísicos.

Uma noite dessas, vindo da cidade para o Engenho Novo, pensava sobre essas coisas, quando encontrei no trem da Central um rapaz aqui do bairro, que eu conheço de vista e de chapéu.

Cumprimentou-me, sentou-se ao pé de mim, falou da lua e dos ministros e acabou recitando-me versos. A viagem era curta, e os versos talvez não fossem inteiramente maus, mas estava cansado e fechei os olhos três ou quatro vezes.

— Continue — disse eu, acordando.

— Já acabei — respondeu ele, guardando os versos no bolso.

No dia seguinte, começou a chamar-me "Dom Casmurro". Os vizinhos, que não gostam dos meus hábitos reclusos, deram curso à alcunha, que, afinal, pegou.

Não me zanguei. Decidi usar esse nome como título das minhas memórias. Desta forma, o meu poeta de trem ficará sabendo que não lhe guardo rancor. E, com pequeno esforço, sendo o título seu, poderá cuidar que a obra também é a sua. Há livros que apenas terão isso dos seus autores.

Resolvi também deixar o extraordinário de fora da história, pois ninguém acreditaria no que vimos, vivemos e ouvimos.

Que a metafísica permaneça enterrada, como os defuntos merecem ficar.

Vamos ao "Dom Casmurro"!

E se ela se entregava com tal facilidade a um monstro, por que não faria o mesmo a um homem?

CAPÍTULO L
AS VERDADEIRAS MEMÓRIAS PÓSTUMAS DE BRÁS CUBAS

Texto manuscrito arquivado na
Biblioteca Nacional do Rio de Janeiro

O invasor

O relógio de bolso que pertencera ao *chevalier* Auguste Dupin marcava cinco da tarde, mas era sempre noite na chácara do Catumbi. Na minha condição de defunto, não tinha muita necessidade de sono, por isso preguei com tábuas as janelas, tomando o cuidado de preencher as frestas com taipa. O sol não entrava e, assim, eu podia ler e escrever à luz dos lampiões.

Para todos os efeitos, o dono da chácara estava morto, e o lugar, abandonado. O espólio pertencia aos familiares, que eram abastados e moravam longe.

Por isso, quando escutei um barulho na frente da casa, larguei a pena e fiquei à espera do invasor. Já imaginava quem poderia ser. Alguém deu vários pontapés na porta, que, velha e sem manutenção, se soltou dos ferrolhos. Não muito para que o sol entrasse, mas o suficiente para que o salteador se esgueirasse por ela.

Quem entrou não foi um ser humano, mas sim um cachorro cor de chumbo e malhado de preto. O animal rosnou e latiu quando me viu, mas não avançou. Os bichos respeitam os mortos, foi o que aprendi nessa minha breve vida de desmorto.

E, então, finalmente entrou o meu bom e velho amigo Quincas Borba. Vinha com um crucifixo de prata na mão direita e trazia pendurado no ombro um alforje de onde se projetavam uma estaca afiada, um facão e um martelo. Duas réstias de alho estavam enroladas em torno do pescoço e do torso dele, como se fossem cinturões.

— Maldito vampiro dos infernos! Vim acabar com sua raça! — gritou ele quando me enxergou no canto mais escuro da sala.

Dois Quincas

Temeroso e cheio de cuidados, o filósofo foi se aproximando de mim com o braço direito esticado, a mão segurando firme o crucifixo. O cachorro latiu, mas ele o acalmou:

— Quieto, Quincas Borba!

O Quincas canino ganiu, o Quincas humano falou:

— Não tente nada, criatura desumana! Não tente nada! — disse ele.

— Meu amigo... — respondi. — Não é preciso tanto drama...

Mas ele continuou avançando pela escuridão. Ele e o cachorro que tinha o mesmo nome que ele.

— Eu te renego e te esconjuro em nome do Pai, do Filho e do Espírito Santo!

Achei graça naquilo.

— Vejo que você ficou mais religioso, Quincas. Eu, de minha parte, perdi toda a fé que me restava. Morri e aqui estou, nem no céu e nem no inferno. Só o que existe é o mundo.

O filósofo deu mais um passo à frente, agitando a cruz na minha direção.

— Não funciona comigo — esclareci. — Deve ser a falta de religião. E, antes que você me pergunte, a água-benta também não serve. Já bebi mais de meio litro.

Quincas Borba não se convenceu. Tirou um pequeno frasco do casaco, puxou a rolha com os dentes e jogou o líquido em mim. Dei um passo atrás, mas a água-benta me molhou a perna. Nada aconteceu.

— Está vendo? Nada. Sente-se, por favor, e não repare na poeira. Não tenho mais servos.

O investigador e caçador de vampiros finalmente abaixou o crucifixo e sentou-se em uma cadeira de madeira, de frente para mim, mas distante uns bons dois metros. O cachorro veio e se colocou aos seus pés.

— E o alho? Funciona? — perguntou ele, balançando a réstia que trazia pendurada no pescoço.

— Isso sim. O cheiro me é insuportável e o gosto me causa vômito. Mas pouca coisa fica no meu estômago. Sinto saudade das jabuticabas. Não é agradável viver como nosferatu.

Quando ouviu a expressão, Quincas Borba se colocou de pé num pulo.

— Nosferatu maldito! Não vou deixar que sua raça imunda vampirize a humanidade! Você é a negação de Humanitas!

Levantei-me também, e meu amigo — ou ex-amigo — recuou alguns passos, temendo que eu o atacasse. Para não o amedrontar, sentei-me novamente.

— Tenho pensado muito nisso — respondi. — Não sei exatamente o que somos, nem quantos somos, de onde viemos ou para onde vamos. Mas uma coisa eu sei: não somos a negação de Humanitas, nós somos a própria Humanitas.

— Ora, não se atreva! — respondeu o Quincas Borba. — O Humanitismo é o regaço do espírito, o mar eterno de onde provém a sabedoria. Não ouse conspurcar a minha filosofia, seu monstro sanguessuga!

— É o que todos somos...

— Eu não sou vampiro!

— Vampiro, não. Sanguessuga. Somos todos sanguessugas. Foi o que aprendi da sua doutrina. Não há morte e nem perda, mas apenas a expansão, a contração e a dispersão, não é isso? Tudo é Humanitas. Nós, os vampiros, também somos Humanitas.

Com essas palavras, o filósofo voltou a se acalmar. Quis pegar a charuteira no bolso interno do casaco e, como as réstias de alho o atrapalhavam, as arrancou e jogou longe. Ele acendeu o charuto e disse:

— Engana-se, Cubas. Humanitas busca o gozo e por isso se dispersa, que é a multiplicação da substância original. Mas o ser humano não obtém prazer ou satisfação ao se alimentar com o sangue do outro.

Não pude deixar de rir.

— Olhe à sua volta, meu amigo. Todos nós vivemos do sangue dos outros. Não há mais tráfico de escravos, mas os leilões ainda acontecem. Escondidos, é verdade. Não se publicam mais anúncios no *Jornal do Commercio*, mas todos sabemos que eles ocorrem...

— A escravidão é uma chaga, mas sou contra esse pessimismo amarelo — respondeu o Quincas Borba, soltando fumaça. — É esse modo de pensar que atrasa o país.

Balancei a cabeça e continuei:

— Mas onde encontrar o otimismo? Nunca me incomodei com a política, mas veja como é o mundo: há os escravos de lavoura e os escravos de ganho, que têm vida um pouco melhor, embora continuem dando o sangue para os seus senhores. E então temos os alforriados, que são livres, mas pobres. E há os pobres muito pobres e os pobres menos pobres. E acima desses remediados existem os burgueses, também sujeitos à mesma divisão. E depois vêm os fidalgos, os altos e os baixos. Mas a nobreza ainda não é topo, pois há a família imperial e aqueles que são apenas agregados da Corte. E até os Orleans e Bragança, até mesmo eles, são meio Habsburgos, mas não totalmente Habsburgos, se é que você me entende. O homem devora o homem que devora o homem. E acima dos homens, existimos nós, os vampiros. Os desmortos. Os nosferatus. Mas nós ao menos não disfarçamos a natureza do que somos: vivemos literalmente do sangue alheio. Eu, meu caro, sou a essência de Humanitas.

O filósofo me observava interessado e absorto. E por que não? Eu sempre fora um dos seus mais devotados discípulos.

— Não nego o seu raciocínio — respondeu ele. — Mas isso não é Humanitas. Humanitas é um princípio. Um princípio único, idêntico, universal e eterno. É essa substância que nos faz humanos. Mas os vampiros... ora, eles não partilham dessa condição. Eles estão mortos.

— Não há morte — murmurei. — O encontro de duas expansões pode determinar a supressão de uma delas, mas, rigorosamente, não há morte.

Quincas Borba reconheceu na minha fala as palavras dele. Ele adorava repetir a parábola da tribo e das batatas para explicar sua filosofia. Dois agrupamentos humanos disputam uma plantação que é suficiente para alimentar apenas um deles. Se as tribos dividem a pouca comida, morrem as duas de inanição. Mas se uma extermina a outra, recolhe os despojos. Daí a alegria da vitória, os hinos, aclamações e recompensas públicas. Nesse caso, a paz é a destruição, e a guerra é a conservação.

— O objetivo de Humanitas é se alimentar e expandir. Eu sou Humanitas — repeti.

Ele nada disse. Apenas ficou a pensar e a olhar para o teto escuro, enquanto fumava o seu charuto.

— No entanto, se os vampiros se reproduzirem sem controle... — observou ele, mas não esperei que terminasse a frase.

— Tomo os meus cuidados. Não transmito a nenhuma criatura o legado da minha miséria.

Quincas Borba terminou o tabaco em silêncio. Então, ficou de pé, recolheu seus apetrechos e teve o cuidado de esconder as réstias de alho dentro do alforje.

— Já é tarde e tenho meus afazeres — disse ele. — Foi um prazer revê-lo, amigo Brás Cubas. — Então, gritou para o cachorro: — Quincas Borba, vamos!

O animal abanou o rabo e o seguiu.

O filósofo abriu a porta com cuidado para que ela não se desprendesse de vez dos ferrolhos e deixasse o sol entrar.

Antes de sair para a claridade lá de fora, Quincas Borba fez seu último gesto de fidalguia:

— Ao vencedor... as batatas! — disse ele.

E saiu.

FIM

EPÍLOGO
REMINISCÊNCIAS TARDIAS DO DOUTOR JOHN H. WATSON, M.D.

Esse manuscrito inédito do célebre cirurgião e escritor britânico é reproduzido aqui sob a autorização dos descendentes do autor

Mycroft Holmes e eu estávamos sentados numa saleta do Diógenes Club, separada do salão principal e reservada aos sócios mais antigos, como era o caso do irmão do meu falecido amigo.

Era 1893.

Fazia dois anos que Sherlock Holmes perdera a vida nas cataratas de Reichenbach, na Suíça, ao enfrentar o chamado "Napoleão do Crime", o infame professor James Moriarty.

Com a morte do meu parceiro, eu abandonara as aventuras e me dedicava a ser o marido mais perfeito possível para a minha adorada esposa Mary.

No entanto, numa tarde enevoada de sexta-feira, um jovem misterioso e instigante batera à minha porta. Eu o havia conhecido brevemente na Suíça, durante aquele trágico caso, e agora ele aparecia em Londres, buscando apoio para uma expedição arqueológica ao Egito e à Palestina. Como disponho de recursos escassos, decidi apresentá-lo ao Holmes mais velho, homem de enorme influência junto ao governo de Sua Majestade.

Enquanto esperávamos pelo jovem, eu fazia anotações no meu inseparável caderno e Mycroft lia *The Daily Telegraph*, murmurando imprecações sobre a situação da Europa.

Finalmente, um mordomo do clube se aproximou da nossa mesa, mas nada disse, apenas tossiu levemente para chamar nossa atenção.

— Sim? — perguntou Mycroft.

— O rapaz que o senhor espera acaba de chegar, senhor — respondeu o serviçal, entregando um cartão a ele, que foi passado a mim. No papel, havia apenas um nome:

Ezequiel A. de Santiago

— É ele mesmo — confirmei.

O serviçal saiu e voltou com o rapaz de porte atlético, ombros de nadador e com idade próxima aos 30 anos. Vestia-se com elegância, mas não com riqueza.

— Sente-se, por favor, senhor Santiago — convidou Mycroft.

— Pode me chamar Ezequiel.

— Perdoe-me a indiscrição, mas você fala com sotaque francês, embora o nome me pareça português...

— Ezequiel é brasileiro — falei, me metendo na conversa.

— Cresci na Suíça e completei meus estudos na Holanda — acrescentou ele.

— E o que o traz a Londres?

O mordomo retornou com chá e biscoitos. Depois de beber um pouco, Ezequiel respondeu:

— Imagino que o senhor esteja a par dos estranhos acontecimentos em Witby...

Os fatos a que Ezequiel se referia haviam aparecido na *Strand Magazine* e envolviam dois casais ingleses e um nobre de origem romena conhecido como conde Drácula. Era uma história de sabor gótico e dramático, com algumas pitadas de erotismo. *Not my cup of tea, indeed.*

— Pouco do que se passa no império escapa à minha atenção — respondeu Mycroft. — Mas parece-me haver muito de fabulação nessa história...

— Asseguro que não, senhor Holmes — reagiu Ezequiel. — Trabalho há anos com o professor Abraham van Helsing e posso afirmar que, infelizmente, os vampiros são reais. Minha própria mãe foi vítima desse maldito nosferatu durante a passagem dele pelo Brasil. Até sua morte, ela tinha delírios febris e...

Ele abaixou os olhos e não concluiu a frase.

— Sinto muito — disse eu.

— O que passou, passou, e não há nada que possamos fazer — respondeu Ezequiel. — Mas podemos impedir que tragédias parecidas aconteçam.

— E como podemos fazer isso? — indagou o velho Holmes.

O jovem pareceu recuperar a vivacidade, e o brilho astuto voltou aos seus olhos cinza-azulados.

— Bem, o professor van Helsing continua sua caçada ao conde Drácula pela Transilvânia, mas eu planejo outra coisa. Minhas pesquisas apontam a origem do vampirismo no Médio Oriente. Se encontramos a causa, talvez achemos a cura.

Mycroft tirou um cachimbo do bolso e começou a enchê-lo com tabaco.

— Veja, senhor Santiago, compreendo perfeitamente que essas... criaturas... ocupem seu pensamento, mas o Império não pode financiar expedições para confirmar a veracidade de lendas.

— Não busco financiamento, senhor Holmes — interrompeu Ezequiel. — Meu pai vai me ajudar com isso. O que quero é apoio e proteção. O lugar é uma encruzilhada de muitos fanatismos, e eles não têm qualquer apreço por cavadores de tumbas...

Ousei fazer uma sugestão:

— Talvez possamos pedir ajuda a Lorde Greystoke...

A sugestão não foi uma boa ideia, pois o rosto de Mycroft ficou vermelho de fúria.

— Jamais mencione novamente esse nome no Diógenes, Watson! — respondeu ele, irritado. — Eu me empenhei pessoalmente para que esse... esse... esse macaco... nunca mais seja aceito nas dependências do clube!

— Ele é um membro da câmara dos lordes... — murmurei.

— O que me faz temer pelo destino desse império! Da última vez que veio aqui, o cretino se pendurou no lustre! No lustre, Watson!

— É que Greystoke tem propriedades na África, e eu pensei que... — insisti.

— E o que o chimpanzé fez quando os serviçais tentaram tirá-lo lá de cima? Atirou fezes neles. Fezes humanas! No Diógenes Club! Além disso, as fazendas que esse animal possui ficam no interior do continente, e imagino que o senhor Ezequiel deseje se estabelecer no Cairo.

— Jerusalém — respondeu o brasileiro, se esforçando para mudar o rumo da conversa. — Algumas das minhas pistas apontam para a Cidade Santa. Mas, por favor, senhores, não quero causar problemas. Se a sua ajuda não for possível, ficarei grato da mesma forma...

— Não é problema algum — murmurei, mal-humorado. — Só mencionei Lorde Greystoke porque imaginei que ele pudesse ser útil.

Mycroft Holmes fechou a cara e acendeu o cachimbo. Depois de algumas baforadas, ele se voltou para o jovem dos olhos cor de ressaca.

— Posso providenciar para que o senhor tenha assistência na Palestina, mas gostaria de algo em troca. É possível?

— Ficarei feliz em ser útil.

O irmão do falecido Sherlock prosseguiu:

— Mantenha-me informado sobre o que descobrir. Informação é a melhor maneira de manter Sua Majestade segura.

Mycroft tirou um pequeno caderno do bolso interno do casaco e fez uma rápida consulta. Então, continuou:

— Vejamos. Um... associado nosso, digamos assim... navegará em breve até o Estado Livre do Congo para localizar um comerciante de marfim que aparentemente enlouqueceu. É um caso banal, mas que precisa ser resolvido. O nome do homem é Charles Marlow, e o barco dele está ancorado no Tâmisa. Ele pode deixá-lo em Alexandria.

Mycroft solicitou ao mordomo que trouxesse papel e pena, escreveu uma breve mensagem e a entregou a Ezequiel.

— Entregue isso a Marlow — disse ele, acrescentando instruções detalhadas sobre onde o barco do marinheiro estava ancorado.

Trocamos mais algumas amenidades, e a reunião terminou.

O jovem agradeceu a acolhida e o apoio. Antes de sair, abraçou-me e disse que lamentava muito a morte do meu amigo Sherlock.

Quando ele se foi, comentei com Mycroft:

— É um jovem muito belo e decidido. De muitas maneiras, ele me lembra o seu falecido irmão...

— Ora, Watson! Meu irmão se foi, esqueça isso — desdenhou o chefe do Serviço de Inteligência do Império Britânico. — Siga em frente, homem! Agora você está casado!

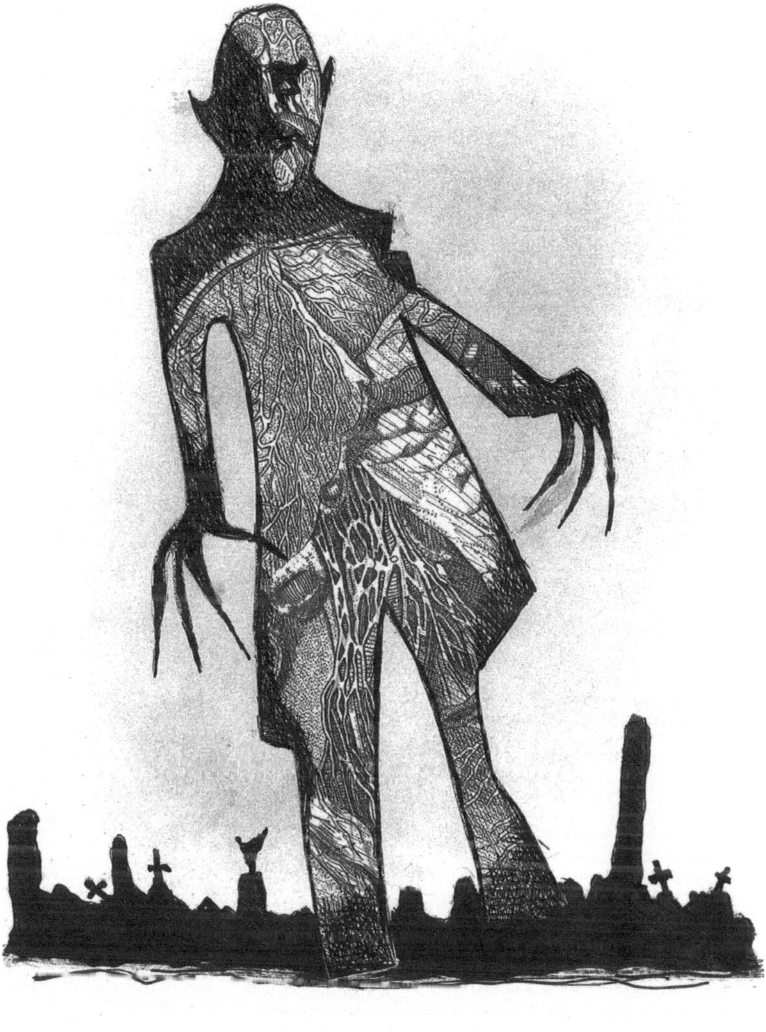

Vikrolaka, strigoi, upir, vampiro, nosferatu, conde Drácula.